T0278626

EN COMPAÑÍA DEL SOL

EN COMPAÑÍA DEL SOL

JESÚS SÁNCHEZ ADALID

Editado por HarperCollins Ibérica, S.A.
Núñez de Balboa, 56
28001 Madrid

En compañía del sol

Publicado por HarperCollins Ibérica, S.A., Madrid, España.

Diseño de cubierta: CalderónStudio
Imagen de cubierta: Shutterstock

ISBN: 978-84-17216-56-6

A mis hermanos Manuel Almendros, José Ardila, Fernando Cintas, Nemesio Frías, José María Galán, Federico Grajera, Diego Isidoro, Antonio León, José Lozano, Ángel Maya, José Antonio Maya, José Mendiano, Juan José Navarro, Antonio Sáenz y Serafín Suárez, por su generosidad y por seguir, en nombre de todos nosotros, esos caminos.

Si estas islas tuvieran maderas odoríferas y minas de oro, los cristianos tendrían el coraje de acudir y todos los peligros del mundo no les espantarían. Ellos son cobardes y apocados, porque allí no hay más que almas que ganar. Es necesario que la caridad sea más atrevida que la avaricia.

Francisco de Javier

LIBRO I

Curiosa infancia y juventud del joven noble navarro don Francés de Jassu, que nació en el año 1506 en el castillo de Xavier, donde vivió hasta que marchó a París

EN COMPAÑÍA DEL SOL

1

Navarra, señorío de Xavier, 18 de octubre de 1515

La primera claridad del día penetró en la alcoba por la delgada abertura de la ventana. En la penumbra, se removió el halcón que descansaba sobre su alcándara, sosteniéndose en una sola pata; ahuecó el plumaje y comenzó luego a desperezarse agitando las alas, mientras emitía un débil quejido y aguzaba sus fieros ojos de rapaz en dirección a la rendija que dejaba entrar la luz.

En el otro extremo de la estancia, dormía un niño en una cama cuyo colchón era como una montaña de lana en la que apenas se hundía el menudo cuerpo de nueve años. Le cubrían un par de mantas y una suave colcha de piel de cordero. Ajeno al frío de la madrugada, el pequeño despertó inmerso en el placer de amanecer al acogedor ambiente tan familiar. Se rebulló y después alzó la cabecita desde la almohada para comprobar si el pájaro estaba verdaderamente allí o lo había soñado. En efecto, la imagen compacta del ave rapaz era real y, por un instante, ambas miradas se cruzaron. Entonces el niño suspiró y volvió a sumergirse en el calor de su lecho invadido por una inmensa felicidad. Cerró los ojos de nuevo y se deleitó sintiendo que ese halcón era suyo. Su primer halcón. Se lo había regalado el molinero el día de su santo, San Francisco de Asís, el 4 de octubre pasado; tal y como se lo tenía prometido desde principios del verano y, como hombre de palabra que era, se lo entregó en otoño, *mudano,* es decir, completada la primera muda de las plumas, lo cual suponía que ya difícilmente moriría el pájaro por debilidad o frío. El niño se habría conformado aunque fuera con un pequeño esmerejón, pero el molinero fue muy generoso y le consiguió un neblí de los que se criaban en aquellos montes, tan apreciados por su gran tamaño y nobleza; un regalo que bien pudiera haber sido más propio de un mozo que hubiera cumplido los quince años.

Con el deseo de disfrutar de tan preciada pertenencia sin perder ocasión, pensó en levantarse enseguida, mas reparó en que aún no se escuchaba ningún ruido ni dentro ni fuera del castillo, con lo que recordó que era domingo. Todo el mundo dormiría un rato más que el resto de la semana. El niño también, sin tener que acudir a recibir las lecciones en la abadía. Su dicha aumentó al presentir que podría dedicarse toda la jornada a la altanería. Y se durmió de nuevo.

—Francés, Francés de Jassu —le despertó la entrañable voz de su madre. Ella estaba sentada a un lado de la cama y le acariciaba los cabellos—. Mi pequeño Francés de Jassu, ¿duermes? Despierta, mi vida.

El niño abrió los ojos. La alcoba estaba ahora plena de claridad. El sol penetraba a raudales por la ventana abierta y le impedía ver a contraluz el rostro de su madre. Pero percibió la proximidad de la amorosa presencia, el aroma agradable de su cuerpo y aquella voz tan dulce. Una vez más, quiso comprobar si el halcón estaba allí. Miró hacia la alcándara y, al verlo, exclamó:

—¡Es domingo! ¿Podré llevar el halcón al prado?

La mujer contempló a su hijo y la invadió una gran ternura. Los ojos oscuros del pequeño, tan abiertos, expresaban toda aquella felicidad que permanecía en su interior tras el sueño. Tenía el cabello castaño revuelto y la piel clara sonrosada por el amable reposo. Sin poder contenerse, le abrazó y le cubrió de besos.

—¡Mi Francés! —sollozó—. ¡Mi pequeño y querido Francés de Jassu! ¡Ah, cómo te quiero!

El niño no se extrañó porque su madre llorase a esa hora de la mañana, a pesar de ser domingo, a pesar de que el sol exultaba derramándose en dorada luz desde la ventana y a pesar de que era un otoño precioso que teñía de suaves tonos el prado y el bosque cercano. No le parecía raro, porque estaba acostumbrado a verla triste.

—Es domingo, ¿podré sacar mi halcón? —insistió el pequeño Francés sin inmutarse por el llanto de su madre.

Ella volvió a acariciarle los cabellos. Le miraba desde un abismo de aflicción y las lágrimas no dejaban de brotarle desde unos ojos tan oscuros como los de su hijo.

—¿Podré? —insistió él.

—No, mi pequeño, hoy no.

—¡Es domingo! —protestó Francés—. No he de ir a la abadía.

—Ya lo sé —contestó ella haciendo un esfuerzo para sobreponerse y hablar con cierta entereza—. He de decirte algo, hijo de mi alma. Escúchame con atención. —Sollozó y luego inspiró profundamente, hinchando el pecho cubierto por el terciopelo negro del vestido sobre el cual brillaba una gran cruz de plata—. Tu padre, tu buen padre el doctor don Juan de Jassu, ha muerto. —De nuevo se deshizo en lágrimas—. ¡Ay, Dios lo acoja! ¡Dios se apiade de nos!

Francés de Jassu era el más pequeño de los cinco hijos de don Juan de Jassu y doña María de Azpilcueta. La mayor, Ana, se marchó muy pronto del señorío familiar para casar con don Diego de Ezpeleta, señor de Beire. La segunda, Magdalena, de gran belleza según decían, se fue algunos años antes de que él naciera para ser dama de la reina Isabel, pero dejó la corte y profesó monja clarisa en Gandía. El primer varón fue el tercero de los hijos, Miguel, el mayorazgo heredero del señorío. Y el cuarto era Juan, que andaba desde muy joven en los menesteres de la milicia.

Nueve años después que este penúltimo hijo, vino al mundo Francés en el castillo de Xavier, como los demás hermanos, donde también naciera su madre cuarenta y dos años antes de este último alumbramiento.

El padre, don Juan de Jassu, se pasaba la vida lejos de casa. Francés apenas lo veía de vez en cuando, pues se ocupaba de importantes tareas en el Consejo Real, allá en Pamplona, cuando no se encontraba viajando camino de Castilla o de Francia para llevar embajadas de parte de los reyes. Solo estaba cerca, aunque pasara poco tiempo en el castillo, cuando se hallaba en Sangüesa, desde donde también despachaba sus asuntos de leyes, a legua y media de Xavier.

Los últimos años habían sido difíciles. Solo llegaban noticias que causaban en la familia grandes disgustos. Por eso el pequeño Francés estaba acostumbrado a ver llorar a su madre. El padre vivía envuelto en complejas negociaciones en razón de las peleas entre los reinos. El rey don Fernando, que siempre apeteció señorear Navarra, declaró la guerra al rey de Francia por causa de la conquista de Guyena. Para ir a hacer esta guerra, pidió pasar con su hueste por los territorios navarros. Esto requería la gestión de hábiles embajadores para no disgustar a un monarca ni al otro. El rey don Juan envió emisarios a una y otra parte. Era un asunto complejo. Sin dar tiempo a que se hicieran negocios, se impacientó don Fernando y mandó al duque de Alba que avanzase. La hueste ocupó Pamplona en julio de 1512. Tuvo que huir la reina navarra doña Catalina y el rey don Juan también, aunque algo más tarde.

Desposeídos sus reyes, don Juan de Jassu siguió ocupando su cargo en el Consejo Real, aunque al servicio ahora de las autoridades castellanas. Esto le acarreó no pocas dificultades entre sus familiares y amigos. Muchos no le perdonaron que jurase fidelidad al rey Fernando. Para un doctor en Decretos, un hombre de toga, era muy difícil alzarse en rebelión. Y esto le valió la afrenta de muchos paisanos. Le abrieron en el pecho una herida de desprecios que le amargó sus últimos días.

20 de octubre de 1515

Muerto don Juan de Jassu fue llevado primeramente a la abadía, donde los clérigos rezaron por su alma los correspondientes responsos. Amortajaron el cuerpo y lo metieron dentro de una caja de pino que, puesta sobre una carreta tirada por bueyes, se encaminó hacia el pequeño pueblo seguida por una triste comitiva fúnebre. Iban delante los siervos, lacayos, pastores, almadieros, leñadores y hortelanos. Detrás, sobre mulas con aparejos de gala, avanzaban en el acompañamiento los molineros, capataces y salineros. A continuación, el concejo con los escribientes y todos los secretarios y ayudantes del difunto. Lo seguían los fijosdalgo, parientes y allegados a lomos de buenos caballos, formando una noble estampa. Delante del féretro iban la cruz parroquial, los ciriales y el turiferario que perfumaba a su paso los campos con el aroma del incienso. También los estandartes de los santos y la bandera del señorío. A ambos lados del carretón caminaban a pie los acólitos, entonando misereres. Inmediatamente detrás, iban el vicario y los demás sacerdotes con sus negras capas pluviales adornadas con dorados bordados de huesos y calaveras. Por último, cabalgaba la familia muy triste, a lomos de caballos mansos, mulas de paseo y pacíficos jumentos. Iba Francés en la misma montura que su hermano Juan, un robusto percherón de rojo pelo. Solo la madre y la tía Violante iban sobre ruedas, en la carruca de madera de ciprés que heredaron de los abuelos maternos, los Aznárez de Sada.

Hiciéronse honras fúnebres muy solemnes en la iglesia parroquial de Xavier. Don Juan de Jassu se lo merecía, pues en vida había mandado reconstruir y agrandar el templo y le había cedido a perpetuidad todos los diezmos del pan, el vino, la sal y el ganado que el señorío disfrutaba. Como también y muy generosamente se había cuidado de que se edificara la abadía, donde se ocupó de que vivieran en comunidad un vicario, dos prebendados, un mozo de servicio y un escolar. Debían cantar misa diariamente: los lunes por los difuntos; en honor de la Virgen María, el sábado, y celebrar muy solemnemente los domingos y fiestas de guardar. Pero no quiso don Juan que sus huesos reposasen en este santo templo, sino en la capilla del Cristo, en el castillo.

La comitiva emprendió de nuevo el camino, ahora en

dirección a la fortaleza. Era mediodía y un vientecillo suave agitaba las copas de los árboles, de las que caían amarillentas hojas que se arremolinaban en los prados. El río Aragón iba turbio por las últimas lluvias otoñales y las almadías permanecían detenidas en la orilla, con sus húmedos troncos alineados y amarrados con gruesas sogas a estacones clavados en la tierra. Los sotos estaban ya pardos y tristes. Los campos se veían muy solos, despoblados de la mucha gente que cotidianamente solía laborar en ellos. Todos los campesinos habían acudido al entierro. También los pastores, cuyos rebaños balaban en su encierro de los apriscos.

Los últimos responsos se cantaron en la capilla del castillo. El enorme y misterioso Cristo que pendía del ábside sonreía con su extraña mueca que a todos inquietaba. También parecían reírse los esqueletos danzantes que decoraban las paredes del oratorio, esas siniestras figuras que se burlaban del mundo de los vivos, anunciando la ineludible presencia de la muerte en las filacterias que sostenían con sus descarnados dedos.

Al pequeño Francés, este día, los esqueletos de las paredes de la capilla no le producían ni miedo ni risa. En la tierna mente del niño se representaban ahora rotundos, victoriosos, sobre el oscuro agujero que se veía abierto junto al altar mayor, donde, bajo pétrea lápida, iban a quedar cerrados y sellados los huesos de don Juan de Jassu.

2

Navarra, señorío de Xavier, 12 de mayo de 1516

El vicario dictaba con voz monótona e insistente, repetía cada palabra del aburridísimo texto latino. Francés escribía en su tablilla frases que apenas entendía:

Crucem videntes, unctionem non videntes...

Afuera hacía un precioso día de primavera. La puerta del patio estaba abierta y se filtraba la luz brillante que bañaba la hierba verde y los arbustos recién brotados. Se escuchaba un tenue zumbido de abejas y el gorjeo constante y entrelazado de multitud de pájaros en la arboleda que había más allá de la abadía. Nada invitaba a sentirse preso de aquellas cuatro paredes, ni a estar pendiente del monocorde dictar de un maestro tristón. El alma de Francés se iba a las nubes. Pensaba en las palomas que acudían a esa hora a la ribera y en los patos que se reunían más allá del molino. Soñaba despierto con echar a volar su halcón desde algún cerro y verlo como una centella para hacer presa en una perdiz. Escuchaba las voces lejanas de los niños en el prado, el campaneo de los rebaños, el rumor de las golondrinas, el chirriar de las ruedas de las carretas, el golpeteo de los cascos de alguna bestia en el empedrado que se extendía junto a la fuente... La vida se desenvolvía en el exterior con todas las actividades que mandaba el mes de mayo.

—¡Francés de Jassu! —gritó de repente el vicario—. ¡Estás en babia!

El niño se sobresaltó y salió de su ensimismamiento. Atemorizado, miró al maestro con sus enormes ojos.

—A ver, ¿qué he dicho?—le preguntó el vicario—. Repite la última frase.

Francés miró su tablilla y apuntó con su pequeño y delgado dedo índice a lo último que había escrito antes de abstraerse en sus pensamientos.

—*Crucem... Crucem videm... videntes...*

—¡Qué! —exclamó el clérigo rojo de rabia—. ¡En la inopia! Lo que yo digo: ¡en babia! ¿Se puede saber qué te pasa, señor Francés de Jassu? ¿Habré de hablar con tu señora madre y decirle que no prestas atención?

El niño negó con la cabeza muy expresivamente y enseguida puso gesto de estar muy atento.

—*Crucem videntes, unctionem non videntes* —repitió el maestro lentamente—. *Crucem videntes, unctionem non videntes.* Es una frase de san Bernardo de Claraval. Es decir, de *sancti Bernardi Claravallensis, sancti Ber-nar-di.* ¿Comprendes? *Sanc-ti Ber-nar-di.* ¿Sabes lo que quiere decir?

—No, señor vicario —negó el niño.

—¡Ah, cómo habías de saberlo, criatura! ¡Qué pasará por esa cabecita, Dios bendito! Pues verás: *crucem videntes, unctionem non videntes* quiere decir que...

En esto se escuchó en el exterior el alboroto de algunas voces. Siguió el grito de una mujer y el estruendo de numerosos pasos.

—¡Oh, cielos! —rugió el maestro—. ¿No se podrá callar esa gente inculta? ¡Aquí no hay quien se entere!

De repente, irrumpió en la estancia uno de los clérigos beneficiados de la abadía.

—¡Señor vicario —dijo nervioso—, vienen soldados por el camino de Sangüesa!

—¿Soldados? —exclamó el vicario.

—Soldados de Castilla —explicó el clérigo—. Gente de armas del regente, según dicen. Unos labradores vinieron a dar aviso al castillo y la señora manda que se recoja todo el mundo en la iglesia.

—¡Virgen María, válenos! —rezó el vicario—. ¡Soldados del regente! ¡Soldados de Aragón!

Salieron apresuradamente y fueron a la iglesia, obedeciendo el mandato de doña María de Azpilcueta, señora de Xavier, viuda de don Juan de Jassu. En el interior del templo se encontraron a mucha gente reunida en torno al altar mayor. Otros entraban en ese momento.

—¿Por dónde vienen los soldados? —preguntó alguien.

—Están muy cerca —explicó uno de los pastores—. A las puertas mismas de Sangüesa.

El pequeño Francés sabía muy bien lo que aquello significaba para su familia. El momento temido había llegado. Durante meses venía escuchando las conversaciones en casa. Todo eran dificultades desde que la hueste del rey de Castilla ocupó Navarra. En medio de grandes disgustos y apenado por muchas traiciones murió el doctor don Juan de Jassu.

A finales de enero se supo en Xavier una noticia que llenó de esperanzas a muchos navarros. El rey don Fernando, el invasor, había muerto cerca de Cáceres. Era llegado el momento de expulsar a los castellanos usurpadores. El rey don Juan de Albret regresaba de Francia para reconquistar el reino. Muchos nobles, importantes caballeros, eclesiásticos y burgueses se reunieron en la conspiración agramontesa para recuperar el trono de don Juan y doña Catalina.

A Xavier llegaron noticias que pusieron nervioso a todo el mundo. Enterados de que las tropas leales al rey navarro venían descendiendo incontenibles hacia el sur, los tíos y hermanos de Francés estaban exaltados. La gente se echaba a las montañas llevándose todas las armas que había en las casas. Miguel y Juan de Jassu juntaron a un puñado de vasallos y se unieron a la gente de Sangüesa para ir a engrosar el ejército de los reyes. Doña María de Azpilcueta estaba muy asustada al ver a sus hijos en pos de la guerra. Su esposo había sido un hombre pacífico, un doctor en Decretos, un hombre de toga, un diplomático acostumbrado a solucionar las cosas mediante las leyes y las hábiles palabras de concierto. Mas sus hijos estaban arrebatados por la furia patria. Se sentían llamados a defender lealmente a sus reyes y, como a tanta gente brava de Navarra, nada podía apaciguarlos. Allá iban a unirse a las viejas banderas.

El regente de Aragón era el arzobispo de Zaragoza, don Alonso, hijo natural del rey Fernando, y no estaba dispuesto a consentir que Navarra se le subiera a las barbas recién muerto su augusto padre. Reunió a las huestes castellanas y aragonesas en Tarazona y puso rumbo a Pamplona ni corto ni perezoso, al frente de treinta mil hombres bien armados y ansiosos de botín de guerra. En Xavier sabían muy bien el peligro que se avecinaba.

16 de mayo de 1516

—No hemos hecho nada malo —decía entre sollozos

doña María de Azpilcueta—. Somos gente cristiana y honrada que ha servido siempre a la Santa Iglesia lo mejor que ha podido. ¿Por qué hemos de huir?

En la sala grande del palacio nuevo, dentro del castillo, estaban reunidas más de medio centenar de personas: los habitantes de la fortaleza, el vicario, los clérigos, los administradores, los molineros, los salineros, el jefe de los almadieros y los hidalgos del señorío; abuelos, padres e hijos, todos con semblante grave, muy preocupados. Francés, con el mismo temor que los demás, escuchaba muy atento las conversaciones de sus mayores.

—Si asedian la fortaleza no podremos resistir ni un día —dijo circunspecto el tío don Martín de Azpilcueta, hermano de su madre.

—¿Asediar la fortaleza? —exclamó doña María—. ¿Por qué? ¿Qué hemos hecho? Somos gente de orden. Mi señor marido sirvió al rey don Fernando hasta su muerte. ¡Nos deben favores y no agravios! ¿Por qué han de asediarnos?

—Por causa de vuestros señores hijos, doña María —contestó el vicario—. Todo el mundo sabe en los alrededores que andan a unirse a don Juan de Albret llevando a parte de la gente del señorío. El ejército del regente ataca a estas horas Sangüesa. No sabemos si habrá caído ya la ciudad o resistirá aún. Pero es de temer que no tarde en ser tomada. Enseguida se sabrá allá de qué lado está cada señorío. Y nos, aunque no hemos tomado parte en nada, somos todos personal sospechoso. ¡Hay que huir, señora!

—Mis hijos son jóvenes —replicó doña María—. Han de entender que es el ímpetu de su juventud lo que los mueve. Pero queda aquí toda esta gente. El regente comprenderá que no somos sino cristianos, fieles temerosos de Dios que a nadie pueden causar daño.

—¡Doña María, hermana —exclamó don Martín de Azpilcueta—, no sea ingenua vuestra merced! El regente está en su palacio, allá en Zaragoza. Esos hombres que ahora asedian Sangüesa son soldados que no atienden a otra ley que la de la guerra, ni a otra razón que la de su codicia. Esto para ellos es territorio rebelde y no cejarán hasta que sometan y humillen a cada familia.

—Pero... tendrán sus capitanes —repuso ella—. Irán al frente dellos nobles caballeros cristianos que sabrán comprendernos. Ellos y nosotros servimos al mismo Dios. ¡El señor arzobispo de Zaragoza es un ministro del Altísimo!

—¡Señora! —intervino un caballero de edad madura, don Guillermo Pérez—. Lo que ha dicho vuestro señor hermano es tan cierto como que Dios es Cristo. Esa soldadesca que asedia Sangüesa es gente altanera e indisciplinada que no ha de respetar a nada ni a nadie. ¡Es la guerra! Comprenda bien eso vuestra merced. Cuando caiga Sangüesa vendrán aquí y... ¡Dios nos libre!

Doña María de Azpilcueta bajó la cabeza y no volvió a hablar. Con gesto confundido, con ansiedad, anduvo por medio de la sala hasta un rincón donde se derrumbó del todo. Una de sus criadas le acercó una silla. Ella se sentó y se cubrió el rostro con las manos. Todo el mundo la miraba, como esperando su respuesta, hasta que, con potente voz, ordenó don Martín:

—¡No hay tiempo que perder! ¡Hay que irse de aquí! ¡Id y avisad a todos de que han de echarse a los montes! Llevad provisiones, pues no sabemos cuánto tiempo ha de durar esto.

—¡Hay que reunir el ganado y entrarlo bosque adentro! —añadió don Guillermo—. ¡Y que no quede ninguna mujer en el pueblo! Esos demonios deshonrarán a cualquier hembra que se les ponga por delante...

—¡Oh, Dios! ¡Virgen Santísima! —gritaron las mujeres que estaban presentes—. ¡Líbrenos Dios!

Enseguida se deshizo la reunión. Corrió la gente en todas direcciones, a sus viviendas y habitaciones, para recoger cuantas pertenencias de valor tenían.

—Doña María —dijo don Martín a su hermana—, sobrepóngase vuestra merced y saque fuerzas de flaqueza, que Dios no habrá de abandonarnos. ¡Vamos, hermana, que hay poco tiempo!

Los criados reunieron enseguida a los niños del castillo. Otros se encargaron de juntar la plata en sacos, vajillas, adornos, cubiertos... Todo lo que tenía algún valor era puesto en las alforjas de los asnos. Don Martín se ocupó de llevar los dineros que se guardaban en la caja de caudales. Y la tía Violante envolvió en paños las alhajas de la familia. Doña María, más entera ya, estuvo recogiendo cartas, documentos y escrituras importantes que custodiaba un viejo escritorio del despacho de su esposo. También dio orden de que se envolviesen en telas los mejores retratos.

—Señora, la capilla —advirtió el ama Saturnina—. ¿Qué haremos con el Cristo?

—¿No han de respetar al mismo Señor? —dijo adusta doña María—. El Cristo no se ha movido nunca de ahí. Si esas gentes lo destrozan, allá ellos con sus conciencias.

—Pueden robarlo —sugirió Saturnina.

—El Cristo sabe cuidarse solo —sentenció doña María—. Confiemos en la Divina Providencia.

Subieron a las monturas en el mismo patio del castillo. Las bestias iban muy cargadas: ajuares, alimentos y objetos familiares muy queridos. Pronto estaba saliendo por la puerta principal una larga fila que se encaminaba hacia el norte, a Yesa, para ir a buscar refugio en la sierra de Leire.

Cuando aún no habían perdido de vista el castillo, los alcanzaron unos jóvenes caballeros que cabalgaban al galope.

—¡Dense prisa, señores! —les advirtieron—. Sangüesa ha caído. Arde toda la ciudad y esos castellanos saquean ya cuanto encuentran en su camino.

Aterrorizados, apretaron el paso. Daba pena ver a los ancianos, deshechos en lágrimas, con sus doloridos cuerpos sometidos a aquella huida por ásperos senderos sembrados de piedras. Como si fueran peregrinos, los fugitivos iban rezando.

En el monasterio de Leire les dieron acomodo los monjes. El abad les aseguró que respetarían aquel recinto sacro. No tenía lógica pensar que los soldados de un arzobispo violaran la clausura de un cenobio. Así fue. La hueste del regente ni siquiera se aproximó a las faldas de la sierra. No les merecía la pena ascender por la dura pendiente para llegar a un sitio que debían dejar intacto.

Desde la altura del monasterio, en las noches claras de mayo, vieron el resplandor de los incendios allá abajo, en los valles.

—¡Diablos encarnados! —rugió don Martín de Azpilcueta—. ¡Están quemando los bosques! ¿Qué ganan con eso? ¿Qué beneficio sacan? ¡El demonio los lleve!

23 de mayo de 1516

—¡Ya se han ido, amo! —vino a avisar uno de los pastores que cada día descendían hasta el pie de los montes para observar los movimientos de las tropas del regente.

—¿Todos? —preguntó don Martín.

—Todos. No hay nadie en Xavier. Todo está solo y...

—¿Y qué?

—Solo y arruinado, amo —explicó el siervo—. El castillo ha sido derruido y quemado, los bosques talados, el molino hecho pedazos y las casas demolidas. Solo respetaron la abadía.

—¡Oh, Dios, Santísimo Dios! —rezó don Martín deshecho por el dolor.

Retornaron a Xavier ese mismo día. Con horror, encontraron todo convertido en ruinas. Para el pequeño Francés, aquella visión del encantador lugar de su infancia, asolado, suponía una pena grandísima.

3

Navarra, señorío de Xavier, 20 de abril de 1520

Por esos caprichos del arte de la cetrería, un muchacho de catorce años cabalgaba por los campos llevando su halcón neblí en el puño. Pretendía alcanzar un bando de bravas perdices que volaban largo, más allá del valle, cerro tras cerro, dejándose caer a ras de suelo por las pendientes para perderse en las zonas sombrías de la ladera. El sol de primavera había estado radiante durante la jornada y ahora se ocultaba detrás de la sierra de Izco. El cielo se iba tiñendo de un color purpúreo. Salía la luna. Al paso del caballo por la hierba fresca, se arrancó del suelo con ruidoso vuelo un macho de perdiz grande como una gallina. Soltó las pihuelas el joven y su noble ave se elevó en el aire para lanzarse luego como una saeta y alcanzar a su presa en un impacto de garras y plumas. Al muchacho, feliz por la hazaña de su halcón, se le escapó una alegre carcajada que resonó en la soledad del paraje. Echó pie a tierra y corrió para recoger la perdiz, antes de que la fiera rapaz comenzase a devorarla.

Caía la noche sobre los montes y el cazador emprendía el regreso. Todo empezaba a estar oscuro y silencioso. Cabalgó por un abrupto collado y luego por unos prados suaves que le condujeron hasta el camino que discurría junto a la orilla del río, que se deslizaba rápido. La luna roja se reflejaba en el agua; pequeñas ondas corrían por su reflejo alargándola, despedazándola, como si quisieran llevársela corriente abajo.

Pronto divisó en el horizonte el castillo, la techumbre del caserón familiar y los graneros. Las majadas balaban en los apriscos y algún mastín ladraba ronca y pesadamente. El muchacho iba abstraído sobre el caballo, como envuelto en grande quietud y con el ánimo pacificado, dejándose llevar por el conocido sendero.

De repente unas voces le hicieron salir de su ensimismamiento. Dos caminantes, charlando en voz alta, iban por delante en la misma dirección y no tardó en darles alcance. Enseguida los reconoció como peregrinos por sus hábitos pardos y por los bordones que portaban en sus manos. Era una imagen frecuente por aquellos senderos. Les saludó:

—¡La paz de Dios, hermanos peregrinos! ¿Adónde van vuesas mercedes?

—Al santo templo del apóstol, a Compostela. ¿Falta mucho para Sangüesa?

—No, hermanos. Mas ya ven vuestras mercedes que es de noche y se perderán. En aquel castillo pueden hospedarse.

—¿De quién son estas tierras, muchacho?

—Del señor de Xavier, mi hermano. Yo vivo en el castillo y mi señora madre tiene por ley dar posada al peregrino, como Dios manda.

—Pues Dios se lo pagará —respondió uno de los caminantes—. Vamos allá, que necesitamos dar descanso al cuerpo.

—¿Vienen de muy lejos? —preguntó cortésmente el muchacho para darles conversación.

—De Jaca. Ha poco que empezamos el camino. Dios quiera que podamos terminarlo.

—Claro, hermanos, el apóstol os ha de ayudar a llegar allá —les animó él.

—Dios te oiga, muchacho.

Al aproximarse más al castillo de Xavier, se apreciaba su estado ruinoso, con la torre de San Miguel demolida y todas las defensas, murallas exteriores, matacanes y almenas derruidas. De la fortaleza apenas quedaba en pie el caserón destartalado con unos graneros adosados que doña María de Azpilcueta mandó construir con las piedras resultantes de tanto destrozo.

—¿Hubo aquí guerra? —preguntó uno de los peregrinos al muchacho.

—¿Guerra? ¿Por qué pregunta tal cosa vuestra merced? —contestó muy digno él.

—Parece muy desmochado el castillo —observó el peregrino.

—De puro viejo que es se ha caído —respondió huraño el joven y espoleó al caballo para adelantarse—. ¡Allá los espero, hermanos! Que he de ir a avisar, dado lo tarde que es.

Mientras se acercaba a la puerta principal de su casa, el más pequeño de los Jassu reparaba una vez más, como tantas otras, en el agravio permanente que suponía para él y los suyos el estado lamentable de la que fuera durante siglos la fortaleza orgullosa de sus apellidos. Desde que cuatro años antes las tropas del regente de Aragón atacaran Sangüesa y mandaran desmochar las defensas de los señoríos fieles a los reyes navarros, la imagen del castillo delataba ante todos los que por allí pasaban el humillante castigo sufrido por la rebeldía de sus habitantes. Por eso el muchacho no daba explicaciones a nadie. Que cada cual se hiciese sus propias conjeturas.

En este último lustro habían pasado muchas cosas. Tristes las más de ellas. Tuvieron que huir los hermanos mayores a Francia. Porque don Miguel de Jassu y Azpilcueta, el nuevo señor de Xavier, había hecho público y notorio alineamiento del señorío familiar con el rey don Juan de Albret, no solo con su juramento formulado en Sangüesa delante de otros caballeros, sino porque había además reunido gentes y armas con los que se pusieron al servicio del levantamiento. Sobrevenido el castigo y abatidas las defensas del castillo, comenzaron las penalidades. Los señores de Xavier tuvieron que renunciar a muchos beneficios. Los rebaños trashumantes que atravesaban sus términos dejaron de pagar la cuota por el pasto que comían: un cordero y cinco sueldos. Tampoco los almadieros querían pagar el derecho de paso de la madera que discurría siguiendo la corriente del río Aragón. Doña María de Azpilcueta, sin poderes ni defensa alguna, veía cómo disminuían los ingresos de su casa merced a la indocilidad de pecheros y vasallos. Comenzó a sentirse crudamente la penuria.

Pero en este corto periodo de cuatro años, que a Francés de Jassu le pareció tan largo por dejar atrás la infancia, sucedieron también muchos cambios en los reinos. Murió el regente, el cardenal Cisneros. Reinaba ahora en las Españas Carlos V, nieto del rey don Fernando. Murió asimismo el virrey de Aragón, don Alonso. Y también murieron los reyes de Navarra en el exilio francés, dejando como heredero de su perdido reino a su hijo don Enrique de Albret.

Al trocarse de tal manera los poderes y variarse tanto el curso de las cosas, pareció que lo que había sido reciente quedaba pronto lejano en el tiempo. Entonces doña María envió memoriales al nuevo rey don Carlos pidiéndole que resarciera al señorío por todos los daños sufridos en sus posesiones. Reclamó cinco mil ducados por los perjuicios del castillo y el pago de todos los préstamos hechos a los reyes navarros desde los tiempos de los abuelos, así como los servicios que se le debían al doctor don Juan de Jassu. No logró sino silencios.

El señor de Xavier, Miguel de Jassu y Azpilcueta, estuvo durante muchos años lejos del señorío, ya fuera en ultramontes, en Francia, o en Pamplona, siempre alejado de la aldea, sin atreverse a presentarse por miedo a comprometer a la familia. Tampoco Juan de Jassu, el capitán, venía a casa.

Al faltar el mayorazgo, algunos vecinos de Sangüesa se envalentonaron y se apoderaron de las tierras de Xavier. Fueron allá ensoberbecidos al ver las torres humilladas y por los suelos. Roturaron los campos, se edificaron casas de labranza y se asentaron a sus anchas prohibiendo a los roncaleses que se detuvieran en los prados para apacentar los ganados.

Francés deseaba ser mayor para tomar las armas y poner en su sitio a aquella gente que tanto abatimiento causaba al orgullo del noble nombre de la familia.

Cuando, pasados los años, pareció que todo estaba más calmado, regresó Miguel de Jassu. Con tiento y cuidado, el señor de Xavier intentó ordenar las cosas, pero en Sangüesa las autoridades castellanas se negaban a respetarle muchos de sus derechos.

4

Navarra, señorío de Xavier, mayo de 1521

Durante semanas, el señor de Xavier, don Miguel de Jassu y Azpilcueta, estuvo más inquieto que nunca. Venían al castillo muchos parientes de las familias de Pamplona, Olloqui y Peña. Celebraban reuniones secretas. Se alteraban, daban voces, se oían fuertes puñetazos en las mesas... También iban a Sangüesa a la caída de la tarde y regresaban al amanecer del día siguiente. A los hermanos mayores de Francés se los veía impacientes, como si se avecinaran acontecimientos graves. La gente estaba en vilo, como años atrás, en 1516, cuando se quiso restaurar a los reyes y sobrevino luego el desastre.

Con doña María los hermanos Jassu se manifestaban esquivos y silenciosos. No le hacían partícipe a la madre de sus conspiraciones. No querían causarle a la pobre mujer mayores penas que las que ya había sufrido. Pero ella les leía los pensamientos. Conocía a sus hijos, sabía de sus peligrosas intenciones.

—¿Qué tramáis? —inquiría—. ¡Decidle a vuestra madre lo que pensáis hacer!

—No, no, no, señora —le respondía Miguel con ternura—. Bastante tiene vuestra merced con lo que ha pasado. Déjenos hacer, que somos hombres y sabemos cuidarnos. No se alarme vuestra merced, que no ha de sucedernos mal alguno.

Ella lloraba amargamente. Detestaba aquellos conflictos que retornaban una y otra vez a turbar la paz de sus vidas. Deseaba ardientemente que pudieran estar tranquilos, sin el sobresalto constante de los asuntos políticos.

—Mirad de no hacer un desatino —les decía a sus hijos—. Acordaos de la otra vez. ¡Por el amor de Dios, dejaos ya de locuras!

—Confíe en nosotros, señora madre —insistía don Miguel—. No sufra vuestra merced, que no se lo merece.

14 de mayo de 1521

Era domingo y estaba a punto de terminar la misa mayor en la parroquia de Xavier. Francés de Jassu ayudaba como monaguillo al vicario, que se disponía a impartir la bendición para despedir a los fieles. Pero antes de que nadie abandonase el templo, debía cantarse la salve a la Virgen. El muchacho entonaría el canto en solitario, como cada domingo; después se le unirían los clérigos y el pueblo. A un lado, junto al presbiterio, doña María de Azpilcueta esperaba emocionada ese momento, arrodillada en un reclinatorio, como la tía Violante. Detrás de ellos estaban los primos y los criados de mayor confianza. El tío Martín solía situarse en un rincón junto al sepulcro de su esposa, que murió joven, hacía treinta años. La iglesia estaba abarrotada, como era costumbre.

El vicario bendijo y pronunció la frase de despedida:

Ite missa est. En ese momento sonó un fuerte estampido en el exterior que retumbó en la bóveda. Todo el mundo dio un respingo y comenzaron a mirarse unos a otros extrañados. Se oían voces, alboroto de gente y pisadas de caballería afuera en la calle. Dentro de la iglesia se inició un murmullo de conversaciones en voz baja.

Francés miró al vicario, sin saber qué hacer.

—Vamos, vamos, la salve, ¿a qué esperas? —le apremió el clérigo.

El muchacho inició el canto como si nada pasara y los sacerdotes le siguieron. Los fieles se unieron sin demasiado entusiasmo, como despistados a causa de la inquietud causada por los ruidos del exterior.

Concluida la plegaria, se abrieron las puertas y la concurrencia se precipitó al exterior llevada por su curiosidad. Entonces se incrementó el alboroto. Se escuchaban voces exaltadas, vivas y aplausos. También el redoble de tambores que se iba intensificando.

—¡Dios Bendito, qué pasará ahí fuera! —exclamó el vicario cuando iba camino de la sacristía con los acólitos.

Francés se sacó el roquete y la sotana de un tirón, deseoso de ir a ver.

—¡Eh, adónde vas tú! —le recriminó el vicario—. Hay que apagar las velas y recoger todo.

Pero el muchacho estaba tan nervioso que no podía contenerse. Salió a todo correr por la nave del templo.

—¡Eh, Francés! ¡Quieto ahí, Francés de Jassu! —le gritaba el clérigo.

Doña María de Azpilcueta seguía arrodillada, como si estuviera ajena a lo que sucedía.

—¡Señora, llame vuestra merced a su hijo! —le dijo el vicario.

Pero ella ni siquiera le miró. Tenía los labios temblorosos y una mirada llorosa perdida en la imagen de la Virgen que presidía el altar mayor.

Afuera hacía un día de brillante sol. La pequeña plaza que se extendía delante de la parroquia rebosaba. La gente había salido de la misa y se había unido a un nutrido grupo de forasteros recién llegados, formando todos una turba vociferante, enloquecida, que vitoreaba y coreaba conocidas frases patrióticas. En el centro se veían caballeros armados, sobre sus monturas, y muchos hombres de a pie en fila, con arcabuces, rodelas y lanzas. De vez en cuando, estallaba en el aire algún disparo y las mujeres gritaban aterrorizadas. Las palomas de un cercano palomar se habían asustado y volaban en desbandada por el cielo azul junto a una nube de golondrinas.

Francés vio a sus hermanos, a caballo, formando parte de la hueste. La gente les aplaudía y aclamaba entusiasmada.

—¡Viva el único rey de Navarra! —gritó don Miguel de Jassu y Azpilcueta con una recia voz.

—¡Viva! —coreó el gentío.

—¡Viva don Enrique de Albret!

—¡Viva!

—¡Viva don Enrique II de Navarra! ¡Viva el rey! ¡Viva Navarra!

—¡Viva! ¡Viva! ¡Viva!

Francés sintió que le hervía la sangre en las venas. Se sentía emocionado por ver a sus hermanos, parientes y amigos tan exaltados, dispuestos a defender leal y valientemente a quienes consideraban sus legítimos reyes. Gritaba como el que más, coreaba los vivas y se unía a sus paisanos para cantar las coplas patrióticas que todo el mundo conocía. Los jóvenes, los muchachos de su edad y aun los niños participaban del jaleo como si se tratara de una fiesta.

El menor de los Jassu corrió a por su caballo y quiso unirse a la banda armada que tan resuelta estaba a reconquistar el reino. Pero doña María se enfureció y fue a apartar a Francés de todo aquel lío. Reprendió a Miguel y a Juan, echándoles en cara que iban a echarse a perder y que perderían también al pequeño metiéndolo en sus peligrosas empresas.

Miguel entonces le dijo al muchacho:

—Anda, vete a casa, que no tienes edad.

—Pero... ¡tengo quince años! Ahí hay gente menor que yo...

—¡He dicho que obedezcas a nuestra señora madre! ¡Esto es cosa de hombres!

Francés los vio partir muy animosos, por el camino de Yesa, dando vítores y enarbolando banderas.

—¡Viva don Enrique II! ¡Viva el rey de Navarra! ¡Viva! ¡Viva! ¡Viva!...

Durante las semanas siguientes llegaron noticias alarmantes que pusieron en vilo a la familia. Don Miguel y don Juan de Jassu reclutaron gente por los alrededores y compusieron una hueste para unirse al mariscal de Navarra e iniciar la revuelta.

Por otra parte, se supo que en Castilla se habían alzado numerosos nobles, clero y pueblo en contra del rey Carlos V, temerosos de que la autoridad del emperador, representada por los corregidores, terminara con sus privilegios en las Cortes castellanas. El descontento y la indignación cundían en todas partes, pues se temía la rapacería de los consejeros borgoñones y Castilla se resistía a aceptar un rey extranjero. La insurrección había comenzado a gestarse en las Cortes de Valladolid y estalló luego en Toledo, en Segovia y en el resto del reino, constituyéndose una Junta Santa dispuesta a tomar las armas.

En Navarra estas nuevas sembraron muchas esperanzas. La gente estaba de gorja. Pero las cosas se pusieron mucho más serias cuando se conoció la noticia de que el rey Enrique de Albret venía por ultrapuertos ayudado por Francia para recuperar el reino, aprovechando que Carlos V partía para coronarse en Roma emperador del Sacro Imperio. Decían que el joven rey navarro venía con su enorme ejército de franceses, al que se unieron los roncaleses y mucha gente de la baja Navarra. En Pamplona fue saqueado el palacio del virrey y arrastrado por las calles el escudo de los Austrias. El 19 de mayo los regidores de la ciudad prestaron juramento al rey Enrique II y lo mismo hicieron muchas autoridades, nobleza y clero en numerosas ciudades. El mariscal don Pedro de Navarra capitaneó el alzamiento en la merindad de Olite; les siguió Tudela con don Antonio de Peralta a la cabeza y en Estella capituló la fortaleza donde se hacía fuerte la guarnición española. Se decía que el levantamiento era ya general y que no solo los agramonteses estaban en la causa, sino que muchos beamonteses también se unían.

Enardecidos por tales noticias, don Miguel y don Juan de Jassu reunieron a toda su gente y fueron a juntarse con partidas de hombres de Cáseda, Liédema y Yesa. Se enteraron de que venía un destacamento de peones castellanos enviados por la ciudad de Calahorra a guarnecer la plaza de Lumbier, en total unos doscientos soldados bien armados. Les dieron alcance en el puente de Yesa, los acorralaron, mataron a varios de ellos e hirieron a muchos. A los demás, vencidos y despojados de ropas, dinero y armas, los despidieron para que se volvieran por donde habían venido, con graves advertencias de no respetarles la vida si intentaban nuevamente cruzar aquellos territorios.

Francés vio venir a sus hermanos mayores victoriosos, seguidos por toda su gente, embravecidos y henchidos de orgullo. Descansaron en el castillo, comieron, bebieron y se fueron animando más y más. Al día siguiente, de madrugada, se fueron todos a Sangüesa vitoreando a voz en cuello al rey Enrique II, al mariscal don Pedro y a Francia.

Esa tarde se supo en Xavier que habían puesto en fuga a la guarnición castellana y que tenían presos a los regidores. Don Miguel en persona arrastró por los suelos de Sangüesa los pendones de Castilla atados a su montura.

Doña María de Azpilcueta escuchaba el relato de estos hechos espantada.

—Esto no traerá nada bueno —decía meneando la cabeza.

—¿Por qué, madre? —replicaba su hijo Francés—. ¿Hay acaso algo malo en ello? ¡Es de justicia! ¡Don Enrique es el rey de Navarra! ¡Es el legítimo rey!

—Calla, hijo, calla —le mandó ella muy seria—. ¡Esto es una locura! El rey de Castilla es el emperador del mundo y tiene consigo al papa y a muchos reinos. ¿Qué pueden estos hijos míos contra tanta fuerza? Esto no ha de acabar bien, hijo de mi alma. Esto terminará llevándonos del todo a la ruina.

5

Navarra, señorío de Xavier, años 1521 y 1522

Durante meses, en Xavier se vivió en continua zozobra. Constantemente pasaba por el camino gente que iba en una dirección u otra. Las noticias se contradecían. Parecía al principio que la empresa a favor del rey Enrique prosperaba. Dueño el capitán Asparrós de Pamplona, puso sitio a Logroño, que estaba defendido por don Pedro Vélez de Guevara. Pero Álava, Vizcaya, Guipúzcoa y La Rioja entera no tardaron en movilizarse a favor del rey de España. Tuvieron los navarros que levantar el cerco de Logroño y emprendieron la retirada por Estella y Puente la Reina. En los campos de Noáin y Esquiroz, el ejército de franceses y navarros agramonteses fue finalmente vencido el día 30 de junio de 1521.

Algunos de los sangüesinos que estuvieron en esta batalla llegaron huidos hasta Xavier para contar que los hermanos Jassu Azpilcueta andaban todavía intentando lo imposible unidos a otros caballeros, buscando refugio en la fortaleza de Maya. Pero eran poco más de dos centenares.

Un año después, en julio de 1522, hubo fatales noticias.

El virrey duque de Miranda, al frente de una artillería formidable y con un gran ejército, rodeó el último reducto de los navarros y destruyó las murallas que los defendían. Consumidos los víveres, extenuados e incapaces ya de hacer frente al poderío castellano, los leales al rey Enrique capitularon. Todos los nobles que habían resistido hasta el final fueron llevados como prisioneros al castillo de Pamplona.

Como don Juan de Jassu y Azpilcueta había estado apoyando a los que defendían Maya desde fuera, pudo escapar a las montañas. Pero su hermano don Miguel, que estaba dentro de la fortaleza, acabó en prisión junto con sus primos Martín, Esteban, Juan y Valentín de Jassu y muchos otros parientes, amigos y vasallos.

Esta noticia causó gran sobresalto en el señorío, pues con mucha razón se temió por sus vidas. Ahora, presos y convictos los rebeldes, esperaban una severa condena por parte de las autoridades castellanas.

Sin embargo, tres meses después llegó una nueva al castillo de Xavier que causó a doña María un alivio inmenso: su hijo Miguel logró huir de Pamplona y andaba escondido en alguna parte, seguramente entre amigos o felizmente en compañía de su hermano Juan. En medio de tanto infortunio, había que dar gracias a la Providencia.

Noviembre de 1522

Sobre el río Aragón surgía una niebla blanca y alargada; los picos de la sierra de Izco se destacaban a lo lejos, iluminados por un sol pálido que despuntaba sobre la bruma. No había el menor murmullo de viento, solo de vez en cuando una corneja graznaba entre los árboles. En medio de todo este silencio, casi siniestro, una larga fila de soldados, más de un centenar a caballo, avanzaba en la lejanía en dirección al viejo castillo desmochado. A medida que se aproximaban, los cascos de las caballerías sonaban cada vez más fuertemente en el suelo helado del camino; las herraduras, al chocar contra las piedras, tintineaban con un sonido metálico.

Subieron la cuesta y, al llegar frente a la puerta cerrada de la primera muralla, un centinela les dio el alto.

—¿Quién vive? —gritó.

—¡Vive el rey de España! —contestó un capitán con voz firme.

Se hizo un gran silencio. Anochecía y el cielo oscuro comenzaba a llenarse de estrellas.

—¿A quién buscan vuestras mercedes? —volvió a gritar el centinela desde la destartalada muralla—. ¡Aquí solo vive gente de paz!

—¿Quién gobierna este castillo? —preguntó el capitán con altanera voz llena de autoridad.

—Mi amo es el señor de Xavier —respondió el centinela—. Mas no se halla aquí; está de viaje a sus asuntos.

—¿Quién tiene poderes para guardar la propiedad en su nombre?

—Mi señora doña María de Azpilcueta, viuda del doctor don Juan de Jassu, que es la madre del señor del castillo.

—¡Que salga! —ordenó el capitán con voz cada vez más recia.

—¿Quién lo manda?

—Lo mando yo en nombre del virrey de Navarra: capitán Sancho Ramírez para servir a Dios y al rey de España.

Retornó el silencio. Las sombras crecían y los caballos resoplaban. En lo alto de la muralla había ahora cuatro siluetas humanas recortándose.

—¡Se me está agotando la paciencia, vive Dios! —rugió el capitán.

—Somos gente de paz —contestó la voz de un anciano desde las demolidas almenas—. Seguid vuestro camino, soldados, y no perturbéis el sosiego de esta casa. Somos cristianos que no hacemos mal a nadie.

—¿Con quién hablo? —preguntó el capitán.

—Con el servidor de Dios don Martín de Azpilcueta, pariente que soy de la señora de esta casa. Decid qué queréis de nos.

—¡Abrid la puerta!

—¿Con qué motivo? Si necesitáis algo, pedidlo —contestó don Martín—. Ahí afuera está el pilar para abrevar vuestros caballos.

—¡Abrid esa puerta o la echaremos abajo, vive Cristo! ¡Ya está bien de contemplaciones!

—¡Abridles! —se oyó ordenar a una voz de mujer.

—Pero..., señora —replicó don Martín al ver a su hermana aparecer en la puerta principal del castillo—, es gente de guerra; tienen armas y...

—¿Y qué? —repuso ella—. Nada tenemos que ocultar. Mejor será que entren y registren lo que quieran. No vaya a ser que se enojen y nos causen mayores perjuicios que los que ya tenemos.

Obedientes, los criados del castillo hicieron lo que mandaba su señora. Se abrió la puerta y el capitán pasó al interior del adarve seguido por varios soldados, todos a caballo. Estaba muy oscuro.

—¿No pueden vuestras mercedes traer una luz para que nos veamos las caras? —pidió el oficial.

Enseguida salió don Martín llevando un farolillo en la mano y se lo entregó a uno de los soldados. Este descabalgó y se aproximó a la puerta principal del caserón. Se vio a doña María de Azpilcueta muy seria y a su lado a un muchacho robusto.

—¿Son vuestras mercedes los dueños del castillo? —preguntó el capitán.

—Soy María de Azpilcueta, viuda de don Juan de Jassu, y este es mi hijo menor, don Francés de Jassu. Este castillo y las propiedades del señorío pertenecen al señor de Xavier, mi hijo mayor, don Miguel de Jassu.

—¿Dónde está el señor? —inquirió el oficial.

—Lo desconozco —respondió ella haciéndose la cruz en el pecho para revestir de veracidad su respuesta—. Mis hijos don Miguel y don Juan partieron a luchar por la causa del rey don Enrique. No voy a ocultaros eso, pues a buen seguro lo sabéis, ya que venís de Sangüesa. No tengo más que decir, excepto que desconozco su paradero.

—¡Registrad el castillo! —ordenó el capitán a sus hombres.

Descabalgaron los soldados e irrumpieron en el caserón distribuyéndose por todas las dependencias.

—¡Respeten vuestras mercedes la capilla! —rogó doña María.

—Somos gente cristiana —le espetó despreciativo el capitán—. Los herejes son el rey francés y sus secuaces, a quienes ha excomulgado el santo papa de Roma.

Al escuchar aquello, doña María se estremeció.

—¡No tienen vuestras mercedes derecho a ofender! —protestó con energía—. Somos súbditos de la santa Iglesia católica. Aquí se obedece a Dios y a Roma. ¿Qué de malo hemos hecho? Mi señor marido sirvió al rey católico don Fernando hasta la misma hora de su muerte.

—¿Y sus hijos, a quién sirven? —replicó el capitán.

Ella enmudeció. Pero don Martín de Azpilcueta se quejó amargamente:

—¡Déjenos estar, por amor de Dios, por los clavos de Cristo! No nos causen más humillaciones. ¿No ven vuestras mercedes esas torres deshechas y todo el castillo en ruinas? No hemos sufrido sino penas y desgracias. ¡Hayan caridad de esta noble señora! ¡No mancillen más vuacedes los blasones de esta casa!

En esto, el joven Francés de Jassu, al ver sufrir a su madre, y a su tío tan enervado, echó mano a la espada que llevaba al cinto e hizo ademán de ir contra el capitán que estaba a cuatro pasos de él.

—¡Cuidado, señor! —advirtió uno de los ayudantes del oficial.

—¡Hijo, no! —gritó doña María agarrando a su hijo por las ropas.

Varios soldados, al ver lo que sucedía, se echaron encima de Francés y le sujetaron por todas partes haciéndole caer al suelo. Uno de ellos le puso la punta de una alabarda en el pecho.

—¡No, por caridad, que es solo un niño! —suplicó don Martín.

—¿Un niño? —observó con sonrisa irónica el capitán—. Pues ya ven vuestras mercedes con qué soltura ha tirado de espada. ¿Esta es la gente de paz que decían morar en el castillo?

Doña María se hincó de rodillas y rogó sollozando:

—¡Por la Virgen bendita, señores! No se lo tengáis en cuenta, que lo hizo por ver a su madre angustiada. Él no sabe nada de estas cosas. Es un escolar que solo atiende a sus estudios y a los trabajos de la hacienda. ¡Es solo un muchacho!

—¡Soltadle! —ordenó el capitán—. El mozo se ha puesto nervioso, es de comprender. Pero quitadle la espada —añadió—, no vayamos a tener que llevarlo preso por su tozudez.

Soltaron a Francés y este, bufando de rabia, se compuso las ropas y volvió junto a su madre.

—Aquí no hay nadie —advirtió al capitán el sargento que mandaba a los soldados que hacían el registro—. Solo están esos señores de ahí y toda la servidumbre.

—Bien —dijo el capitán—. Si no se halla el señor, que es a quien buscamos, informaré al administrador de las órdenes que traigo de parte del virrey.

Dicho esto, extrajo de las alforjas de su caballo un pliego y lo extendió. El sargento le aproximó el farol y el capitán comenzó a leer:

> *En el nombre de su excelencia el muy noble y grande señor virrey de Navarra duque de Miranda y por los poderes que me otorga.* In nomine Dei. *Sea a todos manifiesto, a cuantos la presente orden vean y oigan, que se declara en rebeldía, condenados por traicionar al muy alto y poderoso señor rey don Carlos, nuestro natural señor, emperador que es de Roma y de todas las Españas, a la pena de la vida y confiscación de todas sus haciendas y bienes, así como derechos y beneficios si los hubiese, a los señores Miguel de Xavier, Juan de Azpilcueta, hermano del anterior, y a Martín de Jassu, a Juan de Jassu y a Esteban de Jassu, su hermano. Y quedan libres y sueltos todos los vasallos y criados que tuvieran los dichos señores de las obediencias y juramentos que les debieran a los condenados según el fuero, leyes y costumbres de este reino. Firmado y sellado en Pamplo-*

na por el susodicho virrey e lugarteniente general de este reino de Navarra.

Los soldados castellanos publicaron la condena a muerte del señor de Xavier por todos los territorios cercanos. Acampó la guarnición que comandaba el capitán Sancho Ramírez junto al viejo castillo. Permanecieron allí tres largos meses en los que talaron los robledales para construirse barracones y para hacer los fuegos que necesitaban para calentarse durante el frío invierno. Requisaron corderos, caballerías y todo el trigo que se guardaba en los graneros. Durante este tiempo, amparándose en la dura orden del virrey, acudieron campesinos que roturaron las tierras en beneficio propio.

Al verse sola en el palacio de Xavier sin apenas servidumbre y sin otra compañía que su hermano Martín, la tía Violante y su joven hijo Francés, doña María de Azpilcueta partió para Pamplona a buscar amparo en la casa de sus parientes.

Francés y el anciano tío iban a caballo; la madre junto a la tía Violante en la vieja radea de madera de ciprés de los abuelos. Pasaron por delante del caserío de Xavier, se santiguaron al ver la puerta de la abadía y, cruzando por en medio de las heredades por un estrecho sendero, llegaron a la cañada que discurría entre dos filas de árboles altos. Desde allí se veía el camino de Yesa y las altas sierras de Leire. Algunos campesinos los saludaban al paso con reverencias, otros miraban con desprecio ingrato hacia otra parte.

6

Navarra, Pamplona, 8 de julio de 1523

En la rúa Mayor de Pamplona tenían los señores de Xavier la vieja casa que perteneció a los abuelos, don Arnalt y doña Guilherma. En el mismo barrio vivían numerosos parientes: el tío Pedro con sus hijos Martín e Isabel, en la calle próxima que llamaban de la Navarrería; los Espinal, los Mutiloa, los Atondo y los Cruzar. En todas estas familias se habían vivido sufrimientos a causa de la penosa guerra. El primo Esteban de Jassu había muerto recientemente en Fuenterrabía y la noticia tenía vestidos de luto a los tíos y primos. Otro Esteban, de Huarte este, andaba también huido, como los hermanos Miguel y Juan de Jassu. Las turbulencias de aquellos difíciles años y el miedo a las represalias mantenían a todo el mundo en vilo.

Con sus diecisiete años, Francés de Jassu estaba maravillado por vivir en una ciudad grande y abarrotada de gente. En cualquier callejón podía verse a más personas juntas que en todo el señorío de Xavier. Las plazas de Pamplona, sus calles, los rincones de la muralla, los conocía palmo a palmo gracias a que se había unido a una banda de primos y amigos con los que iba por ahí diariamente a descubrir los secretos del burgo. También andaba con mucha frecuencia por unos prados que se extendían en las afueras de la muralla, donde la mocedad de la nobleza se ejercitaba en la equitación y la esgrima para completar las enseñanzas que requería la condición de caballero a la cual aspiraba. Era un joven ágil, sano y bien formado, cuya destreza en las artes y en el juego de la pelota que tanto le divertía no pasaban desapercibidos; como tampoco su presencia en las fiestas que reunían a los pamploneses en la catedral o en las corridas de toros. «Es el pequeño del doctor don Juan de Jassu —decían—, el hermano menor del señor de Xavier». Se quedaban admirados por la apostura del joven y por su actitud alegre, despreocupada, a pesar de los tristes sucesos de la familia, aun siendo conocido por todo el mundo que sus aguerridos hermanos estaban condenados a muerte como reos de alta traición, a pesar de lo cual se empeñaban en el fuerte de Fuenterrabía en dar la última batalla a los castellanos para mantener en alto el estandarte de los reyes de Navarra.

No faltaba quien por estos motivos afrentase con palabras injuriosas alguna vez a Francés. Estaba en la edad de empezar a frecuentar las tabernas para echar partidas de cartas o de dados. El acaloramiento que propicia el vino y la bravuconería de la mocedad le llevaron a verse metido en alguna pelea.

Uno de aquellos días de fiestas y toros en que la ciudad se convertía en receptáculo de centenares de hidalgos, militares y campesinos, se formó una gran riña tumultuaria en la plaza, por algún motivo insignificante, que derivó luego en una verdadera batalla en la que salieron a relucir las espadas y los puñales. Murieron varias personas y las autoridades prendieron a numerosos jóvenes entre los que se encontraban algunos primos de Francés. El pequeño de los Jassu había participado en la refriega, pero supo escapar a tiempo y corrió a ocultarse en su casa.

Doña María de Azpilcueta se enteró del suceso y supo de la participación de su hijo. Se comentaba por ahí que, en medio del alboroto, Francés y sus primos habían coreado en alta voz frases a favor de los reyes navarros, vivas exaltados a la causa de Fuenterrabía y otras peligrosas alusiones en contra de Castilla y del rey Carlos. Aterrorizada, la madre llamó al joven a su presencia y le habló con mucha dureza.

—Esto se acabó, hijo; desde ahora nada de caballos, espadas, juego de pelota y tabernas. No voy a consentir que sigas el camino de tus hermanos en pos de una causa perdida. ¡Nada de eso! No me voy a pasar el resto de mi vida con el corazón en un puño. Bastante tenemos ya con lo que nos ha tocado en suerte. No consentiré que empieces tan joven a verte metido en pendencias. ¡No, tú no, Francés! Tú no irás detrás de los pasos de tus hermanos, tíos y primos.

El joven escuchaba en silencio la reprimenda. En el fondo, lamentaba haberle causado aquel sofocón a su madre a sabiendas de todo lo que tenía encima. Ya le había venido advirtiendo ella desde que llegaron a Pamplona de que no le agradaba nada que anduviera tanto tiempo en los prados dedicándose a perfeccionar el manejo de la espada y a aprender otras artes guerreras.

—Te dije que no quiero que seas militar —prosiguió—. No voy a dejar que desperdicies tu vida entre las armas. ¡Odio las armas! Daría la vida porque se terminasen de una vez estas guerras. ¡Ay, Dios Santísimo, san Miguel bendito, cuándo acabará todo esto!

—¿ Y qué voy a ser sino caballero? —replicó Francés

discretamente, sin alterarse—. A mi edad, ¿qué otra cosa voy a hacer sino aprender lo que el resto de los muchachos de mi condición? Mire vuestra merced, señora madre, la mocedad de las nobles casas, sean navarras, francesas, castellanas o de donde Dios quiera, ¿qué hace, sino servir a sus obligaciones de aprender el uso de las armas y los menesteres de la caballería?

—¡Calla, insensato! Pues no es eso lo único que hay en el mundo. ¿Qué piensas sacar de todo eso? No causarás con tal oficio sino males al prójimo y te acarrearás la ruina. ¡Mira a tus propios hermanos! ¿Qué han ganado con tanta guerra? Han perseguido vientos y ¿qué han cosechado? Tempestades, solo eso. Ahí los tienes, sin hijos, sin haciendas y... ¡plegue a Dios que no se vean pronto sin la vida!

Dicho esto, doña María prorrumpió en un desconsolado llanto.

—¡Madre, no...! —murmuró Francés muy conmovido, yéndose hacia ella para abrazarla—. No llore vuestra merced, señora, que no querrá Dios que suceda tal cosa.

—Ay, hijo —sollozó ella, cubriéndole de besos—, qué triste vida. Esto es un duro calvario...

—Dígame vuestra merced lo que quiere que sea de mí —dijo él muy afectado por el llanto de su madre.

Doña María se separó y clavó su mirada en los oscuros ojos de su hijo. La enternecía aquel rostro hermoso, radiante, que conservaba aún algo de candor de la infancia.

—¡Mi pequeño! —exclamó llena de ternura—. ¡Mi adorable Francés de Jassu, mi niño querido!

—Dígamelo, señora —insistió él—. ¿Qué he de hacer para verla muy feliz?

Ella se mordió los labios y sonrió satisfecha por aquella incondicional manifestación de cariño.

—¿De verdad harás lo que yo te pida?

—Sí, sí, lo juro por el Santísimo Cristo de Xavier —respondió haciéndose la cruz en el pecho—. Por la memoria de mi señor padre don Juan de Jassu.

—Eso es, mi pequeño. Así me gusta escucharte hablar. Sé que lo harás. Siempre fuiste obediente. ¡Ah, —suspiró abrazándole de nuevo—, eres lo único que me queda!

—Dígame ya lo que quiere de mí, señora.

—Quiero que ingreses en el estado eclesiástico.

Francés se separó y miró a su madre con extrañeza.

—Sí, eso es lo que quiero, pequeño Francés de Jassu. Deseo que alcances honra para esta familia, mas no en el servicio de las armas, sino siguiendo la carrera de tu señor padre, que estudió en Bolonia las leyes e hizo mucho bien por este reino.

—¿Clérigo? —murmuró el joven.

—Clérigo —afirmó ella.

7

Navarra, Pamplona, 10 de octubre de 1523

—¡Viene el emperador! —irrumpió de repente en la casa el tío don Pedro con este grito—. Es cierto lo que anuncian: el césar Carlos viene desde Burgos camino de Pamplona.

Doña María de Azpilcueta se sobresaltó al escuchar esta noticia.

—Entonces... —musitó esperanzada con débil voz—. Traerá el perdón para los reos... Firmará los indultos.

—Sí, señora —dijo don Pedro de Jassu—. Eso es lo que se dice por ahí. Si viene a Pamplona ha de ser para hacer las paces y firmar los indultos. Dicen que ya han soltado a muchos presos y quieren ir a tener conversaciones con los del fuerte de Fuenterrabía. Ha de ser esta la oportunidad para que se salven vuestros hijos.

—¡Dios te oiga! —rezó ella—. ¡Santa María, válenos!

12 de octubre de 1523

Los turiferarios sostenían los incensarios de plata delante de la fachada más hermosa de la catedral. El humo perfumado ascendía hacia los cielos grises como el plomo, junto con el murmullo de la multitud que se había congregado en las calles para contemplar la llegada del hombre más poderoso de la tierra. Los clérigos exhibían lujosos ropajes litúrgicos, capas pluviales de damasco y oro, casullas bordadas, dalmáticas de seda y sobrepellices de terciopelo. Los monjes solo se cubrían con sus toscos hábitos de paño. La nobleza estaba engalanada con sus mejores prendas: jubones, mangas de valona, cuellos almidonados, fieltros, calzas de tersa lana, fajines, altos sombreros, parlotas con plumas de color... Las damas llevaban encima sus más valiosas alhajas. Los lacayos y palafreneros vestían libreas confeccionadas para la ocasión como nunca antes se habían visto en Pamplona. Las corazas y los yelmos de los hombres de armas brillaban como si fueran de plata.

El gentío aguardaba la llegada del monarca en la plaza y en las callejas adyacentes, apretujado, ansioso y vocinglero, retenido por los alguaciles armados con bastones y picas. Los grandes del reino y muchos importantes hombres venidos de fuera ya habían ocupado sus privilegiados sitios dentro del templo, con mayor o menor proximidad al altar según la altura de sus cargos y apellidos.

Francés de Jassu estaba junto a su madre al pie de uno de los pilares, hacia la mitad de la nave central de la catedral, donde se reunía gran parte de su parentela. No solo estaban los tíos y primos de Pamplona, también los de Beire, Idocin, Olloqui y algunos de Sangüesa. Cerca de ellos se extendían los miembros de otras familias navarras, así como muchos funcionarios, militares y clérigos. Hablaban entre ellos en voz baja, se saludaban con respetuosas inclinaciones de cabeza y se mostraban reverentes ante las capillas laterales del templo y las muchas imágenes que allí se veneraban. A pesar de la aparente contención grave y ceremoniosa, en contraste con el bullicio del exterior, se evidenciaban la expectación y un general nerviosismo.

De repente, estalló fuera un creciente clamor de voces y no tardó en escucharse estruendo de tambores.

—Ya llega, ahí está, al fin viene... —comentaban dentro de la catedral al adivinar lo que sucedía.

Se inició un canto devoto y comenzó a avanzar una solemne procesión de cruces y ciriales por el centro de la iglesia. Iban delante los maceros y detrás muchos abades, canónigos y dignidades eclesiásticas; seguían los obispos con sus mitras apuntando al cielo y sus báculos de pulidos metales preciosos. Se vio al final irrumpir el palio bordado en oro bajo el que iba el emperador Carlos. Todo el mundo se inclinó entonces en profunda reverencia hasta casi tocar el suelo con la cabeza. En ese momento, la escolanía comenzó a entonar un *Gloria in excelsis Deo.*

Francés se fijó de soslayo, con suma discreción, en el augusto personaje que tantos motivos de disgusto y preocupación había dado a su familia. Tenía el joven rey unos labios abultados entre sus espesos bigote y barba rubicundos; la mandíbula inferior prominente y una piel muy clara en el rostro, donde sus ojos brillaban con cierta altanería. Vestía oscuras ropas, capa color púrpura, y portaba un pequeño cetro de oro en la mano.

—¡Viva el césar invicto! —exclamó una voz potente.

—¡Viva! —contestó la gente con timidez manifiesta.

Ocupó su sitio el emperador y dio comienzo el oficio religioso con muchos cantos, sahumerios y plegarias. Resplandecía el altar mayor con cientos de velas encendidas y brillaba la soberbia verja que había forjado el maestro Guillermo Ervenat y que apenas llevaba un lustro instalada en el coro. Allá arriba, la venerada imagen de Santa María la Real lanzaba destellos recubierta de fina plata.

15 de diciembre de 1523

Se hospedó el emperador en Pamplona en el palacio de los Cruzat, en la rúa de la Cuchillería, donde estuvo recibiendo diariamente a numerosos nobles navarros, a los que concedió prebendas, otorgó privilegios y pagó generosamente el haberse puesto de su parte en la recién concluida guerra. También escuchó las peticiones de quienes le solicitaban el perdón por estar condenados y otras gracias a cambio de hacer el juramento de fidelidad. Así lograron el indulto general aquellos que se unieron a los franceses en 1521, cuando irrumpieron desde ultramontes junto al rey don Enrique de Albret. También alcanzó la remisión de las penas a todos los que lucharon contra los castellanos en Noáin y Maya.

El 15 de diciembre, doña María de Azpilcueta estaba alborozada, henchida de gozo, pues vino a casa el tío Pedro de Jassu para comunicar que los pregoneros reales andaban por las plazas anunciando el perdón del rey incluso para los de Fuenterrabía.

—¡Gracias a Dios! —exclamaba—. ¡Al fin! ¡Al fin mis pobres hijos podrán regresar a casa!

Salieron todos del viejo caserón de la rúa Mayor, doña María, la tía Violante, don Martín, el tío Pedro y Francés, a escuchar con sus propios oídos la proclama del indulto de boca de los pregoneros. Se juntaron con mucha gente en la calle principal de la ciudad y vieron venir a los soldados del rey a lo lejos, precedidos por los tambores que anunciaban su paso.

Apareció un jinete vistiendo uniforme del tercio, al que custodiaban varios piqueros a pie. El caballo era pequeño, de hermoso cuello y corta cola, y no caminaba de frente, sino un poco al sesgo, como en una danza que expresaba altivez y poder. El capitán que iba montado llevaba extendido el rollo con la orden imperial que debía pregonarse. Anunció que la lista de indultados quedaba expuesta en la puerta de la catedral y en un tablero en la plaza del Castillo.

Hacia esta plaza se encaminaron los Jassu Azpilcueta llevados por una gran ansiedad. Había abundante gentío congregado en torno al tablero. Se abrieron paso como pudieron y alcanzaron a ver la larguísima relación de nombres y apellidos escritos en columnas, con los títulos, cargos y procedencia detallados. Comenzaron a buscar a Miguel y Juan de Jassu. No daban con ellos. Se desesperaban.

De repente, un caballero conocido se acercó y les dio una fatal noticia:

—No busquen vuestras mercedes ahí al señor de Xavier. Siento decirles que hay otra lista más allá donde se hace relación de todos los que han sido excluidos del perdón. Lamento tener que comunicarles que he visto en ella su nombre escrito, junto al de su señor hermano y otros parientes.

Fueron hacia esta segunda lista y, deshechos de dolor, comprobaron que había un centenar de nombres que quedaban fuera del indulto, manteniéndoseles la condena a muerte. A la cabeza de ellos figuraban:

Miguel de Xabierre, cuya diz es Xavier, e Juan de Azpilcueta, hermano de Miguel de Xavier, cuya diz que era Xavier, Marín de Goñi, e Juan, cuya diz que fue Ollogui, e Martín de Yaso, e Juan de Jaso y Esteban de Jaso, su hermano.

—No ha sido servido Dios de concederme la gracia que tanto le he pedido —suspiró doña María—. ¡Sea lo que Él quiera!

8

Navarra, Pamplona, enero de 1524

Pasó el emperador Carlos en Pamplona la Navidad de 1523 asistiendo puntualmente en la catedral a todas las celebraciones religiosas que se hicieron con motivo de tan señalada fecha. Asimismo, festejó el nuevo año en la ciudad, mas no la Epifanía, pues el 3 de enero de 1524 marchó a Vitoria con toda su corte para supervisar personalmente los trabajos y aparatos de guerra que se hacían para el asedio de Fuenterrabía, donde más de un millar de navarros resistían todavía desde 1522 bajo el mando de don Pedro de Navarra. Entre ellos se contaban el señor de Xavier y su hermano Juan de Jassu.

En febrero se supo en la capital que el ejército imperial a las órdenes de don Íñigo Fernández de Velasco, condestable de Castilla, había comenzado el ataque con mucho aparato de cañones y apoyo desde el mar para cerrar el paso a las barcazas que llevaban provisiones a los sitiados. Estos ya no podían esperar el auxilio francés que consideraban su última posibilidad de victoria, pues Francisco I ya tenía perdido su reino a manos del duque de Borbón, de los ingleses y de los suizos y borgoñeses aliados del emperador.

En Pamplona la opinión estaba dividida. Unos consideraban a los navarros sitiados rebeldes que debían rendirse y acatar el poder de España. Otros los veían como héroes leales que reñían la última batalla por la libertad de Navarra.

Doña María de Azpilcueta rezaba constantemente.

—No pido que ganen esa guerra —les confesaba a sus parientes—. Solo ruego a Dios para que se apiade de ellos y salven la vida.

Muchos familiares de los sitiados se juntaron para escribir cartas en las que suplicaban a los de Fuenterrabía que capitularan honrosamente para acogerse a la benevolencia del emperador. De entre ellos, destacaba el doctor don Martín de Azpilcueta, que les declaraba que Francia iba a la ruina y que lo más provechoso para Navarra sería empezar a mirar para España. También algunos renombrados clérigos les enviaron amonestaciones para recomendarles la conveniencia de rendirse y ofrecerse al servicio del poderoso Carlos V.

Estos consejos y las generosas condiciones de capitulación que les ofreció el condestable terminaron haciendo recapacitar a los bravos navarros. Salieron del fuerte y se reunieron secretamente con el mando de los sitiadores. Se les prometió amnistía y la devolución de títulos, posesiones y honra si regresaban a Navarra y juraban fidelidad al emperador Carlos. Ahora debían decidir.

22 de febrero de 1524

El miércoles de ceniza de aquel año, cuando aún la familia vivía en la incertidumbre acerca de lo que había de ser de Miguel y Juan, fue a casa de los Jassu el anciano tío don Pedro de Atondo, canónigo de la catedral de Pamplona. Era este sabio clérigo un hombre de pequeña estatura, reservado y silencioso, que había sido gran amigo y buen consejero del padre de Francés. Con mucha frecuencia visitaba el castillo de Xavier cuando aún era párroco de Cemboráin y vivía el doctor don Juan de Jassu. Como solía ser esto en verano, se pasaba las horas en lo alto de la muralla, entregado a la lectura de algún libro, a la sombra de la torre de San Miguel. Llegada la noche, se sentaba junto a la chimenea y solo entonces hablaba largamente. Contaba historias del pasado con mucha elocuencia, cosas que ya todo el mundo tenía olvidadas. Entre otros hechos, solía narrar el asalto a Pamplona de 1471, cuando su padre abrió secretamente las puertas de la ciudad, con mucho peligro de su vida, para que entrase la gobernadora doña Leonor, lo cual le valió la recompensa de poner en su escudo las cadenas de Navarra en oro sobre campo rojo. También contaba antiguas leyendas e historias de los tiempos en los que los moros vivían todavía en los valles.

Doña María y el anciano canónigo se sentaron la una frente al otro, con gesto grave ambos, en la pequeña sala donde se hacía la vida familiar.

—Señor tío, ¿qué piensa vuestra reverencia de todo esto? —le preguntó ella con preocupación.

—¿Te refieres a los de Fuenterrabía?

—Sí. No llegan noticias. Nadie nos dice nada.

—Capitularán, hija —afirmó él, paternalmente—. No dudes de ello. Las condiciones son generosas y ¿qué otra cosa pueden hacer? Francia les ha fallado, no tienen víveres...

Francés estaba de pie junto a la ventana. Escuchaba atentamente las palabras que don Pedro de Atondo pronunciaba con lentitud y exquisita pronunciación de hombre cultivado. El viejo canónigo le traía recuerdos de la infancia, de su padre y de sus hermanos, cuando toda la familia se reunía en Navidad en torno a la mesa; de aquellos tiempos que, a pesar de sus casi dieciocho años, le parecían muy lejanos, cuando vivía su padre.

—También podrían huir por mar —observó el joven—, a Francia, donde hay mucha gente leal a Navarra dispuesta a seguirlos. Desde allí, si envían mensajeros, se les unirán todos los de aquí que esperan la ocasión de levantarse contra Castilla.

El clérigo miró a su sobrino con circunspección. Permaneció un momento en silencio, tal vez meditando en las razones de Francés, o en el asombro que le producía ver cómo había madurado aquel niño que había visto por última vez nueve años atrás.

—Eso ya no tiene razón de ser —sentenció—. Hay ahora en las costas francesas más navíos leales a Carlos V que a Francisco I.

—Entonces, ¿qué va a ser de nosotros? —repuso el joven—. ¿Hemos de resignarnos ya para siempre a ser de Castilla?

—Visto de esa manera, es ciertamente un duro agravio a nuestra patria. Mas, ante lo inevitable, hay que alzar la cabeza y mirar al futuro con largueza. Ya hay muchos que consideran el asunto desde otra perspectiva: a fin de cuentas, no pertenecemos a Castilla, sino al mayor imperio cristiano que ha habido en el orbe. ¿Quién conoce los designios de Dios? Quizá quiere Él extender su fe sirviéndose del reinado de Carlos. Parece ser que el santo papa de Roma hoy no duda de que eso ha de reportar beneficios sin cuento a la causa de Nuestro Señor Jesucristo. Los herejes proliferan en

Europa y, si no se les pone coto inmediatamente, el demonio se servirá de ellos para sembrar su cizaña. La unidad de los católicos es hoy muy necesaria.

Ante la elocuencia de su anciano tío, Francés quedó desconcertado por un momento. Pero enseguida encontró palabras para responder a tanta sapiencia.

—También se sirve el demonio de la codicia de los poderosos —replicó—. Y Castilla siempre ha ambicionado Navarra.

—Lo mismo que Francia —respondió don Pedro alzando el dedo índice—. Eso no ha de olvidarse nunca. Tan poderoso quería ser Francisco I como su aborrecido Carlos V.

—Dejemos esto, por caridad —terció doña María llevándose la mano a la frente, en gesto de fatiga—. Me cansa ya este asunto. Llevo años escuchando las mismas cosas. Es una cuestión tan dificultosa y enrevesada que solo Dios puede resolverla.

—Bien dices, querida sobrina —dijo el canónigo—. Encomendémonos al Todopoderoso y dejemos en sus manos aquello que está fuera del alcance de nuestras pobres voluntades. ¡Que todo sea para bien suyo! Recemos —pidió levantándose del sillón y santiguándose.

Se puso en pie doña María y su hijo Francés bajó la cabeza en señal de recogimiento. Inició entonces el clérigo el padrenuestro, al que siguieron el avemaría y el gloria. Terminando el rezo, dijo:

—En fin, ahora, encomendados al poder que todo lo puede, vayamos a lo que nos trae. Veo que el benjamín de Xavier es ya todo un hombre. Me dices, querida sobrina, que habéis acordado prudentemente que este apuesto e inteligente jovencito reciba la tonsura e ingrese clérigo. ¿Lo habéis meditado bien?

—Sí, señor tío —respondió la madre—. Ya le dije a vuestra reverencia que, en estos malos tiempos, no veo nada oportuno que este hijo mío siga el camino de sus hermanos. Deseo que estudie, como su padre y su tío Martín, como vuestra reverencia. Cuando alcance el título, si Dios lo quiere, que decida él lo que ha de ser de su vida. Mas no ha de quedarme a mí el remordimiento de no haberle dado esa oportunidad. En el señorío, ya sabe vuestra reverencia lo que hay. Ya no es como antes, ahora la honra de los de Xavier no se mira como antaño. No, no quiero para él esa vida. ¡Ya hemos sufrido nosotros bastante!

—Bien dices, sobrina. El conocimiento es luz. El estudio te dará una justa visión de las cosas, una aproximación a la verdad, muchacho —le dijo a Francés, poniéndole paternalmente la mano en el hombro—. Hay para quien bastan las cuatro reglas; pero, en el estado eclesiástico, una buena formación lo es todo. ¿Comprendes?

El joven manifestó su conformidad con una sonrisa.

—¡Así me gusta, Francés de Jassu! —exclamó su tío, dándole unas suaves y cariñosas palmaditas en el rostro—. Estudiarás como tu padre y darás a los de Xavier la honra que se merecen. Solo la sabiduría habrá de redimirnos de tantos desastres. ¿Estás de acuerdo, muchacho?

—Sí, señor.

—Eso mismo pienso yo —afirmó la madre—. Aquí, en Pamplona, lejos de todo aquello, ha de forjarse una vida diferente y hará mucho bien. Eso creo.

—Sí, querida hija —observó el canónigo—. Mas esa nueva vida que dices debe hacerse lejos. No aquí, donde al fin y al cabo se las verá con los mismos problemas por causa de su apellido. ¡Que vaya lejos! ¡A París! —exclamó alzando las manos—. Allá hay una universidad que es hoy la mayor joya de conocimientos. En esa ciudad, lejos de Navarra, lejos de todo esto, verá con claridad las cosas y se hará el hombre justo y sabio que deseamos para él.

—¿A París? —dijo doña María abriendo unos sorprendidos ojos.

—Sí, hija mía, a París. Una vez fuera de casa, ¿qué más da acá o allá?

—Pero... —observó ella—, ¿cómo ha de organizarse eso? No conocemos a nadie en París.

—Déjalo de mi cuenta, sobrina. Yo redactaré las cartas que hay que enviar y me encargaré de buscarle allá un buen lugar. Ahora lo importante es que reciba la tonsura y para eso hay que ir a hablar con el señor obispo de Pamplona.

—¿Y cuándo ha de marchar?

—Cuanto antes. Mirad, estamos en Cuaresma. En ese tiempo se celebran las ceremonias de tonsura, todos los sábados, en la catedral. Visitemos al obispo y puedes estar segura de que nos ayudará. Él comprenderá nuestras razones. Además, ¿va a ponernos pegas a los de Xavier?

—¿Y los gastos? —observó doña María—. París está lejos y...

—¡Ca! —contestó don Pedro—. No será tanto como puede parecerte. Hoy no es como antes. Hay colegios donde residen los estudiantes y se les da de todo: cama, comida y libros por muy poco. Solo necesitará llevarse un criado, si acaso, para que le acompañe en el viaje y para que le tengan en consideración como a lo que es: un señor de renombrado apellido.

9

Navarra, Pamplona, 8 de abril de 1524

Era un sábado lluvioso de primavera. La catedral olía a humedad, a cera e incienso. A pesar de estar abarrotada de gente, conservaba todavía el frío ambiente del invierno. La familia de Francés de Jassu ocupaba un lugar principal en el lado derecho, muy cerca del presbiterio. El joven hijo de doña María de Azpilcueta estaba en el centro, frente al altar mayor, vestido con negra sotana.

El obispo avanzó con pasos lentos y trabajosos desde la sede, apoyándose en el báculo. El deán pronunció las palabras que invocaban al Espíritu Santo para pedirle la gracia de que el aspirante a clérigo conservase *habitum religionis in perpetuum.* Después otro clérigo le cortó un mechón de cabellos de la coronilla en forma de cruz. Entonces la escolanía cantó la estrofa:

Dominus pars haereditatis meae…
(El Señor es la parte de mi herencia…).

Cuando terminó el canto, el obispo recibió los cabellos en señal de que aceptaba al nuevo clérigo a su servicio. Después de lo cual el canónigo don Pedro de Atondo se aproximó a su sobrino y le ayudó a vestirse el alba, mientras se decía la fórmula: *Induat te Dominus novum hominem...*

14 de mayo de 1524

Francés recibía lecciones en un caserón próximo a la catedral. Acudía cada día de madrugada y salía a última hora de la tarde. Perfeccionaba el latín, la gramática y la retórica que habría de necesitar el año siguiente en París. Los clérigos que se encargaban de impartir las clases tenían ciertas deferencias con él, en atención a la familia a la que pertenecía, como dejarle la tarde de los jueves libre para que acudiera al otro lado de la muralla a participar en el tradicional juego de pelota. Esto le ayudaba a evadirse de la rutina y de la tensión a que se veía sometido por tener que recuperar los conocimientos que no había recibido en algunos meses.

El domingo acudía a ayudar como acólito a la misa que celebraba su tío don Pedro de Atondo a las seis de la mañana. Después desayunaban juntos y el joven iba luego a dar un paseo por la ciudad.

Las casas eran hermosas; algunas, verdaderos palacios con grandes puertas, balcones amplios y altas galerías con arcadas en el segundo piso. En todas partes se veían ostentosos escudos de piedra blanca, y en las ventanas sobresalían las orlas esculpidas con filigranas y complicadas formas de cordones y enramadas. Las puertas de las casas se iban abriendo con la primera luz del día y salían distinguidos caballeros y damas con sus familias camino de la iglesia. Las campanas llamaban a misa aquí o allá. Pasaban muchos curas por las callejuelas, viejas con sus mantillas y tropeles bulliciosos de niños que iban a recibir la doctrina.

Más tarde comenzaba a hacer calor. Entonces se abrían los espaciosos portones de las tabernas y entraban los hombres a beber y a hablar en voz alta, bullangueros, festivos. A Francés le llegaba el aroma del vino y le daban ganas de unirse a aquellos paisanos para adherirse a las conversaciones bravuconas que trataban de los asuntos del reino, de la guerra y de las conspiraciones. Pero se contenía, por obedecer a los deseos de su madre. A pesar de las trifulcas políticas, la vida en Pamplona era alegre.

Uno de aquellos domingos de mayo, cuando el joven acababa de desayunar con su tío e iba a dar el paseo, le pareció escuchar alboroto de gente en una de las plazuelas del barrio viejo. Fue allá llevado por su curiosidad y vio que una multitud se encaminaba por una de las calles principales con aire exaltado, profiriendo gritos y vivas. Al aproximarse más, escuchó lo que decían y le dio un vuelco el corazón.

—¡Los de Fuenterrabía vienen ya! ¡Han salido los de Fuenterrabía! ¡Viva Navarra!

Francés sujetó por el brazo a un muchacho y le preguntó:

—Pues, ¿qué pasa?

—Pasa que la gente navarra ha capitulado en Fuenterrabía y vienen para acá por el arrabal, camino de la catedral.

Francés se unió a aquel gentío y fue a ver, lleno de emoción, si sus hermanos estaban también.

—¿Sabes si viene con ellos el señor de Xavier? —le preguntó al muchacho.

—No sé decirle a vuesa merced. Pero corre por ahí que se han salvado todos. Que vienen con honra y con sus armas, no como vencidos, sino con las cabezas bien altas, pues les han respetado sus títulos y privilegios a los que los tienen, y a los que no, les dejan ir sin cárcel siquiera. ¡Viva Navarra!

En la puerta de la muralla una gran muchedumbre se apretujaba vociferando. Llegaban hombres a caballo y a pie, con armas, como había dicho el muchacho. La gente se abrazaba al encontrarse, lloraban, reían, aplaudían, cantaban y proferían vítores. Francés se preguntó cuáles de aquellos aguerridos soldados serían sus hermanos Miguel y Juan. No podía reconocerlos, puesto que partieron a la guerra hacía más de ocho años. Estaba nervioso, presa de una gran ansiedad, mientras se abría paso por medio de aquel jaleo de personas y caballerías.

—Eh, soldado —le preguntó a uno de los recién llegados—, ¿están con vosotros don Miguel y don Juan de Jassu, los de Xavier?

—Ha tiempo que llegaron —contestó el soldado—. Iban por delante, con don Pedro de Navarra y toda la oficialía. Ya estuvieron en la catedral para dar gracias a Santa María la Real y recibir las bendiciones del obispo. Andarán camino de sus casas.

A todo correr, Francés se encaminó hacia la rúa Mayor. Se cruzaba con mucha gente que iba en dirección a la catedral. Otros se dirigían en su mismo sentido. Había numerosos soldados en las calles: hombres desarrapados, sucios y con aspecto de estar muy fatigados. Algunos grupos iban cantando canciones patrióticas; sonaban las cajas militares, los pífanos y las flautas.

El joven llegó frente al umbral de la casa presa de una gran agitación. La puerta estaba abierta de par en par. Se detuvo durante un momento para calmar el resuello. Escuchó entonces las voces alegres que salían del interior. Presintió que sus hermanos estaban allí.

—¡Madre! ¡Señora madre! —gritó mientras recorría en dos zancadas el recibidor y el largo pasillo central.

Se topó con un nutrido grupo de personas en el salón principal: su madre, el tío Pedro de Jassu, los primos, la servidumbre y numerosos extraños.

—¡Hijo! ¡Francés! —exclamó la madre exultante de alegría al verle entrar—. ¡Han venido! ¡Tus hermanos están aquí! ¡Ay, Dios bendito! ¡Gracias, Santa María!

Francés paseó la mirada por la amplitud de la estancia. Enseguida vio aproximarse a él dos fornidos hombres. Se fijó en sus caras; se parecían mucho. Ambos tenían la piel curtida por el sol y las barbas luengas. Siempre pensó que sus hermanos serían unos jóvenes militares, mozalbetes casi. Aquellos dos desconocidos eran hombretones maduros que peinaban canas en sus sienes. Pero sin duda eran Miguel y Juan de Jassu.

—¡Vive Cristo! —exclamó uno de ellos, el que parecía ser el mayor de los dos—. ¡Si este es Francés, el pequeño Francés! ¿Pues no es un hombre con toda la barba? ¡Ven a mis brazos!

Se abrazaron. Hubo lágrimas, bromas, risotadas y una inmensa emoción que les tenía a todos ebrios de felicidad. Se brindó con buen vino. Después se comió bien. Conversaron durante todo el día. A última hora de la tarde se cenó abundantemente. Los recién llegados traían hambre atrasada. Se bebió un licor excelente y, después de cerrar las puertas con cuidado, se encendió la chimenea, pues a pesar de ser mayo había refrescado. Llevaron los sillones más cómodos a la sala pequeña y se sentaron al amor de la lumbre. Había que contar muchas cosas: todo lo que unos y otros habían pasado en tan largo y difícil tiempo.

10

Navarra, castillo de Xavier, verano de 1524

Regresaron los Jassu a Xavier. Miguel, el mayorazgo, debía hacerse cargo del señorío que le correspondía por derecho. Las cosas allí habían cambiado poco desde que se marcharon: los roncaleses seguían negándose a pagar el tributo de paso y además llevaban sus ganados por terrenos prohibidos; algunos prados habían sido roturados sin permiso y parte del robledal estaba talado. La salina y el molino se veían igual. Hubo que entablar pleitos y hacer valer todos los derechos que correspondían a la familia después de que el nuevo señor de Xavier prestara juramento de fidelidad a Carlos V, el cual le prometió a cambio la devolución de los bienes, títulos y posesiones de su padre. Le correspondían gracias a ello las contribuciones, las alcabalas y censos de sus aldeas y el tributo de las almadías del río Aragón. Pero era necesario un largo camino para hacer efectivas estas promesas imperiales. Los procesos que se iniciaron en Sangüesa por tales motivos parecían no tener fin.

En pleno verano estalló la peste en algunos sitios de Navarra.

Posiblemente la trajeron consigo algunos de los excombatientes recién regresados. Las gentes se morían por montones en todas partes y las campanas no cesaban de tocar a muerto. En Sangüesa los habitantes se encerraban en sus casas y durante algunos meses no hubo ferias ni mercados. También se suprimieron las fiestas. Las iglesias cimiteriales y los campos santos se llenaban de sepulturas y entre tanto duelo no había ánimos para divertirse. Aterrorizada, la población acudía a las ermitas para implorar el auxilio de los santos. Era muy triste ver pasar los carretones llenos de cadáveres camino del cementerio.

Doña María de Azpilcueta se pasaba las horas rezando en la capilla del castillo. Meneaba la cabeza y decía:

—Esto es castigo de Dios. No vamos por buen camino. Ya pasó lo mismo en tiempo de mis abuelos.

De los lejanos años de los abuelos de doña María, los Aznárez de Sada, era la capilla del castillo. Pequeña, tenía apenas tres varas de ancho, y siempre estaba en penumbra merced a la poca luz que penetraba en ella por una delgada saetera a ras de suelo hacia el exterior y por otra que daba a la escalera. Las lamparillas de aceite, cuyas llamas oscilaban con el menor vientecillo, creaban un inquietante juego de luces en las pinturas que representaban esqueletos danzantes en las paredes. Cuando era pequeño, a Francés esas figuras siniestras le causaban espanto. Pero el tío don Pedro de Atondo, que tenía explicaciones para todo, solía decir que representaban la última danza de la muerte junto a la imagen de Cristo que acababa de expirar. El Crucificado sonreía porque vislumbraba ya la resurrección que habría de vencer definitivamente a la muerte. Tales pinturas eran el recuerdo dramático del pasado, de aquella mortandad y de la hambruna de hacía un siglo, cuando las pestes se cebaron en el reino con una saña frenética y larga que mermó los pueblos y ciudades.

Ante la rotundidad de la muerte tan cercana, doña María de Azpilcueta se valía de la tragedia para dar consejos a sus hijos.

—¿Veis? —les decía—. ¿Os dais cuenta de que no merece la pena ir por ahí a perseguir vientos? La vida es corta, hijos míos. Vivamos juntos y en paz, sirviendo a Dios, que ha de llegarnos a todos la hora de rendir el alma, pronto o algo más tarde.

Ante estas palabras de la viuda, cobraba sentido la leyenda que dos de los esqueletos danzantes de la capilla exhibían en sus filacterias:

> *Facile cognoscit mundum qui cogitat moriturum.*
> (Quien piensa que ha de morir conoce fácilmente los engaños del mundo).

Navarra, castillo de Xavier, noviembre de 1524

—¡Cómicos! ¡Hay cómicos en la aldea! —irrumpió gritando Gracieta Remón, la muchacha que servía en la cocina del castillo—. Hay por lo menos una veintena de cómicos que van camino de Sangüesa. ¿Puedo ir a verlos, señora? —añadió, esperanzada.

Doña María se quedó pensativa. La familia acababa de comer en ese momento y se hallaban todavía sentados a la mesa ella y sus hijos.

—¿Cómicos? —observó Miguel de Jassu—. Qué raro. No ha un mes que dejó de haber peste y ¿ya van cómicos a Sangüesa?

—Sí, señor —explicó la sirvienta—. Son cómicos de la muerte, que dicen.

—¡Ah, claro! —exclamó el mayor de los Jassu—. Se trata de la Danza de la Muerte. ¡Vamos allá, madre! Nos alegrará un rato ver a esa gente.

—No sé… —murmuró la madre—. No tengo ánimo para eso.

—¡Vamos, señora madre! —insistió Francés—. Hace mucho que no vemos cómicos por aquí.

Algo más decidida, doña María se puso en pie. Se echaron todos las capas por los hombros, pues hacía un día de noviembre muy frío, y fueron a la aldea.

Delante de la iglesia se veía a los cómicos que terminaban de almorzar junto a sus carretas. Tenían un enorme oso atado a un árbol y varios perros lanudos, muy simpáticos.

—¡Eh, buenas gentes! —les dijo desde lejos Miguel de Jassu—. ¿Podéis hacer aquí vuestra función?

El jefe de la compañía se acercó hasta el señor de Xavier y se dobló en una sumisa reverencia. Con gran respeto, respondió:

—Vive poca gente en esta aldea, señor. Tenemos que vestirnos con nuestros disfraces y sacar todos los preparativos de los baúles que están en las carretas. En Sangüesa podrán vernos vuestras mercedes.

—Soy el señor del castillo. Si mostráis aquí vuestro arte no os arrepentiréis. Está ahí mi señora madre y quiero que se divierta un rato. Os recompensaré como os corresponde, no dudéis dello.

—Estamos cansados —se excusó el cómico con una triste mueca—. Nos queda aún camino y hemos de llegar esta noche para representar la función en la fiesta que se va a dar en Sangüesa con motivo del fin de la peste. ¿Me comprende, señor?

Sacó Miguel unas monedas de plata y se las mostró. El cómico abrió unos enormes ojos y pareció cambiar enseguida de opinión.

—Veré lo que opinan mis compañeros —dijo.

Se volvió muy ligero hacia donde estaban los otros cómicos y estuvieron deliberando.

—Déjalos estar, Miguel —le dijo doña María a su hijo —. ¿No ves que no tiene ganas?

—Ande, déjeme vuestra merced hacer a mí, que se alegrará —contestó Miguel.

A todo esto, se había congregado allí toda la gente del señorío y animaba a los cómicos para que hiciesen la representación.

—Mire toda esa gente, señora madre —le dijo Francés a doña María—, están deseosos de algo de fiesta.

Ante este ruego, ella extrajo unas monedas y se las entregó a su hijo menor al tiempo que decía:

—Anda, dale esto al cómico y que empiece de una vez, que anochecerá y no veremos nada.

Como empujados por un resorte, al ver todos el dinero que hijo y madre le entregaban, los cómicos se pusieron en funcionamiento. En un santiamén se vistieron los disfraces y no tardaron en comenzar a sonar las flautas y los tamboriles con una alegre melodía. Vestido de pregonero, con trompeta y gorra emplumada, el jefe de los cómicos inició su elocuente trova:

A la danza mortal venid los nacidos
que en el mundo sois, de cualquier estado;
el que no quisiere, a fuerza y amidos

hacedle venir muy toste parado,
que todos vaydis a hacer penitencia,
el que no quisiere poner diligencia
por mí no puede ser más esperado...

Al monótono repiqueteo del tamboril siguió un seco pandero y comenzó el ritmo de la danza. Entonces aparecieron el resto de los cómicos con sus disfraces y fueron formando un corro a la vez que bailaban. Los distintos atavíos representaban diversos oficios y condiciones: rey, dama, clérigo, caballero, labrador... Todos danzaban alegres y los espectadores se divertían con esta curiosa escena. De repente se inició el toque grave de un tambor destemplado y una chirimía demasiado hueca sonó como un lamento. Con gran agilidad, saltó desde una de las carretas alguien que vestía el magnífico disfraz que representaba la muerte: un ajustado traje negro que llevaba cosidos los blancos huesos, las costillas, las clavículas, la tibia y el peroné, el cúbito y el radio... La máscara era una calavera que, con gran realismo, mostraba unas cuencas en los ojos oscuras, vacías, y una inquietante sonrisa desdentada. Le cubría la espalda una sucia capa con capucha y en la mano llevaba una imponente guadaña. Ante esta visión tan desconcertante, la gente profirió al unísono una exclamación de sorpresa y temor.

—¡Qué bien hecho está! —comentó doña María, asombrada.

—Ya te dije que te alegrarías, señora madre —le dijo su hijo Miguel echándole el brazo por encima de los hombros, con aire protector—. Esto va a estar bien. Son unos cómicos excelentes.

A todo esto, la muerte daba volteretas, danzaba frenéticamente y correteaba en derredor, amagando con la guadaña a los presentes. Algún niño, aterrorizado, inició un sonoro llanto. Otros en cambio se reían y aplaudían divertidos.

La potente voz del recitador acalló el clamor del público repitiendo su pregón:

A la danza mortal venid los nacidos
que en el mundo sois, de cualquier estado...

Concluida esta introducción, la muerte corrió hacia el actor disfrazado de rey, el cual se sujetaba la corona con ademán altanero y hacía como si se negara a bailar con el esqueleto que tiraba de él para sacarle al centro del corro. Pero finalmente cedió a su solicitud y danzó con la muerte, mientras recitaba con voz angustiada unos versos:

¡Valía, valía, los mis caballeros!
Yo no quería ir a tan baja danza;
llegad vos con los ballesteros,
amparadme todos por fuerza de lanza.
Mas, ¿qué es aquesto que veo en la balanza,
acortarse mi vida y perder los sentidos?
El corazón se me queja con grandes gemidos;
¡adiós, mis vasallos, que muerte me alcanza!

Dicho esto, el rey se llevó las manos al pecho y se dejó caer en tierra panza arriba, fingiéndose muerto. Entonces el esqueleto inició un alegre baile al son de la flauta, como celebrando su éxito, mientras el recitador le ponía voz:

Rey fuerte, que siempre robasteis
todo nuestro reino y henchisteis el arca,

de hacer justicia muy poco curasteis
según es notorio por vuestra comarca,
que prenderé a vos y a otro más alto:
llegad a la danza cortés en un salto...

Se acercó ahora la muerte a un joven elegantemente vestido que representaba a un escudero que estaba galanteando a la dama que bailaba a su lado. Como antes, el actor se negó al principio, pero luego salió al medio a regañadientes y recitó:

Dueñas y doncellas, haced de mí duelo,
que hácenme por fuerza dejar los amores;
hácenme danzar danzas de dolores.
No traen, por cierto, joyas ni flores
los que en ella danzan, más gran fealdad.
¡Ay de mí, desdichado que en gran vanidad
anduve en el mundo sirviendo señores!

Le respondió la muerte ordenándole dejar los amores y exhibió ante él los huesos pelados, asegurándole que se tornaría así y sus amadas no querrían verle más. Danzó con ella el escudero y cayó después al suelo, hecho el muerto.

Le tocaba ahora al clérigo. Los espectadores soltaron una gran carcajada al ver al grueso actor vestido de cura que bailaba torpemente, queriendo zafarse de su turno mientras recitaba:

Non quiero retiros, estudios ni excepciones,
con mis parroquianos quiero ir a holgar,
ellos me dan pollos y lechones
y muchas ofrendas con el pie de altar.

Locura sería mis diezmos dejar
e ir a tu danza, de que no sé parte,
pero, a la fin, no sé por cuál arte
de esta tu danza pudiese escapar.

La muerte le respondió cantando:

Ya no es tiempo de yacer al sol
con los parroquianos bebiendo del vino:
yo os mostraré un re-mi-fa-sol
que agora compuse de canto muy fino:
tal y como a vos quiero haber por vecino,
que muchas animas tuvisteis en gremio;
según las registeis habredes el premio.

El cura se tambaleó y cayó luego redondo al suelo. Ante la justicia igualadora que no respetaba ni a los ministros de la Iglesia, los vecinos de Xavier aplaudieron satisfechos y muy divertidos.

La guadaña se aproximó ahora al labrador, el cual intentó asimismo burlar a la muerte que le acosaba.

¿Cómo conviene danzar al villano
que nunca la mano sacó de la reja?
Busca, si te place, quien dance más liviano;
déxame, Muerte, con tu trebeja,
que yo como tocino e, a veces, oveja,
e es mi oficio trabajo e afán,
arando la tierra para sembrar pan,
por ende non curo de oír tu conseja.

Pero la muerte no le dejó en paz hasta que salió como

todos al centro. Y el temido consejo del esqueleto también le alcanzó:

> *Si vuestro trabajo fue siempre sin arte,*
> *non faciendo surco en la tierra ajena,*
> *en la gloria eternal habredes gran parte,*
> *e por el contrario sufrieredes pena;*
> *pero con todo eso poned la melena,*
> *allegaos a mí; yo vos uniré,*
> *lo que a otros fice a vos lo faré.*

Puso el actor que hacía de labrador los ojos en blanco, torció la boca y fingió estirar la pata con mucha gracia, haciendo brotar las carcajadas de la concurrencia.

De esta manera, fueron uniéndose otros oficios conocidos que recitaban sus lamentos y luego eran contestados por la muerte. Como la representación era larga, caía la noche sobre Xavier. El castillo se recortaba en los cielos color púrpura y decrecía la luz. Una densa bruma empezó a brotar en el valle. Pero la gente que disfrutaba con el animado espectáculo no reparaba en el frío que comenzaba a hacer.

Llegó el momento en que no quedaba en pie ninguno de los actores, excepto la muerte, pues todos yacían en el suelo con los brazos cruzados sobre el pecho. Entonces se aproximaron otros danzarines disfrazados de esqueletos que llevaban antorchas encendidas en las manos. Componía la escena un cuadro macabro que se hacía más dramático por el ritmo rotundo del tambor.

Hasta que de repente comenzaron a sonar las flautas y los panderos iniciando una alegre melodía. Entonces todos los actores que estaban tumbados se alzaron y volvieron de nuevo a bailar. Los vecinos de Xavier aplaudían locos de contento el espectáculo y se unieron al baile cuando el pregonero les animó:

Agora vos, danzad, villanos
a los dulces sones de la mortal danza.
Alzad vos y tended las manos
que a los más gallardos tarde o pronto alcanza.
Salgan altos, bajos, feos o pulidos,
hembras o varones, sanos o feridos;
mozos, viejos, niños, mujeres, maridos...

—Vamos, señora madre, dance vuestra merced —le dijo Miguel de Jassu a doña María—, que se alegrará. Un rato de fiesta no le hace mal a nadie.

—Ay, no, no —negó ella, aunque muy sonriente—. Bailad vosotros, hijos. Hacedlo vosotros por mí.

Mandó el señor de Xavier traer unos pellejos de vino para convidar a toda aquella gente y se improvisó rápidamente una fiesta. Los paisanos, que habían vivido durante años la incertidumbre de la guerra y la reciente zozobra de la peste, se animaron mucho y agradecieron el inesperado jolgorio que Miguel justificaba a voces:

—Si en Sangüesa han de tener fiestas en honor a los santos por haberse visto libres de la peste, ¡gócese primero, Xavier! ¡A beber y a bailar todo el mundo!

Francés se sentía feliz en medio de aquel alboroto repentino; por la música tan alegre, por el buen vino, por ver a su madre sonriente y por tener al fin a sus hermanos en casa. Hasta el áspero vicario de la abadía parecía encantado por ver a la gente divirtiéndose. Al fin y al cabo, las danzas de la muerte eran un auto sacramental piadoso, una severa recomendación para los vivos, el aviso de que todo es transitorio, fugaz y perecedero. La Iglesia no solo permitía a sus fieles asistir a esas representaciones, sino que además las consideraba altamente edificantes. Por eso estaba representada en la capilla del castillo desde los tiempos de los abuelos, los Aznárez de Sada, la danza de la muerte.

—Vamos, hermano —le dijo Juan de Jassu al pequeño de la familia—, échate un baile, que mover el esqueleto es hoy obligado.

Apuró Francés la jarra de vino que tenía en la mano y se unió al corro de vecinos que danzaban confundidos con los cómicos. Le rodeó enseguida un muchachería exultante que daba saltos al ritmo de la música y trataba de imitar los pasos de la danza que interpretaban los diversos personajes. La muerte ocupaba el centro e iba tomando y soltando a la gente, que no sentía escrúpulos por bailar con ella.

Francés la vio venir hacia él. Ella le tomó por las manos. Dieron vueltas juntos y el joven se fijó en unos azulísimos ojos que le miraban fijamente desde detrás de la máscara. Se dio cuenta de que el disfraz del personaje principal de la representación ocultaba el cuerpo de una mujer.

—¡Quítate la máscara! —le pidió.

Ella contestó negando rotundamente con rápidos movimientos de cabeza.

—Vamos, quítatela —insistió él.

Entonces la bailarina tiró del joven y le sacó de entre el gentío. Él se dejó llevar hasta un rincón oscuro, entre ambas carretas, donde no había nadie. De repente, la muerte se sacó la máscara de la calavera de un tirón y brotó una abundante cabellera rubia que le cayó sobre los hombros. Francés pudo fijarse en su rostro: era una muchacha bellísima que le sonreía y clavaba en él sus azules ojos.

—¡Eh, qué hermosa eres! —exclamó el joven.

La muchacha se irguió y le rodeó el cuello con los brazos. Le besó en los labios. Francés sintió como una sacudida en el pecho y se aferró a aquel delicado cuerpo con todas sus fuerzas. Pero ella se zafó enseguida del abrazo y se escabulló poniéndose de nuevo la máscara y regresando al gentío.

11

Camino de París, septiembre de 1525

Varios jóvenes cabalgaban ilusionados por la vieja vía romana que servía de calzada a los peregrinos y cruzaba a ultrapuertos, al otro lado de los Pirineos occidentales, donde comenzaba la tierra de Francia. Eran nueve estudiantes, camino de París, hijos de nobles familias de Pamplona cinco de ellos, de Xavier el sexto, Francés de Jassu, y los tres restantes eran criados que acompañaban a sus amos para servirlos y aprovecharse al mismo tiempo de su estancia en la universidad para hacerse con algún título. Amos y lacayos montaban buenos caballos, resistentes animales que habían de llevarlos en poco más de tres semanas a su destino. En las alforjas portaban las escasas pertenencias que componían un escueto equipaje; pocos vestidos, algún libro y alimentos para el camino. En mayor cantidad unos que otros, todos guardaban entre las ropas, cosidas cerca del cuerpo, las bolsas con los dineros que iban a necesitar para pagar las matrículas, libros y colegios donde habían de hospedarse. Por eso viajaban con cierto miedo, pues por aquellos parajes pululaban los bandidos en tan difíciles tiempos de guerras y conflictos.

Subían al paso las cuestas que escalaban las sierras. El estío vestía el paisaje de bellos tonos. En el cielo azul, pasaban algunas nubes blancas como el mármol. En las alturas corría un vientecillo serrano que refrescaba la cara. Se divisaba desde arriba un espacio inmenso de tierra que parecía llano, a pesar de estar formado por lomas y cerros, uno tras otro, cubiertos de verde pardusco. Los caminos, blancos, serpenteaban apareciendo y desapareciendo, bordeados por altos árboles, entre las colinas y altozanos. Grandes rocas parecían avanzar en la sombra de las laderas, junto a zarzales oscuros. Los cascos de los caballos sonaban fuertemente en el suelo pedregoso del camino.

—No se ve un vivo —comentó uno de los jinetes.

—No ha de faltar ya mucho para Roncesvalles —dijo otro.

Volvieron de nuevo a marchar en silencio hasta que uno de los criados, que era muy cantarín, se arrancó con una copla navarra que resonaba en aquellos montes solitarios levantando algunos ecos.

Un poco más adelante, se pararon junto a una fuente para refrescarse. Sacaron la bota de vino, pan y algo de queso. No habían hecho nada más que sentarse sobre unas piedras cuando se presentaron unos pastores con su rebaño de cabras. Era un padre con sus dos hijos pequeños, de unos nueve o diez años.

—La paz de Dios, señores —saludó.

Los jóvenes los invitaron a comer algo.

—¡Gracias, señores, muchas gracias! —respondió él, alargando la mano para coger el trozo de pan y queso que le ofrecían. También los niños comieron y bebieron un trago de vino de la bota.

—¿Está lejos Roncesvalles? —le preguntó Francés.

—Ahí mismo, señores, a media legua.

—Vaya, hemos llegado —comentó uno de los jóvenes jinetes.

—¿No tienen vuestras mercedes miedo de que los asalten los bandidos con estas cosas de la guerra? —dijo el pastor—. Anda por ahí muy mala gente a cuenta de que el rey de Francia está preso del emperador en Castilla.

—También vuaced ha de temer por su ganado —le dijo uno de los jóvenes—. Si roban a los viajeros, también robarán cabras, ¿o no?

—¡Pues claro, sí pueden! De vez en cuando pasan por ahí, por aquel camino, y, si me ven cerca, me echan mano a algún cabritillo. ¡Ay, qué vida! ¿Verdad, niños?

Sus hijos asintieron con silenciosos movimientos de cabeza.

—¿No os da miedo? —les preguntó Francés.

—A estos no hay quien los coja —respondió el padre por ellos—. Estos triscan peñas arriba mejor que las cabras. ¿Verdad hijos? ¡Ay, que condenados! ¡Ja, ja, Ja...!

Los estudiantes rieron. Uno de ellos sacó unos dulces y se los dio a los niños. Los devoraron en un santiamén.

—¿Son vuestras mercedes navarros? —preguntó el pastor.

—Sí, de Pamplona todos, menos ese de ahí, que es de Xavier —contestó uno de ellos.

—¡Ah, buena tierra ha de ser esa! —exclamó el pastor—. Aquí, ya ven vuestras mercedes, sierras y más sierras. ¡Y bandidos! Vayan con cuidado que están muy malos los tiempos, ya les digo.

Se despidieron del pastor y de sus hijos agradeciendo los consejos. En el camino, los jóvenes hablaron del asunto. Eran ciertamente tiempos difíciles. El rey Francisco I de Francia había caído preso de los españoles en febrero, en la batalla de

Pavía, y estaba en Madrid a merced de Carlos V. Esto causó un impacto grande en el mundo. Toda Francia estaba de luto, humillada y llena de rencor. Después de tantas guerras como había habido en aquellos territorios, abundaban las partidas de antiguos soldados que andaban en los montes como bandidos: muchos desertores y tropeles de hombres huidos que no podían regresar a sus lugares de origen.

—¿Qué creéis que pasará? —comentaban—. ¿Terminará Francia en manos de España?

—¡Francia es mucha Francia!

—Mas... si tienen preso al rey...

—Francia es más que su rey.

Sin apenas darse descanso, los nueve jinetes cruzaron por el desfiladero de Roncesvalles, a San Juan de Pie del Puerto. Cabalgaron por las Landas, el terreno más peligroso, por unos eriales despoblados que atravesaban caminos arenosos, entre secas retamas, pinos y plantas espinosas. Llegaron por fin a la costa. Por primera vez en su vida, Francés y sus compañeros de viaje vieron el mar. Les causó una gran impresión. Se quedaron durante un largo rato en silencio, como embobados, contemplando la inmensidad azul del agua y los navíos que se acercaban con las velas hinchadas hacia la bahía de Arcachon.

Después de descansar durante una jornada en Burdeos, continuaron en dirección a París por una espléndida carretera que atravesaba extensos viñedos, fértiles campos, tierras verdes donde pastaban orondas vacas y bosques tupidos. En la proximidad de las ciudades olía a uva y a mosto dulce. Pero el otoño estaba ya allí y comenzaban a llegar ráfagas de viento que agitaban y arrancaban las hojas de los árboles, arrastrándolas. La fruta estaba madura y había una luz diferente en la dorada fatiga del crepúsculo.

En esas horas de largo y cansado cabalgar, Francés de Jassu recordaba su casa, a su madre que en la despedida le rogó con lágrimas en los ojos: «Escríbeme con lo que haya».

Más adelante, en las proximidades de Poitiers, el cielo se cubrió con densas nubes grises y comenzó a llover. Caía un agua persistente durante el día y la noche. Viajar empapado era muy incómodo, máxime cuando arreciaron los vientos y los caminos se llenaron de barro. Pero vieron a su paso muchas cosas hermosas: los palacios reales de Amboise y Blois; el santuario de Nuestra Señora de Cléry, donde se detuvieron a orar; la bella ciudad de Orleans, que conservaba la memoria de Juana de Arco muy viva gracias a la estatua de la heroína que asombraba a los visitantes con su lanza en la mano, sobre el puente que cruzaba el Loira.

Desde allí, los nueve jóvenes viajeros tomaron la vía militar empedrada que llegaba hasta París. Era finales de septiembre, un lluvioso día de otoño, cuando divisaron al fin las murallas de la capital de Francia. Mas hubieron de hospedarse en una lúgubre posada de arrabal, por ser la última hora de la tarde y estar cerrada ya la firme puerta que llamaban de Saint-Jacques, alzado el pesado puente levadizo y clausurada la entrada a la ciudad hasta la mañana siguiente.

12

París, 28 de septiembre de 1525

Bajo la lluvia que no cesaba, en pleno otoño, París era una amalgama, fría y gris, de grandeza y miseria. Dentro de la ciudad amurallada se agrupaban cientos de palacios, colegios, iglesias y conventos; una maraña de calles rectas que se alternaban con retorcidos callejones donde brotaban las casas decrépitas y los muros que rezumaban humedades. Las alturas eran dominadas por las torres, las cúpulas ilustres y los campanarios. Fuera de las murallas, frente a la puerta de Saint-Jacques, se extendía el arrabal sembrado de pobres viviendas que se alzaban sobre el barro y el estiércol. Los niños, los cerdos y las gallinas correteaban empapados. Miles de hilillos de humo se elevaban desde las chimeneas hacia los cielos grises. Delante del puente levadizo se alineaban decenas de carretas y bestias cargadas hasta los topes, aguardando para pagar la tasa y entrar a la urbe.

Los nueve jóvenes navarros abonaron el impuesto y penetraron en la ciudad avanzando por la ancha *rue de* Saint-Jacques, para cruzar el barrio Latino. Ante su mirada llena de asombro, iban quedando atrás los rótulos pintarrajeados de las tabernas y las casas de huéspedes con curiosos títulos: *Le Chat Rouge*, *La Maison Jaune*, *Notre Dame Blanche*, *Le Porc-épic*, *Les Deux Amis*... Aunque era muy temprano, comenzaba el ajetreo de los vendedores ambulantes, los aguadores, panaderos y mercachifles que gritaban sus pregones. Los recién llegados pasaron junto a los grandes conventos, de solemnidad majestuosa, como el de los dominicos, con su iglesia elevada de enormes ventanales. Preguntaron allí mismo, no muy lejos de la puerta, por el lugar de su destino.

—*Sainte-Barbe!* —decían—. *Oú est Sainte-Barbe?*

—*Oh, oui!* —les respondió enseguida un mendigo enjuto—. *Venez-vous avec moi, seigneurs étudiants.*

Siguieron a aquel hombre harapiento, que los llevó por unas angostas calles, doblando a derecha e izquierda, en un laberinto que al fin los condujo a la *rue des* Chiens. Y después de dar una limosna a su improvisado guía, localizaron enseguida el colegio de Santa Bárbara, lugar de su destino.

Los atendió el portero, que los hizo aguardar durante un buen rato delante de la puerta. Otros jóvenes estudiantes iban llegando, cargados con sus equipajes, para iniciar el curso.

Cuando les llegó su turno, Francés de Jassu fue conducido por unas escaleras hasta un frío corredor, donde hubo de esperar sentado en un gran banco de oscura madera. Allí escribió en un pedazo de papel su nombre y apellidos, que un secretario se llevó hacia el interior de los despachos.

—¡El señor que dice ser Francés de Xavier! —anunció otro subalterno en perfecto latín de acento franco.

—Presente —respondió el joven poniéndose en pie.

El secretario le guio hasta un despacho pequeño cuyas paredes estaban cubiertas de estantes abarrotados de libros. Detrás de una mesa donde se amontonaban los papeles, le recibió un hombre bajo, regordete, de frente despejada y barba negra. Era don André de Gouvea, el primer ayudante del principal del colegio de Santa Bárbara, que sostenía en las manos el pedazo de papel con el nombre de Francés.

—Francés de Xavier, navarro —leyó.

—Para servir —contestó el joven.

El viceprincipal le pidió sus credenciales. Francés le entregó la carta de presentación del obispo de Pamplona y un amplio informe con detalladas referencias que había redactado don Pedro de Atondo, su tío canónigo.

—Bien, diecinueve años, clérigo al servicio del obispo de Pamplona —comentó Gouvea—. Habrás de prepararte para el examen de Latín. Si apruebas durante el año, podrás ascender a la clase superior. Hay que aplicarse, muchacho.

—Para eso he venido —afirmó Francés.

Gouvea alzó los ojos hacia él y le observó durante un momento. Luego dijo:

—Hay precepto de hablar siempre latín dentro del colegio, así en las clases como fuera de ellas. Las faltas contra esta regla se castigan severamente. Si no puedes manejarte aún en la más noble y perfecta de las lenguas, mejor será que estés calladito hasta que puedas hacerlo. ¿Comprendes?

—Comprendo, señor —afirmó con respeto Francés.

—*Intellego* —replicó Gouvea—. *In-te-lle-go.*

—*Intellego* —repitió el joven.

—*Ah, in itinere sumus!*

París, 29 de septiembre de 1525

Francés de Jassu fue a París llevando consigo a su criado navarro Miguel de Landívar, que le servía y le acompañaba en aquellos primeros días de largos paseos para conocer la ciudad. Los demás compañeros de viaje se distribuyeron por sus lugares de destino, por las casas particulares o colegios donde debían hospedarse según sus posibilidades. Estaban también muy cerca el colegio de Monteagudo, que rivalizaba ferozmente con el de Santa Bárbara, el de Reims, el de Fortet y, más retirados, los de Tournai, Boncourt y el gran colegio de Navarra, que fundó en 1304 la reina doña Juana de Navarra, esposa de Felipe el Hermoso. Hacia el norte, siguiendo la *rue de la* Montagne Sainte-Geneviève, estaban los colegios de la Marche, el Lombardo y el de los carmelitas en la *rue de* Saint-Victor. En todos estos, en los conventos y en centenares de casas particulares que admitían huéspedes, habitaban varios miles de estudiantes que en aquellos últimos días de septiembre, sin que todavía se hubiera iniciado el curso, deambulaban en todas direcciones para disfrutar de la gran urbe universitaria.

En su alegre y sorprendido caminar, ambos jóvenes navarros, señor y criado, llegaron a uno de los puentes que unían el barrio Latino con la isla del Sena donde se alzaba la Cité. Cruzaron el arco de la puerta del Petit Châtelet y pronto se encontraron frente a la imponente catedral de Notre-Dame, con su espléndida fachada llena de figuras. Se quedaron absortos contemplando las dos torres altísimas, el enorme rosetón encima de la portada principal, las gárgolas diabólicas, los grutescos, cornisas, capiteles, molduras y relieves. Dentro, penetraron en el bosque de columnas invadido por un misterioso ambiente y la mágica luz que provenía de las coloridas vidrieras.

Salieron de allí arrobados, extasiados por tanta maravilla, y encaminaron sus pasos hacia el oeste, donde se toparon con la elevada muralla que protegía el antiguo palacio

Real y la Sainte-Chapelle que mandó construir el rey San Luis para custodiar y venerar las reliquias que reunió en las Cruzadas allá por el siglo XIII.

Al otro lado del Sena comenzaba la Ville, la ciudad propiamente dicha que reunía los barrios de comerciantes y artesanos, así como una abigarrada población de gentes diversas que habitaba en buenas viviendas de varios pisos, entre las que asomaban muchos conventos: Agustinos, Guillerminos, Hermanos de la Santa Cruz, Billetes... También abundantes iglesias y el antiguo castillo de la Orden del Temple, que habitaban ahora los caballeros de San Juan de Jerusalén.

Había dejado de llover y se abrían grandes claros en el inmenso cielo que envolvía como una bóveda la hermosa ciudad cuyos tejados brillaban mojados. Bandadas de pájaros se elevaban en las alturas, volando en círculos sobre las torres y los campanarios. La amplia *rue de* Saint-Martin se extendía hacia el norte, franqueada por hermosas iglesias alineadas. Ríos de gente iban de un lado a otro y, por el centro de esta arteria principal parisina, circulaban carromatos, carretas y caballerías en confuso ir y venir, sin demasiado orden ni concierto. Un resplandeciente sol otoñal comenzaba a bañar con su luz el conjunto.

—¡Es este un lugar asombroso, vive Dios! —exclamó Francés ante aquella visión deslumbrante.

13

París, 1 de octubre de 1525

Con la fiesta de San Remigio, el primero de octubre, comenzaba la azarosa vida de los estudiantes en París. Aquel año de 1525 se suspendieron las principales celebraciones del inicio del curso: la gran procesión que desplegaba toda la magnificencia de la universidad y el banquete de bienvenida de los alumnos de los diversos colegios. En el reino de Francia se guardaba general duelo desde la infortunada batalla de Pavía, y el Parlamento tenía prohibidos todos los jolgorios y manifestaciones festivas. Solo se hizo la misa de Acción de Gracias y petición, con sermón especial bajo la presidencia de un engolado duque parisino y la asistencia de algunos, pocos, invitados de honor. Por esta austeridad, los colegiales veteranos de Santa Bárbara estaban molestos y no perdían ocasión para manifestar el disgusto que les causaba la supresión de la suculenta comida que solía prepararse ese día con abundancia de vino gratis para todo el mundo. En lugar de ello, se sirvió un frugal almuerzo a base de legumbres, pan y agua, en señal de aflicción y como adhesión al malhadado rey Francisco I que estaba cautivo del emperador en Madrid.

—Lo han hecho para ahorrarse el gasto —murmuraban entre dientes algunos resabiados estudiantes.

Otros daban rienda suelta a su rabia pataleando bajo las mesas o arrojando al suelo el desabrido condumio. Casi todo el nutrido alumnado del colegio de Santa Bárbara deseaba impaciente que concluyera pronto aquella insulsa celebración del comienzo de curso para ir a buscarse la fiesta por ahí, libremente, entre las ofertas de diversión que ofrecía el popular barrio Latino.

Adivinando el malestar de sus pupilos y temiendo que la cosa estallara en un tumulto que le dejara en evidencia ante sus ilustres invitados, el principal del colegio, don Diogo de Gouvea, se puso en pie e inició el discurso que servía de bienvenida, arenga y presentación a los estudiantes y profesores que al día siguiente habrían de dar comienzo a sus tareas:

—Teman a Dios los jóvenes que aprenden la sabiduría; enseñen a temerle los maestros, porque de Él procede todo bien, y porque el principio de la sabiduría es el temor del Señor. Anímese constantemente la juventud a guardar las buenas costumbres. Sean los maestros buenos y piadosos para ejemplo suyo y edificación de las almas tiernas. No haya ningún balandrón o vagabundo. Apártense todos de la embriaguez y de la incontinencia, y pónganse ante los ojos los castigos temporales y eternos de los vicios, de suerte que puedan decir con el salmista: «He alcanzado sobre todo la sabiduría que me enseñaban, porque busque tus testimonios».

Concluido tan piadoso discurso, se entonó el solemne himno en honor de santa Bárbara. Y no bien se había impartido la bendición final, cuando el estudiantado ruidoso y vociferante abandonaba en estampida el refectorio, con estrépito de carreras, para ir a apurar las horas de libertad que les quedaban en absoluto olvido de las recomendaciones del superior.

Esa misma tarde, Francés y su criado Miguel se unieron a una banda de compañeros, exultantes de ansiosa mocedad, y fueron a disfrutar de los goces de la ciudad en el laberinto de callejuelas por donde una desasosegada masa de gente iba en tropeles a solazarse en las tabernas, las casas de juego y los prostíbulos. No todos eran jóvenes; se veían mezclados a los profesores y a los alumnos. También había infinidad de soldados, aventureros, buhoneros y buscavidas.

Como Francés era nuevo en estos menesteres, observaba desde su asombro el variopinto panorama: los portones abiertos de par en par mostrando el abigarrado tumulto de sus interiores, el ir y venir de los taberneros escanciando el vino, los músicos que buscaban hacer oír sus instrumentos y se desgañitaban con sus alegres y pícaras coplas, las mujerzuelas que exhibían sus carnes veladamente bajo los estudiados ropajes; las borracheras, las peleas, las bulliciosas francachelas de los mercaderes en los mesones y el correr de los guardias, entre la rebujiña callejera, para ir a solucionar los múltiples conflictos que se generaban en aquel desordenado alboroto del barrio Latino.

Octubre de 1525

El mismo día 2 de octubre, en plena resaca de la fiesta de San Remigio, daban comienzo las clases para los estudiantes parisinos. Francés se vio inmerso repentinamente en una fatigosa rutina cotidiana.

Invariablemente, la campana del colegio sonaba a las cuatro de la mañana dando la orden de levantarse. Había un encargado dispuesto a recorrer una por una todas las camaretas para despertar a voces y a empellones a los que se quedaban dormidos. Por su desagradable oficio, este miembro de la casa era conocido como el «despertador». Pero aquella primera madrugada en Santa Bárbara, Francés no necesitó que nadie le sacara del sueño. No había pegado ojo, por la extrañeza del alojamiento, por las imágenes que pasaban por su mente a causa de la novedad de tantas experiencias y por el recuerdo dolorido de su tierra y de su madre, que sabía que no volvería a ver en un larguísimo tiempo.

Recién salidos de la cama, todos los estudiantes se ponían en fila e iban a la oración de la mañana. Después de lo cual cada uno se distribuía por los lugares que les correspondían para recibir la primera clase del día.

Francés se dirigió hacia el aula de Latín, donde se encontró un nutrido grupo de compañeros de diversas edades, entre quienes los más jóvenes apenas tenían nueve años cumplidos. A causa de esta variedad heterogénea, las lecciones debían impartirse a diversos niveles. Pero, en todo caso, según los decretos de los Estatutos Universitarios reformados por el cardenal D'Estouteville, nadie podía pasar al curso de Filosofía sin antes superar el riguroso examen de admisión que exigía el conocimiento necesario de la lengua latina, aunque cualquiera de los alumnos podía presentarse a dicho examen durante el año escolar y, si lo aprobaba, pasar a la clase superior.

Para demostrar sus conocimientos de la materia, Francés inició por mandato del maestro la lectura del *Doctrinale* de Alexandre de Villedieu, que era una gramática en verso. Después debía continuar con el *Donato,* que le resultaba familiar por sus estudios en la abadía, y seguir con la prosodia, el acento, la puntuación y la retórica, para poder adentrarse en la prosa de Cicerón y la poesía de Virgilio.

Estando inmerso en pleno frío de la noche en estas lecciones, a la luz de las candelas de aceite, sonaba de nuevo la campana doméstica que llamaba para la misa de seis, que era de obligada asistencia. Acudían todos con el libro de horas para los rezos. A los nuevos se les abría la boca en la penumbra del templo y el resonar de los cánticos litúrgicos.

Detrás del oficio venía el desayuno: un panecillo y un vaso de vino aguado. Tan escueta colación se devoraba en un santiamén y todo el mundo regresaba a las siguientes clases. Venían ahora las preguntas, respuestas y repeticiones, seguidas de una hora de disputa.

A las once, otra vez se escuchaba el ruido estridente de la campana que llamaba a la comida en el refectorio. Se impartía la bendición sobre las mesas y los estudiantes se aplicaban a un sencillo menú: carne, pescado en salazón o ahumado, verduras y una pieza de fruta. Mientras, un estudiante leía en voz alta la Sagrada Escritura o las vidas de los santos. Como había apetito, los jóvenes concluían el almuerzo mucho antes de la hora que debía durar por precepto la comida. Después de la Acción de Gracias, tenían tiempo libre, aunque dedicado a leer algún poeta latino o a repetir las lecciones de la mañana. De tres a cinco volvían a las aulas y continuaban las clases, a las que seguía la disputa, como por la mañana, durante una hora. A las seis se cenaba poco y después volvían a repetirse las materias explicadas durante el día.

A las ocho sonaba la campana para las oraciones de la noche, que concluían con el himno de Completas:

Christe, qui lux es et dies…
Cristo, que eres la luz y día
y al rasgar sombras nocturnas

como lumbre de la luz,
luz de cielo nos auguras:
Te rogamos, Señor Santo,
que esta noche nos defiendas
y, descansando en ti solo,
tranquila vos la concedas...

Los sábados se cantaba también la *Salve Regina.*

Concluida la agotadora jornada, sonaba por última vez la dichosa campana para ordenar a los colegiales que se fueran a dormir. Se apagaban las luces y todo quedaba repentinamente en silencio.

En la fría cama, agotado por tan extenuante rutina y con una maraña de frases latinas en la cabeza, Francés suspiraba en su interior: «¡Dios mío! ¿Qué vida es esta? ¿Dónde me he metido? ¡Virgen Santa, yo me muero!... ».

14

París, 6 de enero de 1526

Durante las vacaciones de Navidad, que duraban desde mediados de diciembre hasta la Epifanía, los estudiantes estaban ávidos de fiestas. Seguramente porque les faltaron aquel año los tradicionales jolgorios universitarios a causa de la prohibición del Parlamento. Solían representarse comedias en el patio de los colegios y el día de Reyes, cada año, tenía lugar el más esperado acontecimiento: la entronización del *Roi de la Fève*. Reunía este evento a una multitud enfervorizada que elegía y coronaba con todo aparato al que desde ese momento sería el Rey del Haba, un estudiante que era revestido con un manto, corona y cetro, al que se rendía irónica pleitesía con discursos de alabanza, postraciones y cómicos regalos. Como quiera que las mascaradas y bufonadas no podían hacerse en los recintos oficiales de los colegios, los jóvenes fueron a montarse la fiesta por su cuenta en una concurrida taberna que contaba con un patio suficientemente grande para reunir a tanta gente.

Como solía suceder cuando se juntaba todo aquel mocerío fanfarrón y bullanguero, la cosa derivó finalmente en una pelea entre alumnos de los diversos colegios. Los del Santa Bárbara, a quienes llamaban «barbistas», rivalizaban con los colegiales del Monteagudo, apodados «capettos» por su uniforme de color pardo. La disputa entre ambos venía de largo, sobre todo a causa de las aguas sucias que dejaban correr los segundos por la calle que discurría entre ambos colegios, la *rue des* Chiens. Unos y otros se rompían a pedradas las ventanas de vez en cuando y tenía que acudir la autoridad para atender las denuncias de los superiores.

Para Francés de Jassu, a sus diecinueve años, estas contiendas estudiantiles constituían una oportunidad inmejorable para resarcir su temperamento, de natural combativo, de la contención a la que le había sometido su madre en Navarra. De manera que no tardó en unirse a sus camaradas barbistas para ir a dar guerra el célebre día de Reyes que tenía echado a las calles al febril estudiantado.

Hecho a vivir en París y acomodado en el colegio, derrochaba energía y simpatía, merced a lo cual capitaneaba ya a una tropilla que no perdía ocasión para salir a divertirse y que no desdeñaba acabar a golpe limpio con los enemigos capettos.

Varios reyes del haba habían sido coronados en las diversas tabernas. El del Santa Bárbara, en el local que llamaban La Fleur Rouge, pegado a la muralla y en las proximidades de la vieja iglesia de Saint-Étienne-des-Grès. En la inmensa estancia principal de la taberna, se habían apartado las mesas y los estudiantes se apelotonaban en una masa vociferante que, eufórica, vitoreaba a su «monarca». El Rey del Haba barbista estaba sentado en un sillón a modo de trono, en lo alto de un enorme tonel, coronado con una especie de mitra con orejas de asno y sosteniendo en la mano los huesos pelados de una pata de cerdo, con su pezuña negra.

—*Vive le Roi de la Fève!* —gritaba un mocetón que ejercía de maestro de ceremonias.

—*Vive!* —coreaban al unísono los jóvenes.

En medio de la mugre, el humo de las cocinas y el ambiente húmedo y cargado de la taberna, el vino corría a raudales en grandes jarras que pasaban de mano en mano. Se cantaban canciones obscenas, se interpretaban bufonadas sarcásticas y se recitaban poemarios punzantes en los que no se dejaba títere con cabeza en el mundo universitario conocido por todos los presentes. Cuando llegó la hora de los discursos, el retórico escogido para la ocasión estaba tan borracho que no daba pie con bola en lo que trataba de decir, solo emitía torpes balbuceos.

—¡Fuera! ¡Fuera! ¡Fuera!... —gritaba la masa enfurecida.

De repente, empezó a percibirse un mefítico hedor en toda la taberna. Los jóvenes, con gestos asqueados, miraban en todas direcciones tratando de descubrir de dónde procedía el nauseabundo aire, impregnado de tan fuerte olor, capaz de descollar sobre la ya de por sí viciada atmósfera del local.

Viose que los que estaban más próximos a la puerta se removían, y pronto se advirtió que tenían las capas manchadas con una especie de papilla oscura.

—*Merde! C'est merde!*

—¡Mierda! ¡Mierda! ¡Es mierda! —secundaron los de lengua española al descubrir la repugnante sustancia sobre sus cabezas y sus ropas.

Entonces reparó la concurrencia en que entraban volando por la puerta y las ventanas envoltorios de trapos que se abrían al chocar contra las paredes, distribuyendo salpicaduras de una hedionda masa de excrementos y putrefactas sustancias que caían sobre el gentío.

—¡Son ellos! ¡Los putos capettos! —rugieron los barbistas—. ¡Todo el mundo afuera! ¡A por ellos!...

Salió la turba furiosa a la calle. Los colegiales del Monteagudo iban llevando a hombros a su Rey del Haba. Inevitablemente, se formó una pelea. El aire se llenó de piedras y chocaron ambos tropeles de jóvenes en un duro combate de puñetazos y patadas. Duró el enfrentamiento el tiempo que tardó en llegar un buen destacamento de la guardia de la ciudad y empezó a repartir mamporros con sus recios bastones a diestro y siniestro. Los tropeles de muchachos corrían despavoridos. La masa se movía en oleadas; ora se juntaban formando estampida en la que muchos caían al suelo y eran pisoteados, ora se deshacía y desaparecían los estudiantes huidos de los guardias por el laberinto de callejuelas que empezaban a quedarse a oscuras a esa hora de la tarde, cuando la luz crepuscular decrecía.

—*Arrêtez-vous, au nom du roi!* —gritaban los oficiales detrás de los jóvenes alborotadores—. *Arrêtez-vous!...*

Como solía suceder, dieron alcance a los más borrachos, que se quedaban rezagados o que yacían en cualquier callejón sin poder moverse. Esos infortunados irían a dar con sus desmadejados cuerpos en las frías mazmorras de la temida cárcel de los estudiantes. Allí les aguardaba una buena tanda de azotes y varios días a pan y agua. Después, devueltos a sus colegios, tendrían que soportar aún un castigo más: la *salle,* que era otra pública azotaina en el patio central, en presencia de todos los compañeros, propinada con varas en nombre del principal. Se reservaba este vergonzante escarmiento en todos los colegios para quienes desobedecían las reglas de la casa o cometían faltas graves.

Como Francés gozaba de ágiles piernas, pudo escapar sin demasiado esfuerzo de los guardias y, más tarde, cuando las aguas volvieron a su cauce, proseguir la fiesta en el reservado interior de la taberna del Poisson, donde se refrescaba la reseca garganta con un buen vaso de vino. Con él, varios camaradas disfrutaban recordando el suceso, felices por haber escapado sanos y salvos del trance.

A la luz de los candiles, bajo el sopor de la bebida y secándose las ropas junto a un enorme leño que ardía en la chimenea, el joven saboreaba la intensidad de aquella vida despreocupada y alegre. Percibía esa nítida llamada a gozar de los sentidos en la edad en que todo es vehemente, enérgico, sin ataduras, como si la existencia misma fuera a detenerse al día siguiente y hubiera que apurarla al máximo.

15

París, 26 de septiembre de 1526

A primera hora de la mañana brillaba un sol espléndido sobre París. A pesar de haberse iniciado el otoño con intensas lluvias, a finales de septiembre el cielo estaba intensamente azul y la atmósfera era transparente. Un nutrido grupo de jóvenes estudiantes del colegio de Santa Bárbara pasaban alegres bajo el arco de una de las puertas de la muralla, la que llamaban de Saint-Germain. Cruzaron el arrabal y encaminaron sus pasos en dirección a un enorme y noble edificio rodeado de muros, fosos y torres albarranas: la gran abadía de Saint-Germain-des-Prés. Rodearon el robusto complejo monacal que formaba de por sí una pequeña ciudad y, por una vereda que discurría por en medio de un pequeño bosque, hacia el este, no tardaron en llegar a la extensa pradera que se alargaba siguiendo el curso del Sena,la que llamaban el *pré aux Clercs.*

—Hace un buen día —comentó uno de los jóvenes—. La hierba ha crecido y el suelo no está encharcado.

—Sí —dijo otro de ellos—. Van a ser unos magníficos juegos.

—¡Hemos de ganar! —exclamó un tercero—. ¡Santa Bárbara ganará!

A esa hora de la mañana, la gran pradera, muy verde, estaba llena de estudiantes que se reunían allí para los tradicionales juegos de San Remigio, la competición deportiva que, durante tres días, tendría muy ocupados a todos los estudiantes antes del comienzo del curso.

Era creencia generalizada en París que el *pré aux Clercs* pertenecía a la universidad por donación de Carlomagno para recreo de los estudiantes. En este precioso lugar, junto a la orilla del río, se ejercitaban todos los martes y jueves los jóvenes en carreras, saltos, esgrima, lanzamiento de jabalina, lanzamiento de pesos y juegos de pelota. Les servía el ejercicio para liberarse del trajín diario y para desfogue de las energías de la mocedad, por lo que era obligada la asistencia al deporte dos veces por semana en todos los colegios.

Pero nunca estaba la pradera más concurrida que en los días previos a la fiesta de San Remigio. Había allí jóvenes representando a los múltiples colegios, alumnos, profesores, bedeles y personal empleado en las diversas tareas de la universidad. Aunque también destacaba la presencia de muchos desocupados: mercachifles que vendían comida y bebida, individuos en busca de clientes para los burdeles y jugadores que apostaban ruidosamente en las pruebas a favor de este o aquel participante. La visión de tal gentío en la inmensa extensión, despejada de árboles y edificios, resultaba impresionante, con el Sena al fondo, en cuya otra orilla se divisaba la colina de Montmartre, los jardines y tapias del suburbio, los molinos de viento y las torres del Louvre asomando desde detrás de las murallas de la ciudad.

—Allí están los nuestros —señaló uno de los jóvenes.

Los barbistas se agrupaban en torno a la bandera de su colegio, que estaba clavada en el suelo junto al carretón que transportaba el agua y la comida. Los juegos de San Remigio, además de una competición, eran un animado día campestre que se prolongaría hasta la última hora de la tarde.

Al ver llegar al grupo de compañeros entre los que se encontraba Francés de Xavier, los jóvenes colegiales empezaron a aplaudir y vitorear.

—¡Ya llegan los campeones! ¡Viva Santa Bárbara! ¡Viva!

El maestro Thomé de Noix, que se encargaba del entrenamiento y de organizar los turnos y equipos, se puso muy contento al ver a sus atletas. Corrió hacia ellos y les dijo con ansiedad:

—¡Vamos, muchachos, hay que ponerse el cuerpo a tono! Llevamos ya un buen retraso en el calentamiento.

Los jóvenes deportistas se despojaron de sus trajes talares y se vistieron el amplio calzón y la camisa que se usaban para participar con mayor holgura en las diversas pruebas.

—Tú, el navarro —le dijo Thomé de Noix a Francés—, no me defraudes.

Francés esbozó una sonrisa burlona y alzó la cabeza con aire de suficiencia.

—No te apures.

—No te confíes —replicó el maestro—. Mira quién está ahí, donde los capettos.

Miró Francés en la dirección que señalaba Noix y distinguió enseguida la presencia de Charles Zonon, el joven delgado, seco, de piel curtida, que representaba a Monteagudo en las carreras de saltos. Era sin duda el rival más temido por todos los atletas. Pero Francés se mostraba confiado.

—¿No temes a Zonon? —le preguntó Théophil Bactho, un muchacho barbista, dos años menor que Francés, que le admiraba tanto que no se apartaba de él ni un momento.

—No, no le temo —respondió con rotundidad Francés—. Aquí solo es de temer Ganse, Bertin Ganse; aquel pelirrojo de allí, el que está con los del Boncourt.

Al escucharle decir aquello, los colegiales barbistas miraron en dirección al Sena, en cuya orilla, bajo unos álamos, se agrupaban los pupilos del colegio Boncourt, cuya bandera roja y dorada destacaba al fondo.

—¿Bertin Ganse? ¿Del Boncourt? —observó extrañado Noix, que había escuchado el comentario de Francés—. Es harto pesado. Mira sus piernas demasiado musculosas.

—Por eso le temo —repuso Francés—. Es pura potencia. Zonon es ágil, delgado y firme. Pero los del Monteagudo no están bien alimentados. ¿No veis esas pieles cetrinas, las orejas y las miradas lánguidas propias de gente que hambrea?

Todos se fijaron atentamente en lo que él decía. Comprendían sus razones porque el Monteagudo era un colegio que tenía fama en todo París de matar de hambre a sus estudiantes. Incluso Erasmo de Rotterdam, que fue colegial de esa institución, había ironizado duramente sobre ello en sus escritos.

—Es cierto —afirmó el joven Théophil—. Sus atletas están famélicos.

—En efecto —prosiguió Francés—. En cambio, fijaos ahora en los del Boncourt: son robustos y saludables. Es gente que come carne y buen pan diariamente. A ellos es a quienes debemos temer, no a los capettos, por mal que nos caigan estos.

Miraron ahora todos hacia donde estaban los alumnos del Boncourt, junto a los álamos, haciendo pequeñas carreras, dando saltos y estirándose para calentar los músculos antes de la prueba. Eran muchachos robustos, bien vestidos con ropas nuevas, que tenían en el semblante otro brillo y alegría muy diferente al sombrío aspecto de los del Monteagudo.

—¡Ah, Francés de Xavier —exclamó el maestro Noix, dándole a su atleta favorito una cariñosa palmada en la espalda—, no solo eres el mejor, además eres el más zorro! ¡Ganarás, muchacho; hoy te llevarás la palma!

Sonaron las trompetas llamando a la competición. Un gran murmullo de emoción se extendió por todo el prado. Los maestros colocaron en fila a sus muchachos y comenzaron a desfilar hacia la zona donde estaban señalados los diversos campos para los ejercicios, con vallas, troncos y sogas.

Dieron comienzo los juegos con algunos ejercicios de equitación, la esgrima antigua, la moderna, el tiro con arco y ballesta y otras artes militares que divertían mucho al público. Los torneos estaban terminantemente prohibidos, pero se permitía la exhibición de las habilidades propias de la guerra, como la demostración de disparos de arcabuces, culebrinas, cañones y tormentarias. En aquellos tiempos, no se comprendía una buena formación universitaria sin ciertos conocimientos sobre el funcionamiento de los ejércitos.

Llegó el momento del juego de pelota en la modalidad de la pala y se iniciaron los reñidos combates de este deporte con gran animación. Como solía suceder, los espectadores se lanzaban al campo de juego y tuvo lugar una feroz riña que originó la suspensión de la prueba con gran disgusto de todo el mundo. Los ánimos no podían estar más caldeados.

—¡Carreras pedestres! —anunció entonces el pregonero en nombre de las autoridades que gobernaban el acontecimiento.

Los barbistas alzaron a hombros a Francés de Xavier y lo llevaron en volandas al lugar donde se celebraba la carrera, que era un camino arenoso, próximo al río.

Los contendientes se miraban de soslayo. Ahora, desde cerca, el pelirrojo del colegio Boncourt parecía mucho más fuerte. Era un mocetón de piel rosada y cuerpo firme, mucho más alto que Francés y que Charles Zonon, el favorito de todo el mundo. Los demás no tenían nada que hacer frente a estos tres rivales, así que la victoria se reñiría entre ellos.

La recia voz del pregonero dio la salida. Estalló el griterío de los espectadores mientras los atletas emprendían su carrera. Como todo el mundo suponía, no tardaron en quedarse atrás muchos de los contendientes. Pronto iban a la cabeza Francés, Zonon, el pelirrojo y un pequeño muchacho que ponía todo su empeño en pasarles. Este último, que era alumno de los agustinos, rápido como una liebre, saltó hacia delante y se puso el primero, de manera que los otros tres, mucho mayores que él, parecían los galgos que le perseguían. «Este pequeñajo está forzando la carrera», pensó Francés.

—¡Zonon! ¡Zonon! ¡Zonon!… —se oía gritar a los del Monteagudo.

—¡Xavier! ¡Xavier! ¡Xavier!… —rugían por su parte los barbistas.

El pelirrojo Ganse, tal y como temía Francés, sacó una fortaleza repentina de su poderoso cuerpo y se puso en cabeza superando al pequeño agustino. Este se desinfló entonces y se hizo a un lado. Entonces Zonon rebasó al del Boncourt. Francés iba el tercero y tuvo que soportar el desilusionado grito de sus compañeros de colegio. «¡Dios, tengo que hacerlo! —se decía—; esos dos no pueden vencerme. No, los dos no».

En esto, percibió claramente delante de él cómo el pelirrojo perdía fuerza y enseguida le pasó. Ahora debía confiar en sus piernas y en su respiración. Quedaba una vuelta y sabía que Zonon, a pesar de su tesón, terminaría aflojando. En efecto, se puso a la altura del capetto y observó en una rápida mirada que estaba agotado; se había adelantado demasiado pronto, tal vez temiendo como él al pelirrojo del Boncourt.

Los del Santa Bárbara rugían. Al pasar junto a ellos, Francés escuchó al maestro Noix:

—¡Vamos, muchacho, la carrera es tuya!

La muchedumbre estaba apiñada en la meta y aguardaba el desenlace enfervorizada. Ambos corredores avanzaron parejos durante un momento más, pero, en un último y definitivo impulso, Francés sacó toda su fuerza y alcanzó el poste veinte pasos antes que su rival.

El gentío se abalanzó sobre él. Sintió el golpeteo de las manos de sus camaradas y la asfixiante presencia de tanta gente alrededor, precisamente cuando más aire necesitaba. Menos mal que le alzaron pronto en hombros y pudo respirar hondamente por encima de las cabezas. Desde esa altura, viendo a los profesores y compañeros pendientes de él, aclamándole como a un héroe, se sintió verdaderamente importante. Nunca antes había percibido algo igual. Era un sentimiento embriagador que le arrebataba por encima de aquella realidad bulliciosa, como si su mente se fuera a otra parte. Al verse poderoso, dueño de la situación y capaz de lograr lo que buscaba por sus propios medios, le embargó una misteriosa explosión de felicidad.

16

París, 1 de octubre de 1526

Las campanas de todos los conventos e iglesias del barrio Latino repicaban a fiesta muy de mañana. Había amanecido un día gris, después de una larga noche de lluvia. Las piedras de los viejos edificios exhalaban aromas de humedad y los aleros de los tejados dejaban escurrir aún las aguas llovedizas que caían en las calles embarradas. Una multitud de estudiantes envueltos en sus oscuras togas sorteaban los charcos para encaminarse hacia la amplia *rue de* Saint-Jacques, por donde había de discurrir la gran procesión de acción de gracias con motivo del inicio del curso. Era el día de San Remigio y toda la magnificencia de la universidad recorrería París.

—¡Eh, Francés, Francés de Xavier! —se escuchó gritar a un joven en la *rue des* Chiens, delante de la fachada del colegio de Santa Bárbara—. ¡Espérame, iremos juntos!

Francés se volvió y vio venir corriendo hacia él a Pierre Favre, su nuevo compañero de cuarto.

—¡Vamos, Favre, date prisa o no llegaremos a la salida! —le apremió.

Pierre era un joven delgado, muy rubio, de angelical aspecto y dulce mirada de niño, aunque tenía ya cumplidos los veinte años, la misma edad que Francés. Ambos estudiantes habían superado juntos el temido examen de Latín e iniciaron al día siguiente el primer curso de Filosofía. La tarde antes, después de conocerse la nota, el bedel del colegio les había asignado su nueva situación en el piso superior de la torre de Santa Bárbara, una pequeña estancia muy bien situada, cuya ventana daba a la *rue des* Chiens, frente al colegio de Monteagudo. Por ser una pieza soleada y alejada de las zonas más bulliciosas del colegio, a este sector se lo conocía como el Paraíso. Los otros aposentos gozaban de menor tranquilidad; el piso medio era el Purgatorio y el más bajo el Infierno, por el alboroto que reinaba a causa del constante discurrir de los colegiales por los pasillos y por la proximidad de las cocinas. Francés y Pierre Favre debían compartir su cámara del Paraíso con el maestro Peña, castellano de Sigüenza que había obtenido el grado de *magister* en Filosofía y que tendría encomendada la dirección de los estudios en esa materia de sus dos jóvenes camaradas.

Francés avanzaba con grandes y decididas zancadas por las embarradas callejas. Su compañero le seguía a unos pasos.

—¡Eh, Xavier, espérame, yo no soy campeón de carreras! —se quejaba Favre.

Francés se volvió de nuevo y le vio aproximarse muy sonriente, respirando hondamente para recuperar el resuello. Desde el primer momento, le resultaba muy simpático Pierre. Apenas habían cruzado unas cuantas palabras la noche antes, porque la presencia del maestro Peña, algo mayor que ellos y revestido además con la autoridad de su título, les impidió desenvolverse con naturalidad. Pero ambos percibieron que se caían bien.

Al torcer una esquina, se toparon de frente con un charco que se extendía delante de ellos a todo lo ancho de la calle. En medio del agua, sobresalían un par de piedras puestas allí por alguien para permitir el paso al otro lado sin mojarse el calzado. Con decisión, Francés saltó y colocó el pie sobre la primera de las piedras. Después estiró la otra pierna e intentó hacer lo mismo en un ágil movimiento, pero resbaló y cayó sentado en el charco.

—¡Ah, ja, ja, ja...! —estalló Pierre en una sonora carcajada que resonó en toda la calle.

Francés se levantó como un resorte y saltó hasta el terreno seco, donde comprobó que tenía su uniforme de estudiante empapado y manchado de barro.

—¡Vaya, qué desastre! —exclamó.

Su compañero, con mayor habilidad, pasó de una piedra a otra y sorteó el charco sin mayor problema.

—¿Ves? —contestó burlón—. No es cosa de fuerza, sino de cuidado. Por ir con tanta prisa, mira cómo te ves ahora, Francés de Xavier. Tendrás que ir a cambiarte y llegarás a la procesión cuando lleve hecha la mitad del camino.

—Nada de eso —repuso Francés, mientras retorcía su toga para escurrir el agua—. No puedo acudir al día de San Remigio vestido de gentilhombre, ya que no tengo otras ropas de estudiante que estas. Habré de recibir el premio de esta guisa.

Cuando llegaron a la *rue de* Saint-Jacques, se veía ya venir a lo lejos la cruz alzada, de brillante oro, que portaba un bachiller en Artes, guiado por un bedel de la facultad de Filosofía. Una larguísima fila de estudiantes de todas las disciplinas, situados de dos en dos, avanzaba detrás.

—Vamos, pongámonos en la fila.

Francés y Pierre se situaron junto al resto de los universitarios, que formaban una verdadera multitud; más de tres mil.

Detrás de ellos venían los frailes: franciscanos de hábito marrón, agustinos de negro, dominicos blanquinegros, pardos carmelitas... Los novicios portaban las cruces de las diversas órdenes y los sacerdotes las reliquias más preciadas. Los seguían los maestros con sus trajes talares negros y sus birretes de cuatro puntas.

Precedidos de elegantes bedeles vestidos de librea, que exhibían los cetros, avanzaban los diversos regentes de las facultades y los cuatro procuradores de las cuatro naciones de la universidad. A continuación, los doctores, con sus trajes talares y amplias capas, ribeteadas de armiño. Y, por último, venía el rector, máxima dignidad, vestido de morado, con capote de armiño y birrete con borlón de oro sobre la cabeza. A su lado iba el decano de Teología y detrás todos los dignatarios y empleados de la universidad: procuradores, secretarios, cuestores y abogados, formando una comitiva muy vistosa por las vestimentas y gorros de diversos colores.

Todo este gentío penetró en la catedral de Notre-Dame para asistir a la misa y al sermón pronunciado por el arzobispo de París en presencia del rey de Francia, que ya había sido liberado de su prisión en España por el emperador, después de haberse firmado el tratado de Madrid que ponía paz entre las dos naciones.

Finalizado el oficio religioso, los concurrentes regresaban a sus colegios, donde participarían alegremente en el banquete que se conocía como «las minervalias»: una buena comida amenizada con canto y música en la que se hacía entrega de los premios y distinciones cosechados antes del inicio del curso por los estudiantes. En esta tradicional celebración, Francés de Xavier recibiría las cintas blancas prendidas en la toga, como premio a sus victorias en la carrera y saltos durante los juegos de San Remigio.

Cuando el sol comenzaba a ocultarse, la barahúnda de estudiantes era dueña del barrio Latino. Un estridente bullicio reinaba en las tabernas, saturadas de borracheras y broncas. Antes del anochecer, llovió de nuevo abundantemente. El agua se desprendía a chorros desde los canalones y crepitaba sobre las piedras.

Dentro de la taberna del Poisson, Francés de Xavier sostenía entre las manos una gran jarra de vino. Un nutrido grupo de barbistas achispados le aclamaban, aduladores, y entonaban en su honor una canción francesa que al navarro le resultaba estúpida.

Je suis d'Alemagne,
je parle alleman,
je viegne de Bretagne,
breton, bretonnan.
J'ay perdu mon père, ma mère,
mes soeurs et mes frères
et tous mes parents.
J'e suis d'Alemagne,
je parle alleman,
je viegne de Bretagne,
breton, bretonnan...

Un joven gordito, ebrio y con sonrisa bobalicona, danzaba encima de una mesa con torpes movimientos.

—¡Vamos, Francés de Xavier —decía balbuceando—, paga otra ronda! ¡Paga más vino o dejaré de bailar!

Los demás proseguían a voz en cuello la monótona canción:

J'ay perdu mon père, ma mère,
mes soeurs et mes frères
et tous mes parents...

Francés fue a pedir más vino. El tabernero refunfuñó y preguntó enojado quién iba a pagar todo lo que se debía.

—¡Sirve el vino! —le espetó Francés dejando unas monedas sobre el mostrador.

Con aplausos y fuertes taconazos en el suelo, los estudiantes barbistas celebraron la invitación de su compañero. Se aplicaron al vino y prosiguieron la canción:

Je viegne de Bretagne,
breton, bretonnan...

Francés no volvió a sentarse en medio de ellos. Apuró la jarra que tenía en la mano, la dejó en el mostrador y se dirigió hacia la salida del local. Recogió la toga que estaba colgada de un clavo al lado de la puerta. La prenda oscura estaba sucia, impregnada de barro, grasa y vino. Se la echó por encima de los hombros y salió al exterior. Afuera llovía intensamente.

—¡Eh, Francés, Francés de Xavier! —escuchó gritar a sus compañeros, pero no se volvió—. ¡Francés! ¿Adónde vas?...

Él hizo caso omiso de esas llamadas y se encaminó aprisa por la calle oscura donde cada casa era una taberna. La gente iba de un lado a otro, con los capotes sobre las cabezas. Se cruzaba con jóvenes alegres que aprovechaban las últimas horas de la fiesta de San Remigio.

—¡Francés, espérame! —escuchó, percibiendo que le seguían unos apresurados pasos.

Se volvió y descubrió la silueta conocida de Pierre Favre recortándose en la penumbra.

—¡Favre! —exclamó—. ¿Qué haces aquí?

—¿Adónde vas? —le preguntó a su vez el joven compañero—. Te vi salir del Poisson solo. ¿Por qué te marchaste?

—Me cansaban esos estúpidos con su necia cantinela. ¡No los soporto! Esas coplas francas me aburren, no me dicen nada.

—¡Ja, ja, ja…! —rio Favre.

—No me hace ninguna gracia. Hoy es mi día. Gané estas cintas en los juegos y no pienso terminar la fiesta de San Remigio escuchando a cuatro borrachos cantar: «*Breton, breton, bretonnan…*». Mira, yo soy navarro; en mi tierra las coplas son de otra manera. Cuando la gente se emborracha, aguza la voz y le salen del alma las más bellas canciones. ¿Comprendes?

—Sí—asintió Favre—. Mas esto no es tu tierra. Esos se divierten a su manera…

—¡Pues muy bien! Pero yo no voy a aguantarlo precisamente hoy.

—¿Adónde irás solo?

—¡Qué se yo! Por ahí, a otra parte. Ya encontraré algún lugar donde beber buen vino y escuchar música mejor que esa. Esto es París, ¿no he de hallar lo que busco?

—Has bebido demasiado, amigo —le dijo Favre poniéndole cariñosamente la mano en el hombro—. Y estás empapado. Hay mala gente por ahí. Vamos, regresemos al Poisson y terminemos la noche de buena manera.

—¡Ca! —replicó Francés, zafándose de su compañero—. ¡He dicho que no quiero estar ahí! —Y, dándose media vuelta, prosiguió su camino.

Pierre se quedó de una pieza, viéndole alejarse. Temió que le sucediera algo malo y le siguió. Francés reparó en la presencia de su compañero detrás de él y, sin volverse, dijo:

—Ah, ¿vienes conmigo?

—Vamos al Poisson —insistió Favre—; es tarde y pronto deberemos regresar a Santa Bárbara. Mañana es el primer día de clase.

—Por eso quiero divertirme —repuso Francés.

—Bien, haz lo que quieras, yo regreso.

En ese momento, Francés reparó en que le agradaba la compañía tranquila y noble de su camarada. Se detuvo y se dio la vuelta. Le propuso a su camarada:

—Anda, ven conmigo. Ya que hemos de vivir en el mismo cuarto, será bueno conocernos bien. Bebamos juntos.

—No tengo dinero.

—Yo invito.

—No puedo permitirlo. Has pagado todas las rondas del Poisson. No me gusta aprovecharme. Te acompañaré, pero yo no voy a beber más.

—¡Vamos, amigo Favre —exclamó Francés afable—, divirtámonos! Descubramos juntos los misterios del barrio Latino.

Alegremente, se encaminaron por una vieja calleja donde se oía música. Pasaron por delante de media docena de tabernas y llegaron al fondo de un corralón, donde se veía una estancia bien iluminada, con algunos caballeros distinguidos que charlaban amigablemente. Era un lugar limpio y ordenado, con buenas mesas y finos vasos de vidrio azul para el vino.

—Aquí estaremos bien —observó Francés—. Esto es un sitio como Dios manda, y no el asqueroso Poisson ese.

Al verlos entrar, un tabernero ataviado con un pulcro delantal de tela les salió al paso.

—Lo siento, amigos —dijo—, mi amo no quiere estudiantes en su establecimiento.

—¡Qué! —replicó Francés—. ¡Soy un señor! Dile a tu amo que salga.

—El vino es caro aquí —advirtió el tabernero.

Francés sacó su bolsa, introdujo la mano y le mostró al empleado un puñado de monedas de plata.

—Señores, pasen —otorgó ahora el tabernero, muy sonriente—; tengo al fondo una mesa donde estarán muy a gusto.

Accedieron al interior. En un rincón ardía un grueso tronco dentro de la chimenea y el ambiente estaba caldeado. Se sentaron a la mesa que les indicó el empleado. No había demasiados clientes y reinaba una gran tranquilidad en comparación con la bulliciosa taberna de donde provenían. Sin preguntarles qué deseaban, un muchacho les sirvió enseguida un pedazo de carne asada. También dejó en la mesa una botella de cristal labrado y dos delicados vasos muy limpios.

—Si desean los señores algo —dijo doblándose en una reverencia—, no duden en solicitarlo.

Los dos jóvenes, que estaban hambrientos, compartieron la comida con avidez y bebieron el delicioso vino.

—¡Ah! —suspiró Francés—. ¡Esto es vida, amigo Favre!

—Sí. Nos esperan días de muy duros estudios en el nuevo curso de Filosofía.

—¡Bah! No me hables ahora de eso. Mañana será otro día. Hoy disfrutemos de esto. ¡Brindemos!

Brindaron y Favre tomó solo un pequeño sorbo. Francés le recriminó:

—¿Ese es el aprecio que haces a mi invitación? ¡Vamos, bebe!

—Hemos bebido demasiado... Nos emborracharemos...

—¿Y qué? ¿Hay algo malo en ello?

—Esa gente de ahí —dijo Pierre, señalando discretamente a los caballeros que charlaban animadamente a unos metros de ellos—, al vernos con estas ropas, pueden pensar que somos unos estudiantes sinvergüenzas que gastamos alegremente el dinero que nuestros padres nos dieron para dedicarlo a los libros.

Francés se le quedó mirando con extrañeza y después esbozó una sonrisa burlona.

—¿Sabes, Favre? —dijo—. Eres demasiado melindroso. ¿De verdad te preocupan esos caballeros? ¿No ves que están a lo suyo? ¡Vamos, bebe!

Pierre apuró el vaso hasta el final. Sus sinceros ojos azules se fueron poniendo brillantes y sus mejillas enrojecieron.

—Así está mejor —afirmó Francés—. Debemos conocernos. En mi tierra hay un sabio refrán que dice: «Más descubren tres cuartillos de vino que diez años de amigo».

—No lo comprendo —observó Pierre con sinceridad.

A Francés le hacía gracia la nobleza y la ingenuidad de su compañero.

—Ay, Favre, Pierre Favre —le dijo—, *in vino veritas,* ¿comprendes? ¿No bebías vino en tu tierra?

—Poco. ¿ Y tú en Navarra?

—Tampoco mucho, amigo. No todo el que hubiera deseado beber. Por eso ahora me aprovecho... ¡Ja, ja, ja...! ¡Brindemos! —Llenó de nuevo los vasos.

—No, no, Xavier —negó Favre—, temo perder el sentido. Noto algo raro en la cabeza.

—Ah, buena cosa es eso, compañero. El vino obra en tu cuerpo. Vamos, bebe algo más.

—Mañana es el primer día de clase...

—¡No me recuerdes eso, te he dicho! ¿No vas a aceptar mi invitación? ¡Hoy cumplo años!

—¡Ah, entonces la cosa cambia! —exclamó Pierre—. ¡Brindemos!

Bebieron y brindaron varias veces. La bebida hizo su efecto y se les despertó el deseo de hablar. Cada uno contó su historia personal; sus orígenes, las cosas de su tierra, los problemas de su familia... Francés se sinceró y le narró a su compañero las peripecias del señorío de Xavier: la muerte del padre, los disgustos de doña María de Azpilcueta, las guerras de los hermanos y el porqué de su venida a estudiar a la universidad de París. Recordando estas cosas, se entristeció. Se le quebró la voz y se le escapó alguna lágrima, que enseguida se enjugó para no mostrarse débil ante su nuevo amigo.

—Es duro todo eso —comentó Pierre—. Mas no te apures, Dios ha de ayudar a la gente de tu casa. ¡Brindemos! —propuso alegremente—. Hoy cumples años y no debes estar triste.

Pidieron un par de botellas más durante el tiempo que duró la conversación. Las horas se estiraban en el agradable ambiente de aquel selecto lugar. También Favre contó su historia, que era muy diferente a la de Francés de Xavier. Era él un joven piadoso de modestos orígenes, del ducado de Saboya, allá en los Alpes suizos, donde se había criado en las montañas. De pequeño fue pastor y llevaba el rebaño a los prados. Cuando cumplió los diez años, un clérigo de su aldea descubrió que era más sensible a las enseñanzas de la Iglesia que el resto de los niños de su edad. Le propuso ir a estudiar a Thónes, la ciudad más próxima, a la escuela que regentaba un sabio sacerdote. Allí aprendió a leer y escribir y lo más elemental del latín. Entonces le entró un vehemente deseo de proseguir los estudios. Convenció a sus padres y fue a La Roche, donde inició Teología. Con la ayuda de su familia, que hizo un gran esfuerzo para conseguir algo de dinero, pudo ir a París. Estaba plenamente decidido a ser clérigo.

—¿Por qué quieres ser sacerdote? —preguntó Francés.

—Es difícil de explicar —respondió Favre—. ¿Por qué quieres serlo tú? ¿Podrías explicarlo?

—Yo no he dicho que quiera ser sacerdote.

—Entonces..., ¿qué haces aquí?

—Quiero estudiar. Eso lo tengo completamente claro. Mi señor padre era doctor. Él hizo su carrera en la Universidad de Bolonia y eso le propició ser un hombre importante que hizo mucho bien por el reino de Navarra. Ya ves, él no era clérigo y sin embargo tenía estudios. No hay que ser clérigo para obtener un título.

—Pero tú me dijiste que tu madre quería para ti el estado eclesiástico...

—Sí, eso es lo que ella quiere y no voy a contradecirla de momento. Pero no descarto nada en este mundo. Si deseo firmemente estudiar es para regresar un día a mi patria y poner muy alto el nombre de los de Xavier. Nuestra casa ha padecido mucho y me siento obligado a devolverle la honra que se merece el apellido de mi señor padre. Si eso ha de ser como clérigo, Dios lo dirá. Pero quisiera tener hijos, como los tuvo mi señor padre, y enseñarles a servir a la causa de Navarra.

—Son intenciones nobles —sentenció Favre—. Mi caso no es ese. Yo he venido porque quiero servir a Dios.

—¡Ah, amigo mío, qué diferentes somos! —exclamó Francés—. Veo que nos llevaremos bien. ¡Brindemos una vez más!

—Es tarde.

—Un último vaso. Aquí se está muy bien.

Hacía tiempo que se escuchaba cantar a alguien desde el fondo de algún recoveco de la taberna, acompañándose con un instrumento musical de dulce melodía.

—Eso sí es bello —observó Francés.

Estuvieron atentos durante un momento a la letra de la cancion:

O rosa bella, o dolce anima mia,
non mi lassar morire in cortesía.
Ay lasso me dolente devo finire
per ben servire et lealmente amare?

A Pierre Favre se le cerraban los ojos. Se veía que no estaba acostumbrado a aquel género de vida. Francés se conmovió ante la bondad del joven suizo, ante sus piadosas razones y sus convicciones religiosas firmes.

—¿Sabes una cosa, Favre? —le dijo—. Te he mentido. Hoy no es mi cumpleaños.

—¿Eh? Pero...

—Perdóname, amigo. Solo quería que nos conociéramos mejor. Y no me arrepiento de haberte mantenido aquí con esa trampa. Ahora sé que he tenido suerte al tenerte de compañero. Albergas en tu interior un alma noble y eres transparente.

—Entonces —preguntó Pierre—, ¿cuándo cumples los años?

—El siete de abril. Tengo veinte años. ¿Y tú?

—¡Oh, casualidad! —exclamó Favre, muy sonriente—. Yo también nací en abril del mismo año, el día trece. Soy por tanto solo seis días más joven que tú.

—¡Eso hay que celebrarlo! Pediré más vino.

—No, Xavier, te lo ruego. Si quieres, lo celebramos en abril, aquí mismo. Yo juntaré el dinero necesario y me corresponderá pagar. Hoy es tarde. Recuerda que mañana...

—Sí, ya lo sé. Es el dichoso primer día de clase.

—Entonces, ¿nos marchamos ya?

Francés se puso en pie y fue al mostrador para pagar al tabernero lo que se debía. Luego salieron ambos jóvenes a la calle. Había dejado de llover y una gran luna llena brillaba en el firmamento.

—Es muy tarde —comentó Pierre—. Pero lo he pasado muy bien. Tenías razón, amigo Xavier. De vez en cuando hay que beber y hablar. Me siento feliz.

—Me alegro. En abril regresaremos, como bien has propuesto. Este lugar es caro, pero merece la pena de vez en cuando obrar como un señor. ¿O no?

—Tú entiendes más de esas cosas...

Con esta conversación, se adentraron en el laberinto de callejuelas, en dirección a Santa Bárbara. Aún resonaba el murmullo de los estudiantes en las calles, aunque era más de medianoche. El tenue sonido de una campana llamó a la oración del paso del día. Una lechuza emitía una especie de pausados suspiros desde su hueco entre las piedras de una pared cercana y parecía llamar al silencio.

17

París, 4 de marzo de 1527

Avanzaba el curso para los estudiantes parisinos durante aquel invierno lluvioso. A finales de febrero nevó abundantemente y toda la hermosa ciudad permaneció cubierta por un manto blanco hasta los primeros días de marzo. Francés de Xavier y Pierre Favre se aplicaban diariamente a las áridas lecciones de Lógica pura a través de las *Summulae* de Petrus Hispanus, cuyos seis primeros capítulos reproducían el contenido del *Organum* de Aristóteles. Los dos jóvenes, además de las largas horas de clase, debían luego aprender y repetir con el maestro Peña en el cuarto las difíciles materias: axiomas, predicamentos, universales, silogismos y sofismas. Un verdadero quebradero de cabeza diario que los dejaba agotados a última hora de la jornada.

El jueves 4 de marzo amaneció luminoso, con un brillante sol sobre los tejados de París. Como siempre, después de la misa en la capilla del colegio, los estudiantes fueron a desayunar su panecillo y el tazón de vino aguado antes de reiniciar las clases en las que debían seguir las fatigosas preguntas, disputas y repeticiones de aquellas enseñanzas ásperas. Pero ese día los jóvenes barbistas se encontraron con la sorpresa de que la jornada lectiva quedaba interrumpida por orden del rector del colegio, que a su vez obedecía al mandato del Parlamento. Un acontecimiento de singular trascendencia iba a tener lugar y, por considerarse ejemplar y aleccionador, se recomendaba que los universitarios estuvieran presentes: la justicia iba a quemar vivo a un luterano en el mercado de los Cerdos, delante del portón de Saint-Honoré, donde solían ejecutarse tan macabras sentencias.

Eran tiempos de herejes y la universidad de París no se había visto libre de las ideas de Lutero, el cual había atacado duramente a su Facultad de Teología llamándola «enferma leprosa que infectaba sus errores virulentos a toda la Cristiandad» y «pública ramera que arrastraba a todos al infierno». También Melanchthon compuso una apología de su maestro titulada *Contra el loco decreto de los teologastros de París,* en la cual se comparaba al papa con el anticristo y a los doctores de la Sorbona con los idólatras sacerdotes de Baal. Aunque el Parlamento parisino había condenado ese libro y prohibido su impresión y difusión, se vendió en el barrio Latino y muchos maestros y estudiantes se hicieron con él.

Pronto empezaron las sospechas, los registros por sorpresa, las delaciones y las cacerías de herejes. Ya habían sido quemados vivos algunos luteranos en el mercado de los Cerdos con anterioridad: en 1523, un eremita por haber negado el nacimiento virginal de Cristo; en febrero de ese mismo año, el cabecilla de una banda de ladrones por blasfemar contra Dios y la Virgen María; en enero de 1526, el célebre *magister* Hubert, como luterano y blasfemo contra

Dios, santa Genoveva y otros santos del cielo, y en agosto a un estudiante, Pauvant, por delitos semejantes.

Ahora la condena recaía nada menos que en el protonotario de la universidad Lucas Daillon, a pesar de ser beneficiario de numerosas prebendas, tener trato con la corte del rey de Francia y haber sido en Roma minutante de Clemente VII. Era un escándalo sin precedentes. Por eso, el Parlamento había decretado que la ejemplar hoguera se encendiese en presencia de todo el estudiantado parisino, como advertencia y público escarmiento para otros posibles herejes ocultos.

Una muchedumbre enfervorizada acudió desde muy temprano para coger un buen lugar desde donde poder contemplar el portón de Saint-Honoré, en el popular mercado de los Cerdos. Además de la multitud de estudiantes, todo París estaba allí: campesinos, mercaderes, soldados, clérigos y niños desde las más tiernas edades. Nadie quería perderse el espectáculo de ver arder vivo a un hereje, máxime cuando no se trataba de un desgraciado, sino de alguien importante que había servido al mismísimo papa.

Francés pagó una moneda de plata a un comerciante que alquilaba su carreta bien situada. Desde lo alto, él y Favre tenían una visión completa del mercado y del patíbulo, aunque algo alejada. La muchedumbre se encaramaba donde podía: en las ventanas, en los tejadillos de las casas y en cualquier saliente de las fachadas. Se formaban discusiones y peleas. El ambiente general era de gorja, como si se tratara de una fiesta. Incluso había por todas partes mercachifles que ofrecían sus productos: agua almizclada, golosinas, vino dulce... Los pregones se mezclaban con los piadosos gritos en defensa de la fe. La gente hacía comentarios jocosos. Era una ocasión más para divertirse.

—Tardará en freírse —observaba el comerciante dueño de la carreta—. Los haces de leña están mojados y hay ramas verdes. Es posible que el humo que se formará nos impida ver cómo se quema el cuerpo. Esa hoguera está muy mal compuesta.

Se escuchó el lejano redoble de los tambores.

—¡Ya vienen! ¡Ya están aquí! —exclamaba el gentío. Apareció la justicia por un callejón, los guardias y la larga fila de inquisidores. También los miembros del Parlamento que ocuparon las sillas que tenían dispuestas en un estrado. Por último, fue traído el reo a lomos de un asno, vestido con hábito de penitente y con las barbas y los cabellos rapados.

—¡A la hoguera! ¡Hereje! ¡Quemadlo! —rugía la chusma enfervorizada.

Los jueces leyeron los cargos y la sentencia. La condena a la hoguera ya no tenía marcha atrás. Un fraile le acercó a Lucas Daillon la cruz y este la besó. Estaba como atolondrado, mirando en derredor con ojos perdidos. Pero cuando los oficiales le agarraron por todas partes para conducirlo al patíbulo, pareció despertar y empezó a convulsionarse violentamente, profiriendo alaridos.

—¡A la hoguera! ¡A la hoguera! —clamaba la cruel concurrencia.

Fue amarrado Daillon al poste y rodeado de haces de ramas y maderas. El verdugo aproximó una antorcha y, tal y como predijo el carretero, se formó una gran humareda que ascendía desde los pies del reo.

—¡No se ve nada! —protestaron los curiosos espectadores—. ¡Vaya chasco!

Tardó en prender el fuego con fuerza y la macabra escena se prolongó durante un largo rato. Finalmente, se vio retorcerse sobre sí mismo el cuerpo del infortunado reo, que pronto perdió el sentido y se fue abrasando entre feroces llamas. La gente entonces aplaudió satisfecha.

—Vámonos de aquí —dijo Francés—. ¡Qué lamentable visión!

18

París, 12 de abril de 1527

Había pasado ya el calor del mediodía, y las torres de París resaltaban, doradas, contra el cielo azul. El Sena brillaba abajo, y la pradera del *pré aux Clercs* se extendía con un suave manto verde. Era uno de esos frescos días de la primavera en que Francés sentía que podría correr eternamente. Descalzo, notaba el mullido contacto de la húmeda hierba en la planta de los pies y percibía cómo se tensaban sus tendones en el continuado esfuerzo de su ágil cuerpo. La respiración, agitada por el ejercicio, pero pausada y constante, iba impregnando de armonía su interior. El sudor se liberaba por los poros abiertos de la piel y sentía un calor vivificante, como una energía que le hacía dejar atrás la hastiosa rutina de los estudios de la Lógica, los silogismos, los predicamentos, los axiomas... La naturaleza viva, el fluir del río tan próximo, el vuelo de los pájaros, el cielo limpio le insertaban en la realidad tangible, terrenal, pero a la vez en un misterioso estado de placidez espiritual. Se hallaba feliz, libre como la brisa, dejándose llevar por la potencia de sus piernas, en una carrera larga y de ritmo permanente que le reconciliaba con su ser interior.

Hasta que alguien le sacó de ese mágico estado.

—¡Francés! ¡Francés de Jassu!

Era Pierre Favre, que venía caminando por el serpenteante camino de la abadía de Saint-Germain.

—No puedo pararme —le comentó Francés—. He de completar un par de vueltas más al prado. ¡Vamos, ponte a correr conmigo!

Favre se desprendió de la toga, se descalzó y, dejando el jubón sobre la hierba, empezó a correr, tratando de dar alcance a su amigo. Aunque no estaba tan entrenado como Francés, se había ido acostumbrando a acompañarle frecuentemente al prado.

—No pensaba correr hoy —dijo poniéndose a su altura.

—Te sentará bien un poco de ejercicio —observó Francés.

Avanzaban por medio del umbrío bosque que crecía al otro lado de la pradera, por una vereda que más adelante giraba a la izquierda y regresaba junto a los muros de la abadía. Bandadas de pájaros chillones alzaban el vuelo a su paso. Había flores de todos los colores y un verdor exultante.

—¡Qué precioso día! —exclamó Pierre.

—¡Vive Dios! —añadió Francés—. Hoy correría sin parar hasta la noche. Lo necesitaba. Esa dichosa Lógica me va a volver loco.

—¿Sabes por qué he venido a buscarte? —le preguntó Favre.

—¿Por qué? Me dices que no pensabas correr hoy...

—Mañana es mi cumpleaños.

—¡Ah, claro, trece de abril!

—¿Recuerdas lo que te prometí? —dijo Pierre jadeando por el esfuerzo.

—No.

—¡Cómo ibas a recordarlo, si estabas medio borracho!

—Ah, sí lo recuerdo. Fue en aquella taberna, la noche de San Remigio. Prometiste que pagarías allí una cena el día de tu cumpleaños.

—Tengo el dinero —aseguró Favre muy sonriente—. Mañana iremos allí. Hice unos trabajos, unas copias y unas cuantas cartas que me pagaron bien. Podemos ir a esa taberna, amigo mío.

—¡Fantástico! —exclamó Francés deteniéndose.

Ambos estuvieron caminando, mientras recuperaban el resuello, hacia el lugar donde habían ocultado las ropas y el calzado. Después se acercaron a la orilla del río para refrescarse y sacarse de encima el sudor que llevaban pegado al cuerpo.

—Ya han pasado más de seis meses de curso —comentó Francés, mientras introducía los pies en el agua fría del Sena.

—Sí, y no nos ha ido mal —añadió Pierre—. Hemos trabajado duro y hay que celebrarlo.

—¡Mañana voy a beberme todo el vino de París! —exclamó Francés alzando las manos al cielo.

Ante esta ocurrencia de su amigo, Favre rio con ganas. Le llenaba de asombro la vitalidad arrolladora de Francés, su fortaleza física y ese espíritu soñador siempre en movimiento. Pero al mismo tiempo no podía evitar cierto temor ante su ser intrépido y le desconcertaba lo poco piadoso que era.

—Pero…, antes de ir a divertirnos —repuso Pierre—, rezaremos en Notre-Dame…

—Sí, sí, rezaremos —asintió con desgana Francés—. Hay tiempo para todo: primero lo divino y luego lo profano.

13 de abril de 1527

No habían vuelto a aquella taberna desde el día de San

Remigio. Esta vez les pareció incluso mejor que entonces. Todo estaba limpio y en orden. Los caballeros, nobles y gentilhombres distinguidos, ocupaban las mesas próximas al mostrador. Al fondo, la leña ardía bajo la chimenea. El joven tabernero servía exquisito vino en preciosas botellas de vidrio labrado y distribuía suculentos pedazos de cerdo asado en bandejas de fina porcelana. Todo allí resultaba agradable, familiarmente acogedor.

Francés y Pierre se sentaron en el mismo lugar que aquel día lluvioso de octubre. Esta vez nadie les puso ninguna pega, porque no iban vestidos de estudiantes, sino con ropas de paisano: calzones acuchillados, jubón de tafetán y capa.

—Aún no me veo con estas prendas —observó Favre, que vestía el traje de gentilhombre que le había prestado su compañero.

—Despreocúpate ya de eso y procura disfrutar del momento —le dijo Francés—. ¡Basta de remordimientos! Me prometiste que hoy se harían las cosas a mi manera.

—No sé... —balbució Pierre—. Lo de las mujeres...

—¡Favre, somos jóvenes! Hemos de conocer lo que hay en el mundo. Hoy hay que buscar mujeres. ¡No se hable más del asunto!

Comieron y bebieron. Pronto estaban henchidos de felicidad en el seno amable de la taberna. Hablaban de sus cosas, de los problemas cotidianos; recordaban sucesos jocosos del colegio y reían muy a gusto.

—¡Eh, mira quién está allí, junto al mostrador! —exclamó de repente Pierre.

—¿Dónde?

—Allí, allí, ¿no lo ves?

—¡Es el maestro Maximilieu da Silva! —exclamó Francés.

Se quedaron atónitos. Al final del mostrador, junto a una ventana, se veía a varios jóvenes sentados en torno a una mesa, bebiendo y conversando animadamente. Uno de ellos, el que parecía ser de mayor edad, era el regente Da Silva, un conocido maestro que enseñaba Latín y Filosofía. Era un hombre joven, que tendría un agradable semblante si no fuera por las repugnantes pústulas que marcaban su frente, los venéreos signos del temido mal que padecía por causa de los vicios: la sífilis, conocida en París como *maladie espagnole* y más allá de los Pirineos como «mal francés», aunque también lo llamaban «mal napolitano». Difícilmente se curaba esta enfermedad que delataba a los que la padecían con los visibles apostemas en la piel, que los médicos trataban con mercuriales. En algunos hospitales, después de la cura, se propinaba al enfermo una tunda de palos para castigar la carne pecadora.

Francés y Favre conocían bien al célebre *magister* Da Silva, porque era muy popular entre los estudiantes. Su vida licenciosa, su afición a la bebida y a las juergas, en vez de desprestigiarle le habían creado un interesante halo de misterio, de hombre de mundo entendido en placeres. Era un buen profesor; pero, terminada su jornada lectiva, se despreocupaba de toda obligación u ordenanza y se lanzaba a las calles del barrio Latino para frecuentar las casas de juego, las tabernas de peor fama y los prostíbulos que abundaban en el arrabal.

—¿Has visto?—observó Favre—. Va vestido de seglar, como nosotros.

Se fijaron en sus ropas. Parecía un noble caballero que no se distinguía de los gentilhombres que solían estar en aquella taberna. Llevaba buenas calzas de seda, zapatos claveteados, hebillas de bronce pulido y espada al cinto. Tenía la barba y los bigotes atusados, en punta, al estilo de los franceses de postín. Se movía con arrogancia, hablaba y manoteaba presuntuosamente y su mirada tenía un algo extraño, avieso y a la vez atrayente. Quizá por eso andaba siempre rodeado de estudiantes poco aplicados a los que arrastraba a sus depravadas costumbres.

—Dicen que sabe más de putas que de Latín —comentó Francés.

—De ahí le viene el mal asqueroso que padece —dijo Favre.

En esto, repentinamente miró Da Silva hacia ellos, como si desde tan lejos adivinara su conversación, pues no podía oírlos. Tal vez los había visto con anterioridad y ahora volvía a reparar en ellos.

—¡Nos ha visto! —exclamó Francés al tiempo que ambos miraban hacia otro lado, haciéndose los desentendidos.

—No, no creo. De esta guisa no nos reconocería.

—Y, si nos reconoce, qué. ¿No va él como un cortesano?

—No mires, no mires… —susurró entre dientes Pierre.

Sin volverse, escucharon unos pasos acercarse. Temían que fuese el enigmático maestro. Pero era el tabernero.

—Señores —les dijo—, aquel caballero de allí, el señor Da Silva, los invita a compartir su mesa.

Se sobresaltaron. Hablaron entre ellos en latín para que el muchacho no comprendiese lo que decían:

—¿Qué hacemos? —preguntó Pierre.

—¿Qué, sino ir? Vamos, no le temo a Da Silva. Beberemos con él. ¿Qué mal puede causarnos?

Se acercaron tímidamente a la mesa que compartía el profesor con otros estudiantes barbistas, conocidos suyos.

—¡Ah, señor Da Silva, qué sorpresa! —exclamó Francés con soltura, fingiendo un encuentro inesperado.

—Vaya, vaya —dijo el maestro—, de manera que conocéis este sacrosanto templo, muchachos. ¿Quién lo iba a pensar? Dos deportistas como vosotros, dados al vino y vestidos de hombres de mundo, *hic et nunc.*

—Han sido unos largos meses de duro estudio —explicó Francés—. Hace mucho tiempo que no salíamos del colegio y necesitábamos relajarnos un poco...

—No te excuses —le dijo el maestro—, no necesitas hacerlo. Porque... ya sabéis: *Excusatio non petita, accusatio manifesta...*

Los jóvenes que acompañaban a Da Silva celebraron con jocosas carcajadas la ocurrencia.

—¡Vamos, muchachos, sentaos con nosotros! —les invitó el maestro—. Bebamos juntos el maravilloso vino de esta taberna.

Llenaron los vasos y bebieron. Da Silva observaba a los dos jóvenes recién incorporados al grupo con inquietante mirada, como si quisiera adivinar sus pensamientos.

—Y ahora, decidme —les preguntó—, ¿cómo conocisteis este prodigioso lugar? No dejan venir aquí a los estudiantes.

—Estábamos cansados de las sucias tabernas como el Poisson —respondió Francés—, donde solo hay mugre y vino agriado. Aunque esto es mucho más caro, de vez en cuando merece la pena.

—¡Ah, zorros! —exclamó el maestro—. *Auream quisquis mediocritatem diligit, tutes caret obsoleti sordibus tecti, caret invidenda sobrius aula* (Cualquiera que ama la mediocridad dorada, en la que está seguro y no tiene las suciedades de una casa vulgar y es moderado en sus aficiones, carece también de un palacio que despierta la envidia) —sentenció—, dice Horacio en su oda segunda.

Se expresaba Da Silva con tal conocimiento y elocuencia que se quedaban boquiabiertos. Era el maestro uno de esos hombres que se pasaban la vida estudiando la manera de impresionar a los demás, un verdadero especialista en darse importancia. Contaba todo tipo de divertidas anécdotas, resultaba entretenido, interesante y perspicaz. Mientras hablaba, aguzaba sus hipnóticos ojos verdosos y enarcaba una ceja con tal arte que parecía estar narrando los secretos últimos de la existencia. Embobados, los jóvenes estudiantes no perdían ripio de sus palabras, reían, se emocionaban; vibraban ante el embrujo con que manejaba las sentencias filosóficas latinas en la conversación más trivial.

Así fue avanzando la noche, impregnada de vino, en amena charla, hasta que todos estuvieron bastante achispados. Entonces, Da Silva se sirvió del estado de euforia de sus atentos oyentes para hablarles de la fugacidad de la vida, arengándoles a que sacaran el máximo partido a su juventud. Con profunda voz y ojos perdidos en el vacío, les decía, parafraseando a Horacio:

—Mientras estamos hablando, he aquí que el tiempo, envidioso, se nos escapa. No podemos modificar el pasado, pues ya no existe; no sabemos si podremos disfrutar del mañana. Ni siquiera podemos saber el número de nuestros días; quizá mañana sea el último. Mas el presente, el hoy, sí existe; estamos aquí y ahora, apreciando este maravilloso vino, endulzando nuestras almas con el sabor de la juventud... Pero todo es tan fugaz...

Como si actuara en la escena de un teatro, el inteligente maestro parecía tener preparado el papel y obraba con una magnificencia y un arte espectaculares. Con meditado histrionismo, se puso en pie e hizo una señal al muchacho que solía estar esperando con el rabel a que solicitasen su música. Da Silva le lanzó una moneda y el músico inició una melodía triste.

Encandilados por las palabras que acababa de decir el maestro, los estudiantes permanecieron en silencio escuchando la música. Da Silva volvió entonces a la carga con un nuevo discurso de su poeta favorito:

O mihi post nullos, Iuli, memorande sodales, si quid longa fides canaque iura ualent, bis iam paene tibi consul tricensimus instat, et numerat paucos uix tua uita dies. Non bene distuleris uideas quae posse negari, et solum hoc ducas, quod fait, esse tuum.

Exspectant curaeque catenatique labores, gaudia non remanent, sed fagitiua uolant.

Haec utraque manu conplexuque adsere toto: saepe fluunt imo sic quoque lapsa sinu.

Non est, crede mihi, sapientis dicere «Viuam» sera nimis uita est crastina: uiue hodie.

(Oh, Julio, al que más recuerdo de todos los compañeros. Si algo valen mi larga fidelidad para contigo y los antiguos juramentos, estás a punto de conocer al sexagésimo cónsul, y los días que te quedan por contar son apenas unos pocos.

No aplaces bien las cosas que veas que se te pueden negar, y piensa que solo esto, lo que fue, es tuyo.

Te están esperando las preocupaciones y los trabajos uno detrás de otro, las alegrías no se quedan, sino que desaparecen volando.

Aprópiate de estas con ambas manos y con un abrazo total: así en muchas ocasiones también salen resbalándose desde el profundo interior.

Créeme: no es propio de un sabio decir «Viviré».
La vida del mañana es demasiado tarde: vive hoy).

Estas palabras impresionaron a Francés. Venían repentinamente a su memoria las imágenes del pasado: los sufrimientos de su madre, las peripecias de la familia, las humillaciones padecidas por los nobles apellidos de sus antepasados. Le asaltaban irremediables deseos de recuperar todo aquel tiempo perdido. Era una sensación agridulce. La música despertaba en su interior la melancolía y un extraño anhelo, una sensación inexplicable que le llamaba a disfrutar de la vida a partir de ese momento. En medio de estos sentimientos tan vivos, le asaltó de repente el recuerdo de un bello momento: el día que besó a aquella bailarina en la danza de la Muerte. El rostro de la muchacha estaba muy fuertemente grabado en su memoria.

La voz del maestro le sacó de su meditar:

—¡Bien, muchachos, es hora de hacer algo bueno por nuestras pobres personas! ¡Tengamos caridad con nosotros mismos! ¡No nos pongamos tristes! Ahora seguidme, que os conduciré a un lugar donde resarcirnos de esta penosa vida.

Pagaron lo que se debía y salieron todos a la calleja oscura por donde se adentraron en el barrio Latino, que cruzaron alegres, mezclándose con la rebujiña alborotada de los sábados. Se dejaban guiar por Da Silva, que iba muy decidido delante, ejerciendo de maestro en artes mundanas. Solo Favre preguntaba de vez en cuando:

—¿Adónde vamos?

—Sígueme y lo verás.

—Llegaremos muy tarde; no se puede pasar la noche fuera del colegio.

—Se paga a Polifemo y en paz —contestó Da Silva.

Polifemo era el corrupto portero del Santa Bárbara, que se dejaba comprar por un par de monedas y permitía la entrada de los colegiales a la hora que fuera.

—¿Y si Polifemo está dormido? —repuso Pierre, preocupado, como siempre.

—Saltaremos las tapias —propuso Francés.

—¡Ja, ja, ja...! —rieron los demás, felices por transgredir las normas, amparándose en la anuencia y complicidad de su maestro.

Llegaron al arrabal de Saint-Jacques, un lugar peligroso de noche, oscuro y sucio. No lejos de la puerta de la muralla había un gran caserón, una especie de antiguo palacio rodeado de jardines descuidados, frente a cuya puerta principal se alineaban las carretas y los caballos amarrados en las grandes argollas de hierro que pendían de la fachada. Se veían lámparas encendidas en las ventanas y faroles de aceite de brillante luz.

Entraron por un portalón que los condujo a una estancia iluminada, abarrotada de gentío que bebía y cantaba a voz en cuello.

—¡Oh —exclamó Da Silva—, *vinum et musica laetificant cor!* (¡Oh, el vino y la música alegran el corazón!).

Al verlos llegar, fue hacia ellos un hombre alto y grueso de espesa barba rubicunda, exclamando:

—¡Da Silva, amigo mío!

—¡Loup! —dijo Da Silva—. ¡Qué concurrida tienes hoy la casa!

—Mañana es fiesta y la gente no perdona la oportunidad de divertirse. ¡Es primavera!

—Claro —añadió el maestro—, mañana es Domingo de Ramos.

—Pero... Da Silva, amigo mío, ¿eres acaso el único de

París que no lo sabe? Mañana es Domingo de Ramos, en efecto, pero es mayor fiesta aún porque a primera hora del día harán solemne entrada en París su majestad el rey de Francia con los nuevos esposos: doña Margarita de Angulema, su hermana, y el rey de Navarra, don Enrique de Albret.

Al escuchar aquello, Francés se sobresaltó. Sabía que el rey de Navarra había celebrado su matrimonio con la duquesa de Alençon en Saint-Germain-en-Laye, no lejos de París, el día 30 de enero de ese año, pero nadie conocía el paradero del real matrimonio, puesto que don Enrique de Albret había compartido prisión en España con el rey de Francia, después de ser ambos capturados en la batalla de Pavía, pero el destronado monarca navarro había escapado en aventurada fuga, yendo a esconderse.

—¡Mi señor el rey viene a París! —exclamó Francés muy exaltado—. ¡Hoy pagaré yo! Vamos, amigos, pidamos vino; esto debo celebrarlo.

—Pero… ¿quiénes son estos tiernos mocitos? —preguntó el tal Loup, que era el dueño del establecimiento.

—Son pollos recién salidos del cascarón —respondió Da Silva—. Han bebido suficiente vino como para ver la vida del color de la primavera y quieren ahora probar la miel de las mujeres. Amigo Loup, ¡llévanos adonde ellas tienen el dulce panal!

—Ya lo sabes, viejo zorro —afirmó Loup—, mi colmena está en el segundo piso, allí en las alturas.

—¡Vamos a ese *sancta sanctorum!* —dijo el maestro—. Y, a partir de ahora, *facta, no verba.*

Subieron por unas escaleras de madera que crujían a cada paso. En el segundo piso del caserón, en una gran sala decorada con pinturas de jardines en las paredes, se encontraron con una curiosa visión: había mujeres de todas las edades, más de medio centenar, sentadas en divanes unas, charlando amigablemente con algunos hombres, otras. La luz tenue, los rojos cortinajes que pendían delante de los ventanales y el aroma mezclado de los perfumes creaban un ambiente especial, casi mágico.

—*Nota bene, oh paradisum!* —sentenció Da Silva, con la ávida expresión de un lobo hambriento ante un rebaño de ovejas.

Una enorme mujerona rebozada en sedas corrió a recibirlos:

—¡Da Silva, cielo, tú por aquí! ¡Pasad, amigos!

—¡Ah, mi abeja reina! —exclamó el maestro, abalanzándose hacia ella para abrazarla.

Enseguida los rodearon las mujeres, simpáticas, zalameras. Les echaban a los jóvenes estudiantes el brazo por encima, les hacían caricias y les hablaban con dulzura.

Da Silva se aferró a la mujerona como si temiera que se escapara y fue a perderse con ella por detrás de una cortina, hacia las interioridades de aquel peculiar serrallo.

A Francés le tomó de la mano una muchacha morena de largos cabellos, delgada y sonriente. Hipnotizado por su belleza, el joven la siguió hacia donde ella le conducía. Se detuvieron en mitad de un pasillo, delante de una alacena, y ella cogió una botella de la que sirvió un par de copas. Bebieron un vino dulce y espeso.

—Eres muy bonita —dijo Francés con soltura, aunque estaba arrobado, casi temblando.

—Primero pagar y después amar —contestó la muchacha, sonriente.

El joven sacó una moneda de plata y se la entregó. Ella se la guardó sin decir nada. Volvió a tomarle de la mano y lo introdujo en una alcoba pequeña. Él se dio cuenta de que la bella prostituta caminaba con una mal disimulada cojera que ocultaba bajo unas largas sayas de tela verde. Llevaba el talle ceñido por una blusa anudada en la cintura y aromáticas florecillas prendidas en los largos cabellos negros. Era delicada y silenciosa, muy diferente a como él se imaginaba que serían este tipo de mujeres. Su compañía resultaba muy agradable.

—Voy a hacer esto con gran placer —observó ella sin dejar de sonreír—. Eres un joven muy apuesto. Seremos felices juntos.

Él la observaba, asombrado.

—Ven aquí, siéntate a mi lado —le rogó la joven, mientras se quitaba la falda y se dejaba caer en un mullido diván.

Francés se fijó en los pechos generosos y firmes que se adivinaban bajo la blusa, entreabierta. Le acarició el pelo tímidamente y se sentó junto a ella.

—¡He aquí! —exclamó la muchacha sacándose la saya y dejándola caer a sus pies.

Francés posó su mirada en las piernas. Estupefacto, se dio cuenta, a pesar de la penumbra, de que una de las extremidades era de madera. Muy bien hecha, desde el muslo al que estaba sujeta con una correa, hacia abajo, la rígida prótesis se extendía pintada de color rosa, con su tallado pie, en todo imitando a la otra.

—¡Ah! —exclamó él, dando un respingo.

—Eh —dijo la muchacha—, no te asustes. La pierna no es necesaria para esto. A algunos hombres incluso les gusta…

—No me lo esperaba —observó Francés, retirándose.

—Anda, ven —le llamó ella.

Él comenzó a sentir una sensación muy distinta a la que le llevó hacia aquella alcoba, una compasión y una tristeza enormes. Una sucesión de rápidos pensamientos recorrió su mente: sin su pierna, aquella pobre muchacha no servía para trabajar en el campo, ni en cualquier otra tarea. Supuso que esa deficiencia la llevó al burdel, merced a su gran belleza, a pesar del defecto.

Ella se puso en pie. La pierna de madera se soltó y cayó sonoramente al suelo. La muchacha tuvo que volver a sentarse y se puso a reír graciosamente para quitarle importancia al incidente.

Francés la miraba muerto de pena. Se apresuró a sacar un puñado de monedas y se lo dio. Ella, sin dejar de sonreír, cogió el dinero y le dijo:

—No hay gente como tú por ahí. Dios te guardará. Llevo aquí apenas una semana…

Francés le acarició el cabello y salió a toda prisa.

—¡Eh, no te vayas! —gritaba ella desde la alcoba—. ¡Ven! ¡Vuelve!

Pero él apresuró sus pasos. Descendió a la planta baja y salió al exterior. Al aspirar el fresco aire de la madrugada, repleto de aromas primaverales, sintió como si estallasen en su interior un cúmulo de sentimientos confrontados: tristeza, angustia, rabia, amor… Vio la luna brillante, llena, en lo alto del firmamento, entre las altas ramas del jardín. Estaba eufórico por el vino, pero un nudo le atenazaba la garganta. Ante la inmensidad de la noche, se desmadejó y lloró amargamente.

Después huyó de allí. Corría sin parar por los senderos. Atravesó el arrabal y el barrio Latino, pasó ante las fachadas de las soberbias iglesias que parecían de plata a la luz de la luna y siguió por el adarve de la muralla, sin rumbo fijo. Se dejaba llevar por una especie de locura, una energía incontenible que no sabía de dónde provenía. Brotaban en su interior los pensamientos más extraños y empezó a sentir el raro deseo de escapar de sí mismo; dejarse atrás, abandonar el lastre de su cuerpo y correr solo en espíritu, como una ráfaga de viento impetuoso.

Amanecía cuando llegó a la orilla del Sena. La luz brotaba en el horizonte como una roja llamarada. Notre-Dame resplandecía en la Île de la Cité. La catedral parecía un gran navío junto al río, con multitud de banderas de colores izadas sobre las torres. Francés se detuvo junto a la cabecera del puente y contempló admirado el espectáculo de las barcazas que navegaban siguiendo la corriente, abarrotadas de gente bulliciosa. Por todas partes acudían torrentes de personas, tropeles apresurados en medio de un gran escándalo de voces. En el tiempo que tardó en amanecer, una multitud se congregó en las proximidades de la catedral, a un lado y a otro del Sena.

De repente, apareció a lo lejos una nutrida fila de hombres a caballo llevando alabardas y estandartes.

—¡Los reyes! ¡Los reyes! —gritaba el gentío.

Francés vio llegar el impresionante cortejo real que acudía a Notre-Dame para celebrar el Domingo de Ramos. Una ensordecedora fanfarria de gaitas y tambores precedía a la corte, que vestía sus mejores galas. Desde el puente, divisaba perfectamente a los monarcas que cruzaban a caballo la Île, con sus coronas doradas y sus largos mantos de armiño, y cómo eran recibidos frente a las puertas del templo por el arzobispo y por centenares de sacerdotes que portaban palmas y ramas verdes.

—¡Viva el rey de Francia! —vitoreaba la multitud enloquecida.

—¡Viva el rey de Navarra! —gritó Francés entusiasmado—. ¡Viva el único rey don Enrique de Albret!

No pudo entrar en la catedral, pues las puertas se cerraron cuando todo el cortejo hubo ocupado sus lugares. La gente se sentó en las proximidades, sobre la hierba, para esperar la salida de los regios personajes. Pero Francés decidió regresar al colegio, pues empezaba a sentirse muy fatigado.

Cuando llegó a Santa Bárbara, encontró en el cuarto a Pierre, estudiando. Ambos se miraron. Favre tenía el rostro del color de la cera y unas moradas ojeras. Desde un abismo de tristeza, dijo:

—No he venido a París para esto. Detesto esa asquerosa vida de pecado. Por favor, Xavier, no vuelvas a pedirme que te acompañe a esas lides. Siento que no he nacido para eso.

Francés se derrumbó sobre el camastro y suspiró. Estaba tan agotado que no podía pensar. Alargó la mano y cogió el cántaro que estaba a su lado, en el suelo. Después de beber abundante agua, se quedó profundamente dormido.

19

París, años 1528 a 1529

Desde principios de octubre de 1528, Francisco de Xavier y Pierre Favre cursaban el tercer año de Filosofía. Oyeron explicar los libros de Aristóteles sobre el movimiento, el nacimiento y la corrupción; también los que versaban sobre los cielos y la tierra; después venían los *Parva naturalia,* acerca de los cinco sentidos, la vigilia y el sueño, el recuerdo, la memoria guardada, la longitud y la brevedad de la vida. Cuando dominaban la *Metaphysica* y la *Ethica,* había pasado un año y medio de explicaciones y disputaciones presididas por el maestro Peña en el colegio de Santa Bárbara. Estaban preparados para enfrentarse al examen de bachillerato en las Grandes Écoles de la Nation Française, ante cinco exigentes examinadores.

Eran aplicados y aprobaron ambos. Pagaron los impuestos que mandaba la ley de la universidad y continuaron los estudios con vistas al examen de licenciatura que tendría lugar, siguiendo el ordinario curso de las cosas, un año después de superar el de bachillerato.

La manutención, los libros, las tasas y otros gastos suponían un considerable desembolso de dinero a medida que avanzaba la carrera. Pierre Favre se las veía y se las deseaba para salir adelante y padecía muchas penurias. Francés, que además no escatimaba a la hora de divertirse, tenía que enviar frecuentemente cartas a su familia solicitando dinero.

Después de aprobar el examen de bachillerato, obsequió a sus compañeros con el banquete que exigía la costumbre estudiantil. Encargó buenos embutidos, vino de calidad y dulces. Se gastó hasta la última moneda. Su condición noble y el prestigio de sus apellidos exigían no quedar mal de cara a sus amistades. Como suele suceder en estas ocasiones, recibió todo tipo de parabienes, felicitaciones y palmadas en la espalda; pero, cuando la francachela concluyó, se dispersaron los amigos y él se quedó solo frente a la realidad de su pobreza y alguna que otra deuda.

—Estoy pelado —le confesó a Pierre—. Si mi familia no me envía pronto dinero, no sé qué haré.

—Pues entonces estamos iguales —le dijo Favre echándole el brazo amigablemente por encima de los hombros—. ¡Bienvenido al reino de los alegres faltos!

Pero Francés no era tan conformista como su amigo. No se resignaba a vivir sin la holgura en la que se había desenvuelto hasta entonces. Empezó a atravesar momentos difíciles. Antes de pasar la vergüenza de enfrentarse a tener que salir sin dinero, prefirió encerrarse a estudiar como un anacoreta. Durante algún tiempo, solo existieron para él los libros y el ejercicio físico. Este género de vida, obligado que no querido, le sumió en un permanente mal humor.

En abril volvió a escribir a su casa, ya que no recibía contestación a sus cartas anteriores. Un mes después le llegó una exigua remesa de dinero y las escuetas explicaciones que le daba su hermano Miguel de Jassu en una breve misiva:

Nuestra señora madre está en cama. Hace tiempo que no se levanta, ni para asistir a misa en la capilla del castillo. La vida está difícil en nuestras heredades. La hacienda produce poco, los gastos son muchos. Mi boda con doña Isabel de Goñi supuso un gran esfuerzo. Ahora, nuestro señor hermano toma esposa, doña Juana de Arbizu. Solo un milagro de Nuestro Señor podrá hacernos salir airosos de tantas obligaciones. Querido hermano, prívese vuestra merced de todo tipo de lujos y váyase pensando en regresar a esta tierra, que no podemos sostenerle ahí más tiempo. Dios le guarde en su mano. Nuestra señora madre, señores tíos y hermanos le encomiendan.

Dada en Xavier a 16 de mayo del año del Señor de 1528.

Esta carta fría y dura le llenó de preocupaciones. Era como si le envolviera un oscuro nubarrón. Se vino abajo y durante algunos días fue incapaz de concentrarse. Por un lado, le entristecía profundamente el recuerdo de doña María, a la que se imaginaba sin fuerzas y sin deseo de vivir, rendida en el lecho. Por otra parte, comenzó a enervarle la idea de que sus hermanos eran los causantes de la ruina del señorío, por las empresas guerreras alocadas e irreflexivas de su juventud.

No podía escribir a su madre pidiendo el auxilio monetario que necesitaba para continuar los estudios, pues no deseaba causarle mayores tormentos en su estado. Recurrir de nuevo a los hermanos veía que sería inútil, pues andaban preocupados solo por los asuntos de sus matrimonios, y se veía que ya tenían decidido hacerle regresar a Xavier. ¿A quién acudir entonces? Se acordó de su hermana mayor, Magdalena, la cual era abadesa de las clarisas de Gandía. Le escribió y le contó sus problemas: deseaba seguir estudiando, había aprobado el examen de bachillerato y era una lástima abandonar ahora París, a menos de un año de la licenciatura. Endulzó sus palabras, las revistió con anhelos vocacionales de deseos de servir a la Iglesia. Sabía bien cómo llegar al corazón piadoso de una entregada monja para ablandarlo. Después de enviar la carta al convento, se quedó sumido en sus preocupaciones, aguardando a que su angustiada súplica surtiera efecto.

Junio de 1529

También Pierre Favre estuvo inquieto y preocupado durante aquella primavera de 1529. Trabó amistad con un estudiante que le acarreó complicaciones. Se trataba de un tal Íñigo, vascongado, que llegó a París desde Barcelona a comienzos del año anterior y enseguida dio que hablar por su extraña personalidad, sugestiva para unos, detestable para otros. Se daba habilidad para atraerse a los estudiantes y les proponía meditaciones e intensas oraciones en las que los convencía de que abandonasen las ambiciones mundanas. Pierre, de natural piadoso, no tardó en verse inclinado hacia las ideas del tal Íñigo. Le conoció, entró en relación con él y modificó del todo sus costumbres. Ya antes frecuentaba poco las tabernas; después de encontrarse con el vascongado, se apartó firme y definitivamente de las diversiones licenciosas propias de los estudiantes.

Francés, que solo conocía a Íñigo de vista, se irritaba al darse cuenta de que su amigo mudaba de ánimo y le parecía que se estaba dejando arrastrar a una suerte de adoctrinamiento extraño, una especie de alumbramiento peligroso.

—Apártate de ese loco, Favre —le advertía—, que te hará loco a ti y te perderás.

Pierre se le quedaba mirando con sus grandes y azules ojos muy abiertos, como asombrado, y contestaba:

—Nada de eso. Íñigo no es un loco; es más cuerdo que tú y que yo. Sabe bien lo que hace y lo que dice, amigo Francés. Tienes que conocerle. Cuando le escuches hablar, podrás juzgar por ti mismo y no por lo que se dice por ahí.

—¿Conocer yo a ese vascongado loco? ¡Vamos, Favre, no me hagas reír!

Francés se contaba entre los que detestaban a Íñigo desde el primer momento que tuvieron conocimiento de sus hechos en París, merced a todo lo que se decía de él: que estaba loco, que tenía absurdas y disparatadas ideas, pero que gozaba de gran poder de convicción, siendo capaz de seducir a los incautos que se acercaban a él para arrastrarlos a sus locuras.

—Todo lo que se dice por ahí de él es falso —aseguraba Pierre—. ¡Pura calumnia! Íñigo es hombre de oración, un hombre de Dios.

—¡Favre, Favre, entra en razón, por el amor de Dios! ¿No ves que está loco de atar? Si no hay más que verle para reparar en lo poco cuerdo que es…

Francés había visto pasar con frecuencia a Íñigo por delante de Santa Bárbara, confundido entre los muchos estudiantes vestidos con traje talar que iban hacia el vecino colegio de Monteagudo. Sin saber aún quién era, ya se había fijado en él, pues su imagen destacaba. Íñigo cojeaba de la pierna derecha, era enjuto, calvo y de apreciable mayor edad que el resto de los universitarios; presentaba ya las facciones ajadas de un cuarentón y la barba negra veteada por hilos de plata, además del aire propio de una persona madura y experimentada. Si no fuera por el atuendo, fácilmente se pensaría que era un profesor, un clérigo bien situado o un funcionario de la universidad. Pero envuelto en el traje de estudiante parisino, resultaba algo grotesco.

El primer día que Pierre tuvo la ocasión de hablar con Íñigo, le contó a su compañero Francés la experiencia. Estaba entusiasmado por haber conocido a una persona singular que le había transmitido calma y confianza en sí mismo. Feliz por este encuentro, Favre decía haber comprendido muchas cosas que antes le resultaban inciertas y desconcertantes.

—Pero… ¿de qué habéis tratado? —le preguntó Francés con curiosidad.

—De muchas cosas. Fíjate que estuvimos caminando por la pradera durante más de dos horas.

—¿Por la pradera? ¡Pero si ese individuo es cojo!

—¡Uf, es muy andarín! —exclamó Pierre—. Fíjate que se vino desde Barcelona a París caminando solo.

—Lo que yo digo, loco de remate.

20

París, 11 de julio de 1529

En plena recta final del curso, cuando los estudiantes estaban enfrascados con mayor ahínco en los duros exámenes, estalló el escándalo. En Santa Bárbara no se hablaba de otra cosa: un renombrado maestro burgalés, de más de cuarenta años, y dos jóvenes bachilleres habían abandonado repentinamente sus colegios y se habían apartado del mundo, repartiendo sus bienes entre los pobres, para irse a vivir al hospital de Saint-Jacques, asilo de menesterosos y desamparados.

—¡Es locura! —exclamaban los demás maestros, llevándose las manos a la cabeza—. ¡Qué insensatez!

—Dicen que andan por ahí los tres, como pordioseros —comentaban los estudiantes—, mendigando de puerta en puerta el sustento diario. ¡Sin nada están, como verdaderos pobres! ¡Hasta los libros han repartido!

Francés regresaba de su entrenamiento en la pradera cuando se topó en la misma portería del colegio con el revuelo.

—¿Te has enterado? —le preguntó el maestro Peña.

—¿Enterarme? ¿De qué?

—El *magister* Juan de Castro y los bachilleres Pedro de Peralta y Amador de Elduayen han dejado los colegios y los estudios. Dicen que andan por ahí pidiendo de puerta en puerta.

Francés escuchó atónito el relato de los hechos. El maestro Juan de Castro era muy conocido, por ser miembro de la Sorbona y proceder de una nobilísima familia de Burgos. Se comentaba que, cuando finalizase los estudios de Teología, a buen seguro le esperaba la mitra y con ella un renombrado obispado en España. Peralta era un buen estudiante, bachiller residente del vecino colegio de Monteagudo. Pero no menos escandaloso resultaba el caso de Amador de Elduayen, que era un guipuzcoano del Santa Bárbara, compañero de estudios de Francés y de Pierre Favre, aunque más amigo de este último.

—¡Elduayen! —exclamó Xavier—. ¡Mi compatriota Elduayen! ¿Estás seguro de eso, Peña?

—¡Y tan seguro! El rector del colegio está hecho una fiera. Se encuentra reunido en estos precisos momentos con los miembros de la Sorbona y con el viceprincipal del Monteagudo en el despacho de este. ¡Ay, Dios bendito, la que se ha formado!

—Pero… ¿es que se han vuelto locos?

—De remate. Lo que no se comprende es cómo esa locura se les ha contagiado a los tres. Al menos si hubiera sido uno solo, sería de comprender, pero tres a la vez… ¡Es el acabose!

A Francés le dio un vuelco el corazón cuando comprendió que todo aquello se debía a las disparatadas influencias del tal Íñigo de Loyola. Indignado, le dijo a Peña:

—No me cuentes quién está detrás de todo este lío,

pues bien lo sé: el loco ese; Íñigo, mi paisano el vascongado.

—¡Claro, hombre! ¿Quién si no? Si ya se sabe —sentenció Peña, levantando un reprobatorio dedo índice que señalaba a las alturas—: «Un loco hace cientos».

—Bien cierto es ese dicho —observó Francés y, con visible preocupación, añadió frunciendo el ceño, pensativo—: ¿Y Pierre Favre? ¿Qué hace nuestro camarada a todo esto?

—Está deshecho. Acabo de dejarle en el cuarto envuelto en sus cavilaciones. Si ya se lo decíamos: que se dejara de frecuentar las reuniones con ese dichoso Íñigo, que la cosa tenía por fuerza que acabar mal.

—Voy allá —dijo Francés—; he de saber qué piensa de todo esto.

Subió de dos en dos los escalones que llevaban al segundo piso de la torre. Encontró a Pierre tal y como le había dicho el maestro Peña: desasosegado y muy triste.

—¿Ves, Favre? —le dijo meneando la cabeza y esbozando una media sonrisa irónica—. ¿Te das cuenta de lo que te advertíamos?

—No digas nada —contestó Pierre con visible angustia—. Si de verdad Íñigo ha hecho locos a esos tres, se verá con el tiempo. También Francisco de Asís abandonó el mundo y anduvo como mendigo. ¿Cómo nacieron si no los hermanos franciscanos?

—¡Favre, Pierre Favre, razona, hombre!

Nervioso, Pierre se rascaba la nuca, se retorcía los dedos de una mano con la otra y se mordía los labios. Conservaba el aire angelical de un niño y cierto candor en la mirada, a pesar de haber cumplido los veintitrés años. Esa presencia suya despertaba en Francés instintos de protección. Por eso quería convencerle. Pero Favre insistía:

—A fin de cuentas, ¿qué de malo hay en lo que han hecho esos tres? Y si lo hubiera, no sé qué culpa puede tener Íñigo; son tres hombres maduros, libres e instruidos...

—¡Favre, ese Íñigo está loco! —le gritó Xavier tomándole por los hombros y sacudiéndole—. ¡Despierta! ¿No ves eso? ¡Sal de tu ceguera, hombre! Mejor será que no le veas, al menos de momento, pues anda todo el mundo enfurecido contra él. Si aparece por aquí, le va a caer encima una buena tunda de palos. ¡Pues menudo está don Diogo de Gouvea con este asunto! Acaba de decirme el maestro Peña que el rector está reunido con los de la Sorbona y los del Monteagudo para ver lo que se ha de hacer en este caso.

—¡Que los dejen! —replicó Favre—. ¡Que dejen a cada uno hacer lo que le dicte su conciencia! ¿O acaso van a meterse con los que se pasan la vida pecando por ahí, en casas de lenocinio, bebiendo en las tabernas, metidos en pendencias, gastando el dinero de sus padres, mintiendo, corrompidos por sus pasiones, vicios y vanidades, y alejados de Cristo...?

—¡Eh, para ya! —protestó Francés—. ¿Dices eso por mí?

—Lo digo porque es la pura verdad. Ningún principal de colegio se preocupa de lo que hacen sus alumnos, ni siquiera los maestros ponen cuidado para apartarlos de los pecados. ¡Ahí tienes a Da Silva, que se está muriendo en el hospital de Saint-Jacques por causa de sus iniquidades, con la carne corrompida! ¿No es eso un escándalo? Sin embargo, porque tres buenos hombres opten por la castidad y busquen la santidad lejos del mundo, dedicados a los menesterosos y los enfermos, todo el mundo pone el grito en el cielo.

Francés se quedó pensativo. Las duras razones de Pierre le golpeaban de lleno, como flechas lanzadas directamente contra él. El ejemplo del maestro Da Silva, utilizado certeramente por su amigo, le afectaba especialmente. Ya habían hablado de ello con frecuencia. Aquello había supuesto un desagradable desenlace que también había suscitado muchas habladurías: el depravado maestro tuvo recientemente que frenar su vida licenciosa a causa del agravamiento súbito de su enfermedad. Expulsado del colegio, sin dinero y moribundo, tuvo que refugiarse en el asilo de desamparados para vivir los pocos días que le quedaban en la vergüenza afrentosa de sus pecados conocidos por todo el mundo.

—Te lo vengo repitiendo un día y otro —prosiguió Favre—: me repugna esta vida falsa, superficial y extremadamente hipócrita de la universidad. Aprendemos Filosofía, acudimos a los sacramentos, recibimos sermones, constantemente tratamos de las cosas de Dios; mas todo es ficticio, porque nadie actúa como si de verdad creyera. Nos rodea un piélago de pecados y vivimos entre ellos, condescendiendo, viendo con la mayor naturalidad cómo se corrompen muchachos buenos, que vienen de sus casas con la mirada limpia y buenas intenciones para ensuciarse en la ponzoña del barrio Latino. En las fachadas de los colegios, en las de las iglesias y conventos, hay imágenes de santos, los campanarios y las torres están coronados con la cruz del Señor; pero, sin embargo, junto a esos signos tan puros crecen como la cizaña lupanares y tabernas donde se ahogan nuestras mejores intenciones. ¡No soporto más esto! ¡Me muero de asco!

—¡Favre, Pierre Favre, basta! —le dijo Francés, yéndose hacia él para ponerle afectuosamente la mano en el antebrazo buscando calmarle.

—No, amigo mío. Ya te lo he dicho antes: no vine a París para esto. No sé si un día me casaré, si seré un padre de familia; no sé si acabaré mis días sirviendo a la Santa

Iglesia; no sé lo que ha de ser de mí. ¡Solo Dios lo sabe! Mas comprendo a esos tres que lo han dejado todo para buscar al único que puede hacerlos felices. ¿Ese es el mal que han hecho? ¿Buscar a Dios? ¡Benditos sean los tres! ¡Ojalá tuviera yo ánimos y arrestos para hacer lo mismo!

Los pensamientos de su amigo asustaban a Xavier. Comprendía sus razonamientos, pues eran limpios, sinceros, y porque sabía bien que venían de un joven esencialmente bueno. El conocía a Favre mejor que nadie, había llegado a ser como un hermano. Aunque no compartían la misma visión del mundo, ni las diversiones que tanto atraían a Francés, hacían ejercicio juntos, paseaban por los campos, visitaban las iglesias de París cada domingo. Se ayudaban el uno al otro cuando cualquiera de los dos necesitaba dinero. Entre ellos había verdadera amistad y afecto sincero. Más que actuar al unísono, se compenetraban por ser completamente diferentes.

—Hazme caso, amigo Favre —le rogó—. Sepárate al menos durante un tiempo de Íñigo de Loyola. Así podrás pensar mejor en todo esto. No le escuches por ahora.

—He de separarme no por mi voluntad —respondió Favre—. Dios ha querido que Íñigo se encuentre en estos momentos lejos de París. Ni él mismo sabe lo que se ha liado aquí a cuenta suya.

—¿Pues dónde está?

—Va a pie descalzo, sin comer ni beber, haciendo penitencia como peregrino, hacia Ruan, donde piensa dar alcance a un amigo suyo que le ha engañado robándole dineros y que ahora ha caído enfermo.

—¡Ah, vaya! —exclamó Francés con ironía—. A tu hombre de Dios le preocupan sus dineros, como a todo mortal…

—No, Xavier, no es el dinero lo que va a buscar Íñigo, sino perdonar y salvar el alma del dilapidador de sus caudales. No va a por él con odio, sino con toda compasión. Íñigo es incapaz de odiar. Solo busca a ese amigo para ayudarle.

—Pues eso le ha librado de una buena tanda de palos. ¿No habrá escapado a cuenta del lío que ha armado en la universidad?

—Créeme —contestó Favre, llevándose la mano al pecho—, a estas horas Íñigo irá andando por los caminos, como te he dicho, descalzo y sin comer ni beber, ajeno a lo que ha pasado con esos tres. Irá aprisa, ansioso por solucionar el desatino de su amigo.

—Lo que yo te digo —comentó Francés meneando la cabeza—: loco, loco de remate.

21

París, julio de 1529

El alboroto formado a causa del retiro del maestro y de los dos bachilleres se alargó durante todo el mes de julio. Con los calores del verano, en las noches de conversaciones que mantenían las candelas encendidas so pretexto de seguir estudiando, los colegiales barbistas tenían un motivo para hablar y para exagerar. Se decía de todo: que andaban descalzos, que se habían prendido cadenas pesadas a los tobillos, que deliraban... Habladurías aparte, lo más comentado era el hecho de que el joven Pedro de Peralta, bachiller de origen toledano, estaba en puertas de su examen de licenciatura, al cual había renunciado por seguir su aventura mística de absoluto desprendimiento.

La cosa se puso mucho más fea cuando empezó a difundirse por ahí el rumor de que las peregrinas ideas de los tres fugitivos desprendían cierto tufo a herejía. Los ramalazos del luteranismo venían causando estragos desde hacía tiempo y cualquier comportamiento extraño en materia de fe enseguida despertaba sospechas. La caza de los herejes era habitual, así como las condenas a la hoguera, públicamente ejecutadas en diversas plazas, tras perforárseles la lengua o cortarles la mano a los condenados.

Recientemente, Beda había publicado su *Apología contra los herejes ocultos,* que se dirigía principal y directamente contra Erasmo de Rotterdam, su adversario perpetuo. En abril había sido quemado vivo en la plaza de Grève, por luterano relapso, Berquin, que era seguidor y protegido suyo. La Sorbona estaba en permanente contienda contra las ideas erasmistas, en las que se apreciaba una larga lista de enseñanzas erróneas, escandalosas e impías.

El rector del colegio de Santa Bárbara, Diogo de Gouvea, advertía constantemente a los maestros y colegiales sobre «el mortal veneno que las obras de Erasmo ocultaban bajo su envoltura inocente». Decía abiertamente que debía ser quemado por contumaz hereje que renovaba la herejía arriana. Consideraba impía y escandalosa su crítica a san Jerónimo, y solía citar lo que tanto se decía por ahí: «Erasmo puso el huevo y Lutero lo ha incubado». Por estas razones era muy celoso en el gobierno de su colegio, mirando siempre que nadie desde fuera llenase de ideas extrañas las cabezas de sus maestros y alumnos.

Cuando el rector indagó, junto con los miembros de la Sorbona y su colega del colegio Monteagudo, sobre lo que había sucedido para que Castro, Peralta y Elduayen abandonasen su vida de universitarios aplicados, averiguó que Íñigo de Loyola les había propuesto una serie de meditaciones a las que él llamaba «ejercicios espirituales», con las que los había llevado a esa repentina fiebre de abandonar el mundo. Gouvea montó en cólera. Determinó sin género de dudas que el vascongado era el causante de todo y resolvió poner en manos de los inquisidores el asunto por apreciar en él claros visos de ideas erróneas y perniciosas.

Cuando los amigos y compañeros de los tres retirados supieron que la cuestión estaba en manos de la Inquisición, corrieron a advertir a los «trastornados» al hospital de Saint-Jacques e intentaron convencerlos con buenas razones de que salieran de allí y cesasen en sus locas ideas. Pero, al no conseguirlo, se pusieron muy violentos, entraron en tropel en el asilo y los sacaron a los tres a la fuerza, llevándolos a rastras ante las autoridades de la universidad. Fueron interrogados, amonestados y castigados severamente. Con graves amenazas, se les hizo jurar que terminarían sus estudios antes de plantearse de nuevo el abandono del mundo. De momento, la cosa se calmó.

Pero todas las iras seguían puestas en Íñigo de Loyola, como principal causante del escándalo, por haber seducido a los tres ingenuos, perturbándoles el juicio con sus sospechosos «ejercicios espirituales». Ahora solo restaba esperar a que regresase de su estrambótico viaje a pie, sin comer ni beber, para enfrentarlo a los inquisidores.

Por su parte, Gouvea advirtió que, cuando apareciese Íñigo, si se le ocurría volver a tratar con los estudiantes del colegio, le sometería a la *salle*, el ignominioso castigo de los azotes públicos, por «seductor» de jóvenes y alborotador de conciencias.

Cuando supo Pierre Favre de las sospechas que recaían sobre su espiritual amigo, dijo:

—¿Íñigo hereje? ¡Qué estupidez! Todo lo contrario es Íñigo. No quiere ni oír hablar de Erasmo; muchísimo menos de Lutero. Tiene fino olfato para esas cosas; sabe detectar bien los lugares donde asoma la herejía y huye de ellos. Él suele contar que en Alcalá de Henares le recomendó un confesor la lectura del *Enchiridion* de Erasmo, pero no obedeció el consejo precisamente porque sabía que personas de autoridad en la Santa Iglesia ponían en duda las ideas de tal libro.

—Entonces —le preguntó Francés—, ¿de dónde alimenta sus alocadas ideas? ¿Qué lee ese Íñigo?

—¡Es un hombre entusiasmado por Cristo! No le interesa otra cosa que el Evangelio. No lo veo yo encandilado por los libros. No, él va a lo suyo, y lo suyo es una sincera búsqueda de lo que Dios quiere.

—¡Bah, pamplinas! —replicó Francés—. De alguna parte le vendrá la fiebre de andar soliviantando gente para ganársela a sus locuras.

—Hablas sin saber, Xavier. Sigues hablando sin saber, como todos esos que tan divertidos están con todo esto, inventando cosas acerca de lo que no saben. Deberías conocer a Íñigo. Cuando trates con él, podrás forjarte un juicio razonable. Mientras tanto, mejor será que te calles acerca de ese hombre.

—Mejor será que te alejes tú de él. No están las cosas como para que se te vea a su lado. Ahora, cualquiera que se junte con ese estará mal visto en el barrio Latino.

Septiembre de 1529

Regresó Íñigo de Loyola a París a finales del verano y sus amigos, entre los que se contaba Pierre Favre, le pusieron enseguida al corriente del lío que se había armado a cuenta suya, y cómo la Inquisición le andaba buscando. Con firme resolución, el vascongado se fue inmediatamente a presentarse ante el inquisidor general, que despachaba en el convento dominico, junto a la puerta de Saint-Jacques. Trató del controvertido asunto con el juez y salió pronto de allí sin cargo alguno, desestimadas las denuncias y sobreseído el proceso.

Esto se supo enseguida en el colegio de Santa Bárbara, para desilusión de quienes estaban deseosos de verle acusado como hereje. Y para consuelo de Pierre Favre, el cual, ufano, corrió a decirles a sus compañeros de cuarto:

—¿Lo veis? Si ya os lo decía yo que no era cosa de herejía lo de Íñigo. Ahora todos esos tendrán que tragarse lo que han hablado.

El maestro Peña, pensativo, asintió:

—Sí, quizá hemos juzgado con demasiada premura. Hoy he sabido que el rector Gouvea ha hablado con el inquisidor y este le ha dicho que no solo no aprecia herejía alguna en el de Loyola, sino que es hombre piadoso, ajustado a una fe sincera y ferviente cumplidor de cuanto manda la Santa Madre Iglesia.

—Bien —apostilló Francés—, parece bien cierto que no es un hereje; pero loco es, loco de remate. Y, cuidado, Favre, que te acabará haciendo loco como a Castro, Peralta y Elduayen.

22

París, 24 de septiembre de 1529

Sin que Francés supiera cómo se preparó a sus espaldas, se enteró de repente en la portería del colegio de que Íñigo de Loyola había sido admitido como porcionista en el Santa Bárbara, y que comenzaría sus estudios de Filosofía bajo el maestro Peña, en su mismo cuarto. Montó en cólera.

—¡Peña y Favre me han traicionado! —exclamó—. ¡Ese individuo aquí, en mi cuarto!

Subió los peldaños de la escalera de la torre de dos en dos e irrumpió en el dormitorio como un trueno. Allí no había nadie. Paseó la mirada por la estancia y enseguida vio el nuevo camastro en el fondo, junto a un ventanuco, con un hatillo pequeño y pobre encima, algunos libros y un tosco gorro de lana. No le habían gastado una broma en la portería; en efecto, un nuevo escolar había tomado habitación como compañero de Peña, Favre y Xavier. Y todo apuntaba a que era el tal Íñigo. «¡Pierre —se dijo—; ha sido cosa de Pierre!».

Corrió a enterarse bien de aquello, pues había estado fuera durante una semana, en la casa de campo de unos conocidos, y ahora, a su regreso, se encontraba de repente con la desagradable sorpresa. Fue al despacho del vicepresidente del colegio, que era el sobrino de Diogo de Gouvea, André de Gouvea, y le preguntó si el de Loyola sería compañero suyo durante el nuevo curso que pronto iba a comenzar.

—Sí, cierto es —le respondió el viceprincipal—. Mi señor tío ha admitido al estudiante Íñigo de Loyola en el colegio.

—Pero… si el señor Gouvea no podía ni ver a ese Íñigo —repuso Francés—. ¡Con el lío que hubo en julio!

—Sí, pero todo se calmó con la intervención de los inquisidores. Aquello fue un malentendido. Tu paisano Íñigo vino a hablar con el rector del colegio hace una semana y solicitó plaza. Es hombre de buen linaje, hijo de cristianos viejos todos, vascongados, gente muy principal; ha abonado las cantidades obligadas por el alojamiento y ¿qué iba a hacer el señor Gouvea sino admitirle?

—¡En mi cuarto! ¡Me lo han metido en mi cuarto!

—Bien, ese es otro asunto. Mi señor tío consideró oportuno que, dada la singular personalidad de este hombre, sus… sus manías, ya sabes, sería oportuno que alguien de peso de la casa le tuviera cerca. El maestro Peña, que ha de dirigirle en sus estudios, se encargará de irlo llevando al redil y sacarle esas ideas extrañas. ¿Comprendes? Por eso el principal le ha dado cama en vuestro cuarto.

—Entonces… ¿no ha sido cosa de Favre? —inquirió.

—Nada de eso. Han sido mi señor tío y Peña quienes lo han apañado todo.

Esa misma tarde, después del almuerzo, Francés de Xavier e Íñigo de Loyola se encontraron por primera vez frente a frente en el aposento que debían compartir desde ese día. Por una casualidad, o porque habían preferido ambos que fuera así, ni el maestro Peña ni Favre estaban presentes. Francés subió al cuarto a recoger algo y halló a su nuevo compañero de espaldas, mirando por la ventana. Íñigo se volvió. Los dos se miraron. Hubo un silencio tenso. El vascongado inició la conversación.

—Soy Íñigo de Loyola, paisano tuyo. Ya te habrán dicho que…

—Sí, ya me lo han dicho —contestó Francés, desdeñoso.

—Me gustaría que nos conociésemos mejor, ya que hemos de convivir. ¿Podemos charlar durante un rato?

—No. Ahora no tengo tiempo; he de ir a entrenarme para el campeonato de saltos del día de San Remigio.

—¡Ah, claro! —exclamó Íñigo, muy sonriente—. Ya sé que eres el primero en eso. Todo el mundo lo comenta.

—Mira, no tengo tiempo para conversar —le espetó secamente Xavier, mientras descolgaba su ropa de la percha—. Ya te he dicho que he de irme.

Íñigo trataba de ser complaciente. Anduvo hacia él sin dejar de sonreír. Se le veía algo nervioso. En los cuatro pasos que dio desde la ventana, tropezó con la esquina de la cama y acentuó su cojera. Francés, que le observaba de soslayo, se volvió y le miró desafiante. La presencia del vascongado le molestaba mucho más de lo que supuso antes de tenerle cerca. Le pareció un hombre calvo, de cuerpo seco, amojamado, de ojos brillantes y escrutadores, cuyas ropas ajadas le desagradaron. En el primer pensamiento que acudió a su mente, resolvió que era alguien que descuidaba su aspecto, a pesar de ser de noble linaje. Se fijó también en la barba algo desarreglada, en las manos grandes que se frotaba nerviosamente. En su interior, le despreció y maldijo tener que compartir el cuarto con él.

Antes de salir de allí para alejarse cuanto antes de su lado, Francés le dijo, muy despectivamente:

—Te rogaré una cosa, ya que veo que no me queda más remedio por el momento que vivir contigo. Deja en paz a Pierre Favre. Es una buena persona y no se merece que alguien le cree complicaciones. ¡Déjalo estar!

Íñigo se estiró y cambió completamente de expresión. Clavó sus ojos en Xavier y sostuvo su mirada desafiante, mientras le decía con gran seriedad y firme voz:

—Veo que estás resuelto a no darme cuartel, a pesar de que vengo a ti con todas las armas rendidas. Muy bien. Yo no voy a pelear contigo, pero no me digas lo que he de hacer o lo que no debo hacer. Eso es cosa mía. Si quieres darle consejo a Pierre Favre, estás en tu derecho. Pero a mí no me aconsejes, si deseas tener buena avenencia conmigo. El mismo derecho que tú tengo para tratar con Favre como estime oportuno, o con quien desee, pues a ti te debo solo respeto, mas no obediencia.

Estas razones tocaron la fibra noble de Francés. Eran las palabras directas que brotaban de una buena educación, de alguien que conocía bien el código de la amistad entre nobles caballeros.

—Muy bien —asintió Xavier con orgullo—. Habla lo que te plazca con el bueno de Pierre. Por lo que a mí respecta, tratémonos con cortesía. Solo eso. Hasta la noche, que pases un buen día.

Cuando llegó a la pradera del *pré aux Clercs,* estaba de muy mal humor. Llevaba grabada en la mente la imagen de Íñigo y no podía arrancársela. En su cabeza daba vueltas a la conversación mantenida y no lograba serenarse. Al sacarse de encima la calurosa toga y descalzarse, sintió como si se liberara de tanta tensión. Percibió el contacto de la hierba en los pies y deseó correr esa tarde hasta caer rendido de agotamiento, como si en aquel esfuerzo dejase atrás la rabia y la frustración.

La hermosura del sol septembrino se derramaba sobre la cercana arboleda, junto al Sena. No hacía viento; los molinos de la otra orilla permanecían muy quietos. También reinaba una inmóvil calma en los corrales del suburbio. El tintineo lejano de una campana ponía una nota alegre. Algunos muchachos felices chapoteaban en el agua del río y, más allá, unos pescadores se afanaban remando contra la corriente para pasar al otro lado.

A medida que proseguía su carrera, Francés se iba serenando. Pronto se sintió poseído por la vitalidad que le aportaba el ejercicio. Empezó a mirar las cosas en su aspecto más favorable y, por un momento, dejó de preocuparle el problema del nuevo compañero de cuarto. Después estuvo saltando. Se alegró mucho al descubrir que superaba sus propias marcas.

—¡Bravo, Xavier! ¡Muy bien! —le vitorearon un grupo de estudiantes que hacían deporte cerca de él.

Sabía que su presencia física y sus ágiles movimientos no pasaban desapercibidos en la pradera. Se sentía seguro de sí mismo. Se hizo consciente de que, a esa edad, tenía demasiadas ilusiones de por medio como para amargarse la vida por un asunto tan nimio.

1 de octubre de 1529

Como en años anteriores, ganó la prueba de salto en los juegos de San Remigio. Pero esta vez tuvo que conformarse con un cuarto puesto en la carrera de una legua. Tenía ya veintitrés años y detrás venían otros estudiantes más jóvenes empujando con fuerza. Además, eran días de fiesta y Francés no perdonaba una buena juerga. El vino y la diversión del día anterior mermaron algo sus fuerzas. Pero no le importó. Cedió con la alegría de un buen perdedor el primer puesto que le había correspondido el año antes. Le quedaba saborear la victoria de los saltos, que era merecidamente suya.

El banquete del colegio estuvo en esta ocasión como nunca. El rector del Santa Bárbara, Gouvea, había visitado recientemente al rey de Portugal y traía dineros contantes y sonantes para hacer mejoras. Hubo vino delicioso en abundancia y músicos de categoría.

El momento más emocionante de la fiesta tuvo lugar cuando un muchacho castrado, de embrujadora voz, cantó unos versos del segundo libro de las *Elegías* de Johannes Murmellius:

> *Únicamente la virtud perdura.*
> *El poder, las riquezas y la fama*
> *el tiempo los disipa y desparrama.*
> *¡Qué pronto pierde el joven su hermosura!*

Por la tarde, los estudiantes se apresuraron a apurar la vida, prosiguiendo la fiesta en las tabernas del barrio Latino. Francés se sumió como tantas otras veces en aquel mundo ansioso y turbulento. Recorrió las pestilentes callejas, los sucios adarves de la muralla, las plazuelas que exhibían el colorido espectáculo de las verduras y las frutas de otoño; se adentró en el barrio de los toneleros, saturado de aromas de roble, y fue hasta el rincón que más apreciaba, una pequeña taberna próxima al suburbio, donde se servía el vino de la Provenza que tanto le gustaba.

—¡Oh, señor Xavier, hoy venís solo! —le saludó la tabernera con su alegre acento provenzal.

—Sí, hoy tengo ganas de estar solo —contestó él—. Quiero únicamente perderme en la magia de tu vino, lo necesito.

Ella frunció el ceño. Era una mujer muy bella, de piel clara, cabello rubio y distantes ojos grises. Muchos caballeros iban allí por el delicioso vino que servía; otros, por el solo placer de contemplarla. Aunque resultaba inaccesible, distante, y jamás se enredaba en las conversaciones de su distinguida clientela. Aquella tarde, Francés fue allí tanto por el vino como por quien lo servía.

—Debéis ya mucho dinero —observó ella—. Hace dos meses que no pagáis lo que debéis. Mi amo me dijo ayer que no os sirviera, a menos que paguéis lo que debéis.

—He dicho que pagaré —aseguró Francés—. Estoy a la espera de que me envíen el dinero desde mi tierra. ¡Siempre he pagado! ¿Por qué no habría de hacerlo ahora? Si no pensara pagar, no vendría.

—No sé… —murmuró ella, con gesto dubitativo.

Francés sentía una gran vergüenza por tener que suplicar de esa manera. Por eso había ido solo aquella tarde, porque no quería que sus amigos de juerga terminasen de darse cuenta de que estaba sin dinero. Él venía tratando durante meses de ocultar su penosa realidad. Se excusaba alegando que tenía que entrenar intensamente para los juegos y que el vino le restaba fuerzas; otras veces se ocultaba o se encerraba en los estudios. También había pedido préstamos a compañeros de confianza. Debía ya bastante.

—Dile a tu amo que salga, haré tratos con él —le dijo

a la mujer—. Si está de acuerdo, podrá cobrarme los intereses cuando me llegue el dinero. Será como un préstamo.

Ella sonrió de una manera enigmática. Francés no podía detectar si en su bonita mirada de ojos de hielo había suspicacia, ironía o compasión. La imponente belleza de la tabernera le abrumaba e intensificaba su vergüenza haciendo que le corriera el sudor por la espalda.

Sin decir nada, ella se fue hacia el estante y cogió una botella. Eligió luego un bonito vaso de plata y lo llenó de vino.

—Mi amo no está —dijo—. Permanecerá lejos de París un par de semanas. Es el tiempo de la vendimia, ya sabes. No se fía de la gente que tiene al cuidado de las viñas en la Provenza. Por ahora, aquí mando yo.

—¿No te da miedo quedarte sola en el establecimiento? —le preguntó Xavier, sorprendido porque aquella mujer tan fría descendiera desde la arrogancia que le proporcionaba su belleza para darle explicaciones.

—¿Miedo? ¿De quién? —repuso ella—. Tengo esto —añadió sacando un gran cuchillo de detrás del mostrador—. Y está ese de ahí.

Francés se fijó en el gran perro que dormitaba junto a la puerta, espantándose las moscas con el rabo.

—Eres demasiado hermosa para quedarte aquí sola —le dijo, dejando escapar un pensamiento alocado—, a pesar de esa arma y del perro.

—Hoy vendrá poca gente —observó ella—. Todo el mundo está en la otra parte de París, a ver el alboroto de los estudiantes con sus mascaradas y procesiones.

Al escucharle decir aquello, Francés sintió que le invadía una agradable placidez. Bebió un sorbo y apreció el sabor tan singular de aquel vino que le traía un vago recuerdo de cueros y tierras húmedas removidas por el arado. Cerró los ojos y se sumió en los familiares recuerdos de su país, los campos, las montañas, el río Aragón, las almadías aguas abajo... La presencia amable de su madre pareció llegarle desde tan lejos, pero quiso ver la imagen de su semblante y no fue capaz. Cuando apuró el vaso entero, se aflojaron sus fuerzas y sintió que se le escapaba una lágrima.

—Eh, ¿qué sucede? —dijo de repente la mujer.

Xavier volvió a reparar en que ella estaba allí. Por un momento, su añoranza le hizo olvidarse de eso. Ahora, abochornado, se enjugó las lágrimas y quiso sonreír.

—Ah, amigo —dijo ella—. Te asaltó el recuerdo de una mujer, ¿verdad? Este vino de mi tierra tiene eso. Hace retornar el amor perdido, los recuerdos... Este no es un vino para la fiesta. A mí siempre me hizo llorar .

—Bebe conmigo —le pidió él.

—¡Ah, has llorado tú y ahora quieres ver mis lágrimas!

Los dos se miraron. Francés hubiera deseado abrazarla en ese momento; si no fuera por el gran mostrador de madera que los separaba, no habría podido contenerse. Estaba asombrado mirándola. Le parecía la más bella mujer del mundo, sobre todo porque ahora le sonreía y mostraba unos bonitos dientes blancos entre sus labios finos.

—Tú no pareces una mujer triste —le dijo—. Más bien te veo fuerte y muy decidida.

—¿Decidida? ¡Ja, ja, ja...! —explotó en una carcajada—. Sí, decidida a atender diariamente a hombres a quienes les importa poco quién eres o de dónde vienes.

—¿Tienes hijos?

—No. No estoy casada. Mi amo tiene su mujer en la Provenza. Pero, cuando vino a París a hacer negocios, no quiso estarse aquí solo...

Se hizo un gran silencio muy elocuente. La mujer se

volvió hacia el estante y cogió otro vaso de plata. Lo llenó de vino y lo apuró con delicados tragos. Después suspiró.

—¿Te acuerdas de tu tierra? —le preguntó Francés.

—Humm... Antes sí; ahora... no puedo quejarme. ¿Y tú? ¿De dónde eres? ¿Dónde tienes a esa amada mujer cuyo recuerdo te hizo derramar una lágrima hace un momento?

Xavier sonrió. Encantado al ver que ella estaba conforme con mantener aquella charla, contestó:

—No, no hay más mujer que mi madre allá en Navarra.

—Eres un joven hombre, apuesto y fuerte —le dijo ella—. Veo que no eres clérigo ni soldado, eso parece por tu indumentaria. ¿Qué hace un navarro como tú por París?

—Tú me pareces una mujer bellísima —contestó él, cambiando de conversación y alzando el vaso—. Brindemos con este maravilloso vino. Hace tiempo que vengo a tu establecimiento y nunca había cruzado contigo otras palabras que no fueran las propias de solicitar y pagar la bebida y la comida.

—Veo que no deseas hablar más de tu vida—repuso ella—. Entonces ya supongo por qué estás aquí: eres uno de los hombres del rey don Enrique de Albret, un miembro de la corte del rey sin trono.

—Bien dices, soy súbdito de un rey destronado.

De repente, el perro gruñó perezosamente. Entonces irrumpió en la taberna un trío de caballeros que venían alborotando, hablando a voz en cuello.

—¡Oh, Catherine, sírvenos ese magnífico vino! —pidió uno de ellos.

La mujer salió desde detrás del mostrador y se enfrentó a los tres hombres con los brazos puestos en jarras.

—¡Está cerrado! No serviré más vino. Mi amo está en la Provenza y me obliga a cerrar antes de la puesta de sol.

—¿Y ese? —protestaron los caballeros—. ¡Solo una copa!

—Nada, ni una copa. Ese está terminando su vino y se marchará ahora mismo.

Cuando los frustrados clientes se fueron refunfuñando, Catherine puso un tronco sobre las brasas de la chimenea, encendió un farolillo, se lavó las manos y, mientras se las secaba con un paño, le dijo a Francés:

—Tengo aquí un queso exquisito. Anda, quédate conmigo, cerraremos y beberemos todo el vino necesario para llorar abundantemente.

2 de octubre de 1529

El primer día de curso, Francés de Xavier despertó en su cuarto del Santa Bárbara con la mente espesa a causa de la resaca. Podría haberse sentido feliz, a pesar de tener el cuerpo estragado y una gran fatiga, si no fuera porque enseguida vio a Íñigo de Loyola mirando por la ventana, como el día anterior.

—Buenos días, Xavier —le saludó Favre.

—Buenos días —respondió él con desgana.

—Bien tarde era ayer cuando llegaste —le dijo Peña—. Mucho más de medianoche. Eres campeón de saltos en la pradera; pero saltando las tapias del colegio de noche tampoco hay quien te gane.

Todos rieron esta ocurrencia guasona. Y Francés se levantó de la cama de un salto para hacer ver que estaba en plena forma.

—Ahí tienes un paquete —le indicó Pierre—. Lo trajo ayer tarde el portero para ti.

—¡Al fin! —exclamó Xavier—. ¡El dinero que esperaba! Cogió el envoltorio y enseguida reparó en el sello y en la letra de su hermano Miguel. Cortó los cordeles y deslió la tela, encontrándose, como otras veces, con una bolsa de cuero y una carta. Palpó monedas en el interior de la bolsa y se dispuso muy alegre a abrir el sobre.

Sus compañeros se estaban aseando. Peña sostenía el jarro y Favre recogía en sus manos el agua que caía sobre la jofaina para lavarse la cara. Íñigo ya estaba vestido, con la toga puesta, y seguía mirando por la ventana, tal vez para evitar un mal encuentro como el del día anterior.

De repente, Xavier emitió un gemido, arrugó el papel que tenía entre las manos y sollozó:

—¡Mi señora madre! ¡Mi pobre madre ha muerto! ¡Oh, Dios! ¡Dios bendito!

Los tres compañeros se fueron hacia él para consolarle. Le abrazaron y le palmearon cariñosamente el hombro. Favre y Peña se pusieron muy tristes. Cuando alzó sus ojos llorosos, Francés vio que también Íñigo estaba visiblemente apenado.

LIBRO II

Viaje que hizo Francisco de Javier a la India y lo que le sucedió en Goa y en la costa Malabar

EN COMPAÑÍA DEL MAR
(DOCE AÑOS DESPUÉS)

23

Lisboa, 31 de marzo de 1541

Hacía viento, el cielo estaba lleno de nubes que se aproximaban desde el mar sobre las aguas del Tejo, azul grisáceas. La *rua* Portuense se veía polvorienta allá abajo en la zona de la *ribeira,* abarrotada de carros, fardos apilados, barriles y todo tipo de enseres destinados a aparejar los navíos que entorpecían el constante ir y venir de los cargadores, los preparativos de los marineros y las evoluciones de las filas de soldados que llegaban para embarcarse. Todo el barrio de Alfama era un río de gente que transitaba por los mercados, por delante de las fachadas de color de barro, por las empinadas calles y escaleras. Lo que antes fue la mejor zona de la *cidade* seguía mostrando un aspecto ruinoso, después de que el terremoto derrumbara miles de casas diez años atrás. Los edificios se habían rehecho con rapidez, pobremente. A pesar de ser mayoría las casas pequeñas, de ladrillos o de adobes revestidos de cal morena, también se veían verdaderos palacios con grandes puertas, balcones espaciosos o altas galerías, muchos de ellos convertidos en talleres o negocios con vistas al puerto. Lo viejo tenía su hermosura y su nobleza, a pesar de estar deslucido y ennegrecido por las humedades atlánticas. La vida seguía su curso en las tiendas, en las tabernas o en los grandes almacenes frente a los muelles. Un variopinto gentío de todas las razas, en el que destacaban millares de esclavos y esclavas con exóticas vestimentas, se distribuía por las calles próximas al puerto. Sobre el laberinto del barrio, en la colina oriental, se asomaba el imponente Castelo de São Jorge desde las sólidas y altísimas murallas que coronaban la cima. Y hacia el oeste se levantaban por encima de los más antiguos edificios las torres orgullosas de la Sé. Lisboa era fascinante a cualquier hora del día, no solo por su belleza, sino porque miraba hacia otros mundos, convertida en el corazón palpitante del imperio portugués que se extendía hacia el Oriente remoto de donde provenían las especias, por una parte, y hacia el Occidente, por otra, en el Nuevo Mundo recién descubierto, poblado de infinitas selvas vírgenes y caudalosos ríos.

La primavera estaba encima y la salida de la flota de la India no podía ya retrasarse mucho más. Todo el mundo sabía en Lisboa que se había señalado como último plazo para levar anclas el domingo de *Laetare*, el tercero de la Cuaresma. Pero seguían soplando con fuerza los vientos del sur. Mientras tanto, la ciudad estaba desasosegada porque llegaban muy malas noticias del norte de África: los moros asediaban ferozmente la fortaleza de Gué y el rey de Portugal necesitaba reclutar con premura al menos dos mil soldados para enviar el auxilio solicitado desesperadamente por el gobernador, que resistía con escasas fuerzas.

A finales de marzo, llegó un barquichuelo desde las plazas africanas portando las peores nuevas. El incesante cañoneo había destruido las murallas y el jerife de Marruecos pudo asaltar finalmente Gué y conquistarla con una aplastante mayoría de moros. Los últimos portugueses que resistían, apenas medio centenar de hombres, se arrojaron al mar y nadaron hasta los dos navíos recién llegados de Lisboa, desde donde enviaron el veloz correo que trajo la fatal noticia.

Salía el padre Francisco de Xavier del hospital de Todos los Santos, cuando se topó de repente con el sobresalto de la gente en la concurrida plaza del Rossio. Era martes, día del mercado semanal, y una agitación febril reinaba bajo los soportales donde todo el mundo comentaba a voces el suceso. Una muchedumbre soliviantada y afligida iba camino del puerto, cruzándose en el camino con los que venían ya de vuelta, enterados de todo.

—¡Ha caído! —exclamaban—. ¡Gué está en manos de moros!

—¿Qué sucede? —preguntaban desde los balcones los que aún no sabían nada.

—¡Que los moros tienen Gué! ¡Dios los maldiga!

Comprendiendo lo que había sucedido, el padre Francisco cruzó la plaza de parte a parte, en grandes zancadas, y fue hasta un severo y elegante edificio de tres plantas. En el portal, se encontró con el criado del dueño de la casa, que le dijo:

—Padre, ¿se ha enterado de lo de...?

—Sí, sí, ya lo sé —contestó él—. Gué ha caído en manos del moro. ¿Lo saben los demás padres?

—Yo mismo se lo dije —respondió el criado—. Mi amo me envió a avisarlos nada más enterarse.

Aquella vivienda pertenecía a Paulo Nuno, un próspero comerciante de productos preciosos de Oriente que vendía en una tienda anexa al edificio: ébano, ricos paños, marfil, tapices y piedras preciosas. Ocupaba el mercader la amplia planta baja con su mujer, hijos y criados; pero, por mandato del mismísimo rey de Portugal, había alquilado el segundo piso a los padres de la Compañía de Jesús, que llevaban en Lisboa apenas un año, desde junio de 1540. Escogió para ellos el monarca esta casa porque no estaba lejos de su propia residencia, el palacio de los Estaos, para tenerlos cerca y porque era un lugar céntrico, frente al hospital de Todos los Santos, donde los padres podían realizar diversas tareas propias de su ministerio. Con Francisco de Xavier vivían en la comunidad los sacerdotes portugueses Simón Rodrigues, Gonzalo Medeiros y Manuel de Santa Clara, el italiano Messer Paulo y el joven Francisco Mansilhas, un mocetón portugués con algunos estudios de latín.

Francisco de Xavier subió los escalones de dos en dos. El padre Rodrigues, que conocía perfectamente el estrépito de los pasos firmes de su compañero, corrió a abrirle la puerta. Cada uno adivinó en el rostro del otro que sabían la noticia.

—Gué ha caído —dijo a pesar de ello Xavier.

—Sí —asintió Rodrigues—. No creo que la flota tarde en zarpar más de una semana.

2 de abril de 1541

—¡Cómo me gustaría ir contigo a la India! —suspiró el padre Simón Rodrigues—. Ya lo sabes. Si no hubiera sido por causa de esas fiebres…

—Vamos, no te lamentes más —le dijo Francisco de Xavier—. Piensa que esa ha de ser la voluntad de Nuestro Señor. Tendrá guardada él otra misión importante para ti. Aquí mismo, en Lisboa, puedes hacer mucho bien. Sabes cómo te estima el rey.

—Eso me consuela. Me anima escucharlo.

Ambos padres paseaban por el jardín del palacio de los Estaos. Aguardaban para entrar en la sala de audiencias, donde habría de recibirlos el rey de Portugal. Hacía un bonito día de primavera, con cielo azul despejado de nubes, pero soplaba aún el viento del sur.

Dada la inminencia de la partida de la flota de la India, fijada para el día 7 de abril, el rey don Juan III quería despedirse personalmente de cuantos iban en su nombre a las lejanas posesiones portuguesas: el nuevo gobernador de la India, don Martim Afonso de Sousa; los cinco capitanes que gobernaban las embarcaciones reales que componían la flota; los armadores y navegantes que financiaban los negocios que se sustanciaban en tan costoso viaje; el factor de la Casa da India João de Barros, que ejercía de cronista real; los mandos militares que iban al frente del ejército y los dignatarios eclesiásticos. De estos últimos, el más destacado era el nuncio apostólico de su santidad el papa, que llevaba «la misión de velar por la dilatación de la fe y poner remedio a la miseria espiritual de los paganos», según el mandato del Breve dado por el papa Paulo III a sus embajadores. Recaía este encargo junto con las dignidades de nuncios apostólicos en los padres de la Compañía de Jesús Simón Rodrigues y Francisco de Xavier, los cuales habían venido de Roma a Lisboa para cumplirlo. Pero solo Francisco se embarcaría para la India, puesto que Rodrigues, muy a su pesar, había sufrido una grave enfermedad con fiebres que le mermaron mucho las fuerzas para aventurarse a tan largo y fatigoso viaje. Alto, delgado y de piel aceitunada, parecía mucho más seco a causa de la convalecencia que le tenía debilitado.

En la larga espera, de horas, mientras el rey iba recibiendo en audiencia, uno por uno, a los responsables de la flota, ambos padres tuvieron tiempo para charlar dilatadamente acerca de muchas cosas. Faltaban apenas cinco días para la partida y sabían bien que posiblemente no volverían a verse jamás.

Ambos recordaban cómo se habían conocido allá en París, en 1533, cuando toda la ciudad vivía aterrada por la peste. La muerte había hecho presencia con una rabia inusitada y la gente se moría a millares. En consecuencia, se tuvo que inaugurar un nuevo cementerio en la plaza Grenelle, y el Parlamento dictó una durísima «Ordenanza por Peste» que los pregoneros anunciaron en todas las encrucijadas, a son de trompeta, mandando que todas las casas donde se había dado algún caso de la mortal epidemia en los últimos meses fueran señaladas con cruces de madera, debiendo llevar sus moradores un bastón blanco y sin poder tratar con los demás por espacio de cuarenta días.

—¿Te acuerdas? —preguntó Francisco, alzando la mirada a los cielos, como queriendo recuperar en su memoria las terribles imágenes de aquellos lejanos días en París—. ¡Ay, Dios bendito, cómo habían cambiado nuestras vidas!

—Sí —asintió Simón Rodrigues—. Dios nos cambió. Es un gran misterio, pero fue así.

Ambos fueron recordando con emocionada nostalgia la nueva vida que comenzó para ellos como discípulos de Íñigo de Loyola, cuando acudían las mañanas de los domingos a la Cartuja, junto a otros estudiantes y maestros universitarios de aquel París que se debatía entre sombras de muerte. Juntos oraban, meditaban profundamente en el sentido de sus vidas a la luz de la palabra de Dios, confesaban sus pecados y recibían el Cuerpo Sagrado del Señor. Una misteriosa e inexplicable energía los transformó y los llamó a olvidarse del mundo, a comenzar a sentir llenas sus almas insatisfechas y frías. La muerte los rodeaba por todas partes, pero ellos se entregaban a los enfermos y moribundos, de quien todos huían, con una valentía inusitada. Nada podía pasarles, sentían que Dios estaba con ellos.

—El tiempo aclara los misterios del corazón humano —dijo Xavier—. Ahora, pasados más de diez años, veo con claridad que no hubo casualidades, sino verdadera causalidad, sucesos encadenados, uno tras otro, movidos desde lo alto.

—Cuéntamelo, amigo, quiero conocerlo de tus propios labios —le rogó Rodrigues—, ahora que hemos de separarnos y, como bien dices, es posible que no volvamos a encontrarnos en la vida presente. ¿Qué te dijo Íñigo? ¿Cómo logró convencerte? ¿Qué sucedió en aquellos primeros momentos en el colegio de Santa Bárbara?

—Aquel año de 1529 supe que mi madre había muerto —contó Francisco—. Ahora sé que incluso en aquella triste noticia que tanta confusión sembró en mi espíritu estaba la mano de Dios. Por entonces, yo creía que me podía comer el mundo. Estaba saturado de vanidades, de ilusiones fatuas. La fantasía propia de la mocedad me llevaba a vivir falto de razón y fundamento. Me divertía. Creía que solo importaba el presente y sacar el mayor provecho a aquel París donde todo parecía estar al alcance de la mano.

—Claro, ¿y quién no? Eso nos pasó a todos.

—Sí, pero aquella vana ilusión no se sustentaba por sí misma. Hacía falta dinero, mucho dinero. Y resultó que a mí se me había agotado el cuerno de la abundancia. Mis hermanos tenían problemas en el señorío y no estaban dispuestos a enviarme ni un real más. Acudí a mi hermana, que era monja de clausura en Levante, y supe convencerla, con enredos, de que deseaba servir a la Iglesia, para lo que necesitaba el dinero en París. Ella a su vez movió la voluntad de mis hermanos y me mandaron algunos sueldos más, pocos, pero los suficientes para ir tirando de momento. Con el vano metal llegó la triste noticia de la muerte de mi señora madre...

Después de un momento de reflexivo silencio, Francisco prosiguió su relato. Le contó a Simón cómo dieron comienzo las clases a primeros de octubre. Íñigo vivía en el mismo cuarto que él y sus compañeros Peña y Favre. Este último acudía con entusiasmo a las meditaciones que el de Loyola impartía los domingos en la Cartuja arrastrando a algunos estudiantes a sus ideas espirituales. Xavier siguió detestando al vascongado.

Tampoco el rector Diogo de Gouvea terminaba de mirarle con buenos ojos, a pesar de haberle aceptado en el colegio. No se le había olvidado lo que sucedió con el barbista Elduayen, después de que hiciera los ejercicios espirituales de Íñigo. Por eso se irritó mucho cuando se enteró de que este volvía a las andadas, «seduciendo» a incautos estudiantes para inculcarles sus locas ideas. El maestro Peña se había quejado al rector de que veía disminuir por este motivo la asistencia de los alumnos a sus disputas dominicales. Gouvea entonces amonestó al de Loyola severamente, amenazándole con darle una *salle* o azotaina pública por perturbar el orden del colegio. Y, como no cejara en su empeño de entrometerse en las vidas ajenas, terminó cumpliendo su amenaza.

Ensimismado, Rodrigues escuchaba el relato de Xavier. A pesar de ser discípulo de Íñigo desde casi las mismas fechas que él, por aquel entonces no era colegial del Santa Bárbara y por lo tanto no fue testigo de aquellos acontecimientos.

—¿Y azotaron a Íñigo? —le preguntó a Francisco por saber el desenlace de tan curiosa historia.

—Déjame que te siga contando —respondió Xavier sonriente—. Resultó que todo el colegio se convocó en el patio para asistir al duro castigo. Yo estaba allí, encantado, muy divertido por poder ver cómo le daban su merecido a alguien que me resultaba tan molesto. Pierre Favre, en cambio, estaba muy apenado.

—Pobre Favre, ¡qué buena persona!

—Cierto, el corazón más puro y transparente que he conocido. Pues verás. Estábamos todos los colegiales allí, maestros y alumnos, de gorja unos, tristes otros, esperando a ver aparecer al rector y a las autoridades del colegio trayendo al reo para que se cumpliera el castigo. Sabíamos que Íñigo estaba en el despacho de Gouvea, respondiendo de los cargos que había contra él. Pero, de repente, apareció el rector transformado, con feliz semblante y muy contento, llevando a Íñigo sujeto por el brazo, como se hace con un amigo. En su larga conversación, uno y otro habían llegado a converger de tal manera en sus ideas, que resultaron ser de pareceres iguales en muchas cosas. Gouvea era un hombre profundamente religioso y se dio cuenta de que Íñigo era sincero, que buscaba solo el bien de las almas, servir a Dios y ayudar a los estudiantes a apartarse de las malas costumbres para encontrarse con Cristo. Por esto, estaba dispuesto a padecer de buena gana el castigo. El rector fue conquistado totalmente por sus serenos razonamientos, le pidió perdón por haberle querido castigar y le abrazó muy conmovido.

Al escuchar la feliz solución del suceso, Rodrigues rio a carcajadas.

—¡Ah, qué Íñigo este! ¡Qué hombre de Dios tan singular!

—Sí —afirmó Francisco—. Aquello a mí me dio que pensar. Pero todavía estaba yo muy lejos de imaginar lo que Dios me tenía reservado y que, precisamente, sería Íñigo quien acabaría arrastrándome a conformarme a su divina voluntad.

—¿Qué sucedió? ¿Cómo fue aquello?

—Ya te dije que por aquel entonces andaba yo sin dinero y muy contrariado por no poder llevar la vida disoluta que me apetecía. Favre, sin embargo, estaba cada vez más cerca de Íñigo. Se sentía feliz, sereno y en paz. Había logrado vencer los escrúpulos que le atormentaban gracias a él y ya no sufría por sus vacilaciones. Por eso no dejaba de insistirme para que fuera a la Cartuja los domingos. Pero yo seguía en mis trece, no terminaba de caerme bien Íñigo y recelaba mucho de él.

Prosiguió su relato Francisco contándole cómo en aquel tiempo se entregaba a una rutina vacía, en la que solo contaban los estudios y las diversiones. En 1530, consiguió el título de licenciado y más adelante la investidura de maestro. Comenzó entonces a regentar una cátedra en el colegio de Beauvais, pasando a ser miembro de la Facultad de Artes. A pesar de estos éxitos académicos, no terminaba de sentar la cabeza y seguía despilfarrando el dinero que no le sobraba. Quería llevar el género de vida de un noble doctor y desdeñaba todo lo que sonara a pobreza. Pero su familia no le ayudaba con puntualidad y pasaba temporadas difíciles de penurias.

—Fue entonces cuando me aproximé algo más a Íñigo, de manera ruin e interesada —confesó—. El de Loyola me dio algunos dineros y me proporcionó unos cuantos alumnos para halagarme. Ahora comprendo cómo él se daba cuenta de mi loca carrera en pos del dulce atractivo de ser más, tener más y valer más. Y yo no era consciente de que actuaba buscando solo la honra, la gloria y el fausto. No me atraía en absoluto el estilo de vida de Íñigo y seguía riéndome del bueno de Favre, pues me parecía que gastaba su tiempo meditando y entregándose a las buenas obras. Pero... cuando recuerdo todo aquello —dijo, con visible emoción en el rostro—, ahora que el tiempo ha purificado todo y yo he dejado atrás aquella fogosa mocedad, puedo apreciar que en el fondo de mi alma, muy en el fondo, había algo, algo inexplicable y pequeño como la más insignificante semilla, esperando a crecer para llenar el intenso vacío que constituía mi verdadera realidad.

Estando en este momento tan intenso de la conversación, sentados en un banco de piedra junto a un altísimo ciprés, se aproximó a ellos uno de los chambelanes reales, vestido con la librea propia de las recepciones: casaca verde de tafetán con bordados de hilo de oro, medias inmaculadamente blancas, puñetas y cuello de valona almidonados, blondas y puntillas en la pechera y gesto hieráticamente solemne.

—Señores, acompáñenme —les pidió—. Su majestad el rey los recibirá en breve.

Siguieron al mayordomo por un amplio paseo entre floridos rosales y setos de intenso verdor. El sol levantaba de los jardines un vaho denso, saturado de aromas florales. El sobrio palacio real se alzaba resplandeciente y vistoso, al fondo.

El rey don Juan III los atendió sin grandes ceremonias. Ya se conocían. En el año que los padres jesuitas llevaban en Lisboa habían tenido ocasión de ser recibidos en audiencia varias veces. La reina doña Catalina, hermana del emperador Carlos V, también estaba presente, alta, fuerte, bella y majestuosa. El rey portugués era hombre de mediana estatura, ancho de espaldas, de cuello corto y poblada barba muy negra. Era alegre, risueño y de aire bondadoso. No ocultó su felicidad al ver a los padres y los trató con cariño y suma amabilidad, como solía.

Le entregó a Francisco cuatro Breves en los que le concedía facultades para ejercer su misión, recomendándole al rey David de Etiopía y a los demás príncipes de Oriente. Se estamparon los sellos reales, las firmas y las rúbricas. Como despedida, los reyes pidieron humildemente la bendición a los padres y prometieron encargar misas en el reino y mandar orar a los súbditos para rogar a Dios por el buen fin de la empresa.

—Id con Dios, padres benditos —dijo finalmente el piadoso monarca—. Eso es lo que la cristiandad necesita: varones apostólicos como vos.

24

Lisboa, 4 de abril de 1541

En medio del río Tejo, resplandecía la blanca torre de Belém, una verdadera joya de piedra mandada construir por el rey Manuel I entre 1515 y 1521, como punto de embarque para los navegantes que partían a descubrir nuevas rutas marítimas. Maravillados, los padres Simón Rodrigues y Francisco de Xavier contemplaban la decoración tan rica de aquella preciosa obra: las piedras talladas imitando cordajes, los balcones abiertos, las arquerías, las atalayas moriscas y las almenas en forma de escudos. Muy cerca de allí, se alzaba el imponente monasterio de los Jerónimos, fundado por el mismo rey en acción de gracias por la vuelta feliz de la flota de Vasco da Gama, que zarpó de ese lugar en 1497 para descubrir el camino de la India.

También fijaban la mirada los padres en los cinco poderosos navíos que componían la flota de la India, con bellos castillos de proa y popa, altos mástiles y blancas velas recogidas, que estaban anclados frente al muelle de Belém.

Aquella tarde de primeros de abril, al caer el sol, después de un luminoso día de primavera, el puerto de Lisboa se veía más animado que de ordinario. Estaban terminando de embarcarse los enseres destinados a la India en las bodegas de las naves y ya se palpaba en el ambiente que la orden definitiva de partida de la flota llegaría de un momento a otro. Las aguas estaban de un azul oscuro profundo, y el cielo nítido y transparente. La tarde era tranquila, sosegada; el sol de poniente iluminaba la tierra y Lisboa centelleaba en sus tejados rojizos y amarillentos. Los palos y las vergas de los navíos parecían un bosque que deseaba lanzarse hacia el Atlántico, aunque reinaba una calma expectante. A sus espaldas, la ciudad refulgía como ascuas y saltaban destellos de las vidrieras del imponente monasterio de los Jerónimos y de los azulejos de los palacios bañados por la luz de color violeta.

Bandadas de gaviotas surcaban el aire, acercándose gritonas a las lanchas que iban y venían entre la flota y los muelles. Los carpinteros claveteaban, aserraban y distribuían pez; los calafateadores culminaban ya su trabajo. Mozos de piel oscura cargaban sobre sus espaldas pesados fardos formando una fila que, desde los almacenes, se alargaba hasta el puerto. Escribientes y contables, muy serios, hacían las anotaciones, revisaban los cargamentos, echaban números y daban graves indicaciones a los sobrecargos. Los maestres de navegación y los expertos marineros hablaban entre ellos, opinaban nerviosos, discutían acerca del tiempo. Los sabios pilotos daban sus explicaciones sobre las corrientes y los vientos.

Los últimos días fueron muy ajetreados. No se dio abasto desde que se conoció la orden de aparejar las naves. Había que subir a bordo infinidad de pertrechos. Primeramente, la artillería: culebrinas, falcones, bombardas y pasamuras. Los instrumentos náuticos: cartas de marear, cuadrantes, compases, astrolabios y relojes de arena. La impedimenta defensiva del ejército: armas, pólvora y municiones. Lo último en embarcarse eran los productos alimenticios: galletas, tasajos, legumbres secas, bizcochos, aceitunas, queso y castañas. Y el agua, lo más esencial, en barriles, toneles y odres, iguales que los que transportaban vino, casi en la misma abundancia. Cuando todo esto fue bien distribuido a bordo, los pajes y grumetes subían las pertenencias de los viajeros, según hubieran satisfecho los derechos de carga. Entonces comenzaba a tener lugar el pintoresco espectáculo que constituían interminables filas llevando a las bodegas cajas, sacos, fardos, animales y los más variados objetos y mercancías para ser vendidos en la India. Llamaba la atención observar con cuánto ingenio se resolvía la manera de colocar los caballos, asnos y mulas en los espacios que les correspondían, cargados por la panza mediante fajas que pendían de los techos de las bodegas para que no se rompiesen las patas en caso de intenso movimiento del barco o se encabritasen perjudicando el resto de la carga.

—Ya ves, compañero —comentó el padre Rodrigues—, los trabajos de aparejar las naves concluyen y apenas faltan tres jornadas para que parta la flota. ¿Estás nervioso?

—Humm... —respondió Francisco—. Siento un no sé qué por dentro...

—¿Miedo tal vez?

—Oh, no, confío en Dios. Pero... resulta que nunca he montado en barco. Mis experiencias de navegación se reducen a algún paseo en barca con los pescadores del río Aragón, allá en mi tierra.

—¡Ja, ja, ja...! —exclamó Rodrigues—. ¡Ay, Dios bendito!

Piensa que te espera un largo viaje con mareos e incomodidades sin cuento.

—Vaya ánimos me das.

—Bueno, no quiero que la cosa te coja desprevenido.

—Que sea lo que Dios quiera. Como comprenderás, no voy a echarme atrás ahora.

—No, no, querido Xavier, ¡eso ya lo sé! —dijo el padre Rodrigues poniéndole la mano en el hombro—. Y, ahora que volvemos a estar a solas, sin mejor cosa por hacer, con todo listo y tu viaje preparado, ¿por qué no terminas de contarme lo que ayer dejaste a medias? Sabes, compañero, que me hará mucho bien saber cómo Íñigo de Loyola consiguió al fin vencer tu resistencia.

—Es largo de contar —observó Xavier—. Sucedieron muchas cosas por entonces, acontecimientos que, narrados de uno en uno, no te parecerá que tuvieran trascendencia, pero que en el conjunto de mi vida de entonces prepararon el camino a lo que finalmente fue mi conversión y mi radical deseo de cambiar de vida.

—Vamos, cuéntamelo, tenemos tiempo —le rogó Rodrigues con ansiedad.

Francisco prosiguió con el relato que tuvo que interrumpir el día anterior. Le contó que, en junio de 1533, su compañero Pierre Favre tuvo que marcharse por un largo periodo de tiempo a su tierra, a poner en orden algunos asuntos de su familia, pues su padre era ya muy anciano. Cuando ambos amigos se despidieron, eran conscientes de que habían madurado en todo aquel tiempo. Tenían ya cumplidos los veintisiete años. Favre sabía muy bien lo que quería. Xavier, en cambio, estaba hecho un mar de dudas; comenzaba a brotar dentro de su alma una misteriosa inquietud que ni él mismo sabía explicarse.

Por entonces supo que había muerto en Gandía su hermana monja. Le invadió una gran tristeza. No llegó a conocerla nunca en esta vida. Solo la había tratado por carta. Pero esta noticia le hizo sentirse más solo que nunca. En la misma misiva que le anunciaba la pérdida de la hermana, sus familiares le decían que Magdalena había vivido santamente, que brilló en su convento por su espíritu de oración y caridad, que cuidaba de las monjas enfermas y ancianas, trabajando constantemente, a pesar de su pequeña estatura y débil naturaleza.

En la carta iba también una confesión personal de Magdalena que impresionó mucho a Francisco: al parecer, cuando ella supo que sus hermanos Miguel y Juan tenían decidido no sostener por más tiempo los estudios del pequeño de los de Jassu en París y mandarle regresar, les escribió enseguida una carta pidiéndoles que, a pesar de todas las dificultades, sostuviesen a Francisco todavía en su carrera porque ella presentía que sería un gran servidor de Dios y columna de la Iglesia.

Al recordar aquello, Xavier no pudo evitar las lágrimas. Se cubrió el rostro con las manos y sollozó durante un momento.

—Vamos, vamos, amigo —le dijo Rodrigues cariñosamente—. Son los misteriosos caminos de Dios. Alégrate, hombre, el Señor supo sacar provecho de aquellos males.

—En efecto —asintió Francisco—. ¡Él hizo maravillas! A pesar de mi tozudez y mi soberbia, supo ablandarme hábilmente el corazón.

—Cuenta, cuenta —le rogó impaciente su compañero—. ¿Cómo fue aquello?

Emocionado al sentir que retornaban tan intensos recuerdos a medida que iba desgranando su relato, Xavier le contó detalladamente a su compañero cómo inició las conversaciones con Íñigo:

—Anduve durante algunos días confundido. No me aparté definitivamente de las compañías que había tenido hasta ese momento, pero las frecuentaba menos. Era como si todo a mi alrededor comenzase a desvanecerse a un tiempo. Me asaltó entonces una rara sensación de indiferencia. Me desenvolvía en mis trabajos, mis lecturas y mis diversiones por pura rutina; percibía cómo pasaban los días y los meses, iguales unos a otros, como si la vida fluyera absurdamente hacia un destino hueco, vacío. Mis pensamientos trataban de huir de aquella realidad insulsa. Recuerdo que perdí el interés por muchas cosas que antes consideraba importantes. Más que nada, me sentía solo y triste.

»Más adelante empecé a dormir mal. Me despertaba en plena noche desasosegado, envuelto en mi desconsuelo y agitado por extrañas ansiedades. Como era verano, las estrellas llenaban la oscura bóveda del firmamento y aquella visión me estremecía. Ante tanta grandeza, me sentía la más insignificante de las criaturas. Sobrecogido, prorrumpía en un llanto incontrolable, me retorcía sobre mí mismo y caía de rodillas, arrobado, sin comprender el porqué.

»Otras veces tenía pesadillas y confusos sueños. Me veía solo frente a una pared vacía en la que se me hacía presente una nada espesa e infinita que pugnaba por atraerme y engullirme. En otras ocasiones me perseguía un ser inmundo, diabólico e iracundo, del cual era incapaz de huir; corría, pero mis pesadas piernas no me conducían a parte alguna. Entonces me daba la vuelta y hacía frente a aquel demonio negro que ocultaba su rostro. Oraba con todas mis fuerzas; en el sueño repetía el padrenuestro, gritándoselo a la cara, el credo, el avemaría... Entonces esa presencia inquietante se disipaba. Algunas veces me parecía regresar al pasado más lejano. Veía con nitidez los paisajes de mi tierra, el castillo de mi familia, el hogar…, a mi madre. En aquellas largas noches, en el delgado límite que se extiende entre la vigilia y el sueño, me sentí algunas veces tomando parte en el efluvio del universo, como si vagara de manera dolorosa y consciente por un sendero sin final. O me expandía llegando a ser igual al todo, a la unidad y la multiplicidad de cuanto hay.

»Muy conmovido, en alguna ocasión me desperté en medio de un gran silencio, con la nostalgia muy presente de haber sido visitado por quien todo lo puede, que buscaba humildemente mi compañía y se complacía en hacerme partícipe del más delicado extremo de su misterio insondable. Entonces, deseaba conservar viva la impresión de esa proximidad amorosa, pero el recuerdo enseguida se hacía vago e impreciso, no tardando en disiparse.

»Bebí en aquella época. Sí, bebí demasiado. El vino me proporcionaba euforia y me transportaba a un mundo engañoso en el que parecía dilatarse mi juventud. Pero, con la resaca, cada día regresaba mi verdad. La mocedad quedaba ya atrás; mis intereses eran otros, aunque no lograba dar con ellos.

»Una de aquellas noches de verano desperté tiritando, después de haber sudado mucho. Sobre París arreciaba una violenta tormenta. El viento ululaba en los tejados, tronaba furiosamente y los cárdenos relámpagos resplandecían en la ventana.

»Íñigo estaba sentado en el borde de su camastro, tal vez rezando. Sería más de medianoche. Al verme salir del sueño, se aproximó y me habló con voz suave:

—¿Te sucede algo, Francisco?

—No es nada —respondí—. Era solo una pesadilla.

—Delirabas —dijo él—. ¿Estás enfermo?

—He pasado mucho calor.

»Fue hacia donde teníamos el jarro y me trajo un poco de agua en un vaso.

—Bebe. Te serenará.

»Sentía que el corazón me palpitaba con fuerza. Me ardía el estómago y el sudor se había vuelto helado en mi espalda.

—Si tienes algún problema —dijo Íñigo—, puedes contármelo. Quisiera ayudarte.

»Me levanté. Por primera vez, la proximidad de Íñigo me confortó. Me embargaba tal soledad que cualquier presencia humana resultaba un alivio, después de salir de mis amargos sueños. Entonces deseé hablar. Creo que le conté mi pesadilla. Él hizo una oración y dijo algo sobre los sombríos pensamientos que enturbiaban la paz del alma. Aquellas sencillas palabras me tranquilizaron. Y debí de encontrarme bien, porque expresé espontáneamente mis sentimientos.

—Últimamente siento algunas cosas que me confunden —dije.

—¿Cosas? ¿Qué cosas?

—Sé que hay algo en mí que es diferente. Lo siento aquí, muy adentro, mas no sé explicar el porqué.

—Habla, trata de contármelo, te hará bien.

—Me siento diferente, solo eso puedo decir. Noto que no soy el de antes.

»En la penumbra, percibí su sonrisa. Me di cuenta de que estaba sumamente agradecido porque al fin yo hiciera un esfuerzo para comunicarme con él. Se puso en pie y juntó las manos entrelazando los dedos, en un natural gesto de satisfacción.

—Veo, amigo Xavier, que hay algo singular en ti. Verdaderamente, eres alguien especial. Pero no alcanzo a distinguir el provecho que eso ha de tener. Solo Dios Nuestro Señor lo sabrá.

—¿Provecho? ¿Qué quieres decir?

»Íñigo encendió la vela que estaba sobre la mesa. Me miraba fijamente y yo estaba muy pendiente de él. Entonces me pareció adivinar cierta confusión en su semblante. Sus pupilas se movían con inquietud. Comprendí que escogía las palabras que me iba a decir.

—El mundo no te satisface —afirmó circunspecto, como si pusiera voz a la maraña de mis pensamientos.

»Me estiré hacia atrás receloso. Creo que sonreí. Contesté:

—Sé lo que piensas de mí, no hace falta que lo digas. Es cosa sabida: Ex abundantia cordis os loquitur *(De lo que abunda en el corazón habla la boca). En el fondo consideras que soy un hombre inseguro que no sabe adónde va. Alguien perdido en el mundo y a causa del mundo. Piensas que no encuentro mi lugar y que no estoy satisfecho. En eso, Íñigo, te equivocas. Sé bien adónde he de ir, y nadie debe interponerse en mi camino.*

—¿Adónde? —me preguntó Íñigo alzando las manos.

—A mis propios asuntos, que a nadie más conciernen. Tú tienes tu propia búsqueda, Favre la suya, y yo la mía.

—En eso dices bien, compañero. Cada uno tiene su propio camino y ha de recorrerlo. Mas veo, y debo decír-

telo como de verdad lo siento, que acabaremos en el mismo sitio.

—¡Eres terco! —le espeté con hilaridad.

»Íñigo sonrió. Prosiguió, a pesar de mi actitud resistente:

—Tú vas en pos de cosas grandes y de muy alto precio...

—¡Claro! —le interrumpí con gesto arrogante—. Me interesa más que nada mi casa; el apellido de los de Xavier, la honra y la estima de nuestra gente. Ese es mi camino. Para esa noble causa vine a París y por eso he aguantado aquí todo tipo de trabajos, estudios soporíferos, fatigas, humillaciones sin cuento y el hastío de cumplir años entre gentes sin rumbo ni meta fija. Me he tragado toda esa filosofía harto extensa, cargante y vacía. He escuchado día a día a maestros torpes e inútiles, envejecidos entre enseñanzas gastadas y aburridísimas que me hacían bostezar con cada lección.

—También los hay buenos, ¡y muy buenos! —replicó Íñigo.

—No lo niego. Pero... ¿crees acaso que me gusta esta Universidad de París? ¿Piensas que me divierto tanto como dicen por ahí? ¿Tan tonto me consideras? Cada día que he pasado aquí ha sido con plena conciencia de que este no es mi sitio. Y pensarás: ¿qué hago aquí, pues? Eso ni yo mismo te lo sabré responder. Aunque sé bien que no voy a pasarme aquí la vida. A mi alrededor, cada día descubro a más gente innoble, habladora, resentida, aburrida y acomodada a esta suerte de vida estúpida, buscando solo su título para medrar dentro de la Iglesia, a costa de reírles las gracias a los más imbéciles miembros de la universidad. ¡Qué asco! Es un mundo

colmado de superficialidad, insustancial, ficticio, mentiroso y montado sobre el artificio.

»Se hizo un silencio rotundo. Yo estaba rabioso. Con la mirada perdida, desahogaba mi alma. Era como si soltara todo lo que durante años había acumulado bajo la aparente coraza de un temperamento decidido y jovial, bajo mi vitalidad permanente. Me puse en pie repentinamente y fui hacia la ventana. Con más calma, proseguí, ante la atenta mirada de Íñigo.

—En mi casa ya no comprenden qué hago aquí. ¿Seré clérigo? ¿Para qué? La Iglesia, esta Iglesia nuestra, está preñada de las mismas mentiras que abundan en el mundo. ¡Todo es falso! Cuando vine aquí, pensaba que descubriría cosas interesantes acerca de Dios. En cambio, ¿qué hallé? Palabras, palabras y palabras; rollos interminables, hastiantes y fatigosos, como pesados fardos de lastre inútil. ¿Es esa la sabiduría de la Iglesia? ¡A ver si los herejes van a tener razón!

—¡Xavier, eso no! —me gritó Íñigo.

»Era la primera vez que le veía manifestarse con firmeza. Se aproximó a mí visiblemente angustiado por mis palabras.

—Digo lo que siento —expresé—. ¿Es esto lo que ha de llenar el corazón insatisfecho de los hombres? ¿Qué hacen, sino apartar más y más a las gentes de Dios?

—¿Qué haces tú? —me preguntó con una enigmática sonrisa.

—¿Yo? ¿Qué puedo hacer yo? ¿Qué puede hacer un hombre solo?

—En principio, si, como dices, todo está tan mal, la Iglesia tan alejada de Dios y sus maestros tan perdidos en vacías palabras, si faltan hechos, más que enseñanzas

gastadas, obras que irradien la luz del ejemplo de la fe…, ¿no será todo eso porque faltan hombres que se ofrezcan a Dios, haciendo oblación de sus vidas por solo su amor y su gloria? ¿No será que abundan, más que estos, quienes van solo en pos de sí mismos, buscando el amor propio y la propia gloria?

—¡Eh! ¿Lo dices por mí? —repliqué.

—No, no, amigo mío. Lo digo porque sé que en el fondo sientes eso igual que yo.

»Fue entonces cuando me contó Íñigo muchas cosas de su vida, con gran humildad, con una sinceridad exenta de toda falsa modestia. Tanto fue así, que no se arredró a la hora de revelarme sus muchas faltas, sus pecados, los lados más sombríos y tristes de su juventud; cosas todas ellas que el común de los mortales oculta o disfraza con falsas razones, aderezos vanidosos y verdades a medias. A medida que narraba su mocedad, sus primeras ilusiones, sus desengaños pasados, las mentiras a las que recurrió para alcanzar aína gloria y prestigio en el mundo, y la bajeza de sus pasiones, yo iba sintiendo pudor al principio. Pero después fui dándome cuenta de que era él honesto consigo mismo, más que nada; alguien que estaba convencido de que en todo camino espiritual existe un tiempo de penitencia, un tiempo de sufrimiento y de cruz y un tiempo de resurrección, y de que todos estos aspectos se reflejan en cada una de las situaciones de la vida particular del hombre. Por eso me contaba su propia experiencia, porque se sentía feliz de haber descubierto que no existía para él otro camino que alabar, hacer reverencia y servir a Dios Nuestro Señor, y mediante esto salvar el ánima. Deseaba comunicar eso a raudales.

»Fue esa razón y no otra la que me llevó a seguir su

ejemplo: el descubrir que las glorias humanas son fatuas, que todo aquí es pasajero y contingente. Por lo cual es menester hacernos indiferentes a todas las cosas, de tal manera que no queramos de nuestra parte más salud que enfermedad, riqueza que pobreza, honor que deshonor, vida larga que corta, y por consiguiente, en todo lo demás, desear solamente y elegir lo que más conduce al fin para el cual somos creados.

25

Lisboa, 7 de abril de 1541

Desde muy temprano, siendo aún noche cerrada, una multitud iba camino del puerto para ver partir la flota. Era una madrugada fresca, con brisa marina de poniente que se transformaba en viento a medida que amanecía. Las cinco poderosas naves cabeceaban, bajando y subiendo en las aguas oscuras al ritmo del oleaje, junto a Belém. El conjunto componía un bonito espectáculo, con la hermosa torre abarrotada de hombres principales, caballeros y heraldos del rey que portaban coloridas banderas que se agitaban al viento y vistosos estandartes. Los navíos a su vez tenían ya izados los gallardetes blancos con sus cruces pintadas de rojo que ondeaban flamantes en lo alto de las arboladuras.

En la gran iglesia del monasterio de los Jerónimos se cantaba misa solemne, con la asistencia del nuevo gobernador de la India, don Martim Afonso de Sousa, los maestres de las naos, los pilotos, sotapilotos, contramaestres, capataces, racioneros, condestables y escribientes de a bordo. También estaban allí participando del oficio los jesuitas: los tres que iban a embarcarse, el nuncio Francisco de Xavier,

Messer Paulo y Francisco Mansilhas; los otros tres que acompañaban la comunidad de la Compañía de Lisboa, Medeiros, Santa Clara y Simón Rodrigues, y también el joven Diogo Fernández, pariente de este último, que, aun no siendo jesuita, se había comprometido a ir con los padres en el viaje.

Concluidos los sermones y los cantos a la Virgen, todo este personal, en medio de gran fervor, se encaminó hacia los muelles para subir a los botes. Enseguida comenzó un ajetreado ir y venir de embarcaciones de todos los tamaños llevando gente hacia las cinco naos «carracas», que descansaban majestuosas, pintadas de negro, enormes y pesadas, con sus tres mástiles cada una y las grandes velas blancas desplegándose, exhibiendo las cruces de la Orden de Cristo.

Los viajeros se arrodillaban en los muelles para recibir las bendiciones de los clérigos, antes de embarcarse. Muchos se confesaban en los últimos momentos, para ir en gracia de Dios, por si acaso perecían en naufragio. Había lágrimas en los ojos, emoción en las miradas y general nerviosismo. Por eso estallaban de vez en cuando algunas peleas, disputas, trifulcas, pues alguien no estaba conforme con los lugares que se le habían reservado, o se consideraba agraviado por el trato. La autoridad del puerto intervenía entonces para evitar que tales problemas llegasen a mayores. Pero nadie podía poner freno a la gran cantidad de granujas, buscavidas y vivanderos que se mezclaban con los abundantes mercachifles, buhoneros y negociantes de todo género que pregonaban a grito limpio sus mercancías, para sacar un último provecho de la barahúnda de viajeros y familiares.

Francisco de Xavier subió al bote con Messer Paulo, Mansilhas y Diogo. El padre Rodrigues los acompañó. Recorrieron emocionados el trayecto hasta la nave capitana, la Santiago, donde debían embarcarse, que estaba a las órdenes del recién nombrado gobernador de la India. Las otras cuatro,la Flor de la Mar, la Santa Cruz, la São Pedro y la Santo Spirito, estaban un poco más alejadas de la torre de Belém, aguardando a que terminase de embarcarse todo el personal.

—¡Bienvenidos a bordo, padres! —les gritó a los jesuitas desde el barandal del puente don Martim Afonso de Sousa.

Los padres alzaron la vista. El gobernador era un caballero portugués de imponente presencia, buena estatura, rostro enérgico y ademanes impetuosos; parecía ser un hombre bien acostumbrado a ejercer el mando. Nada más poner los pies en cubierta, Francisco fue a presentarse a él al castillo de popa, le saludó con brevedad y le rogó que no se preocupase por ellos, que continuase atento a las obligaciones de su gran responsabilidad.

—Con vos, hace presencia Dios en mi barco —le dijo afablemente el gobernador.

—¡Que Él nos guarde! —exclamó muy sonriente Xavier.

Para no interrumpir las faenas propias del embarque, los jesuitas se apartaron del lugar donde estaban tendidas las escalas y pasarelas. Los padres Francisco y Rodrigues se retiraron hacia un rincón, bajo el castillo de proa. Se acodaron en la baranda y contemplaron desde allí el maravilloso espectáculo que constituía Lisboa, derramándose a lo lejos por las laderas hacia las orillas del Tejo. El sol había ascendido a las alturas y una luz resplandeciente bañaba la bahía. El ir y venir de los botes proseguía frenético y la muchedumbre continuaba asistiendo bulliciosa en el puerto a los menesteres de aquel día tan señalado.

—Ya quisiera yo ir con vosotros —dijo el padre Rodrigues, perdiendo la mirada en la lejanía del horizonte.

—Escribiré —aseguró Xavier—. Iré contando puntualmente todo lo que suceda allá. También Íñigo sabrá en Roma lo que la Compañía hace en la India para mayor gloria de Dios.

Permanecieron durante un rato en silencio. Rodrigues lamentaba en su interior no poder unirse a la empresa misionera. Por la cabeza de Francisco pasaban muchas cosas. Esa última frase que había pronunciado, «para mayor gloria de Dios», despertaba en él sensaciones muy vivas, ilusiones aventureras y deseos de grandes sacrificios, así como recuerdos entrañables.

Ad maiorem Dei gloriam era el lema escogido por Ignacio de Loyola para la Compañía de Jesús, que había sido aprobada por el papa Paulo III el año anterior mediante la bula *Regimini militantis.* Seis años antes, el día 15 de agosto de 1534, fiesta de la Asunción de la Virgen María, Íñigo y seis compañeros se reunieron en París en una capilla al pie de Montmartre, hicieron los votos de pobreza y castidad y además se obligaron por un tercer voto a ir a Jerusalén para entregarse a la conversión de los infieles. Con ello quedaba fundado aquel inicial grupo de hombres con idénticos ideales que se habían rendido al invencible atractivo de la espiritualidad de Ignacio. Todo había comenzado en la habitación que compartían en el colegio de Santa Bárbara. El instrumento que los ayudó a decidirse fueron los «ejercicios espirituales». El primero fue Pierre Favre, a principios de 1534, cuando regresó de Saboya. Se introdujo fervientemente en la serie de meditaciones sobre las verdades eternas y la vida de Cristo, en Saint-Jacques. Era un invierno muy frío, con hielos y nieves. Sin probar bocado, en ayuno riguroso, el bueno de Favre meditaba y oraba a la intemperie. Pasados los treinta días que requería la experiencia, se encontró decidido, transformado. Solicitó recibir las órdenes sagradas, celebrando su primera misa el 22 de julio. El grupo ya estaba formado entonces y Francisco muy resuelto a avanzar por el camino de Íñigo. A Favre y a él los siguieron los españoles Diego Laínez y Alfonso Salmerón. A ellos se juntarían poco después otro español, Nicolás Bobadilla, y el portugués Simón Rodrigues. El último de los seis en hacer los ejercicios espirituales era Francisco de Xavier, que se entregaría a ellos tras los votos de Montmartre.

A fines de 1535, Íñigo fue a Loyola, su tierra, donde estuvo algunos meses. Mientras tanto, sus compañeros permanecieron en París, donde se les juntaron otros tres: el saboyano Claudio Jayo y los franceses Pascasio Broët y Juan Coduri. Juntos marcharon a Venecia, donde los esperaba ya Íñigo, con la intención de partir todos hacia Tierra Santa para cumplir el tercero de sus votos. Pero la guerra con los turcos los retuvo durante un año. Fue entonces cuando vieron la necesidad de reforma que tenía la Iglesia y el gran bien que podían hacer entregándose en cuerpo y alma al inmenso trabajo que había de por medio. Decidieron dirigirse a Roma y ponerse a disposición del papa. Así nació en Íñigo la idea de organizar una orden religiosa y trabajar para su aprobación. Con esta determinación, ya desde 1538 él y sus compañeros comenzaron a designar a su asociación con el nombre de Compañía de Jesús. El romano pontífice Paulo III manifestó desde el principio interés y buena disposición hacia ellos, hasta que resolvió su aprobación final, que tuvo lugar el 27 de septiembre de 1540.

Recordando esta serie de acontecimientos, transcurridos en apenas nueve años, Francisco de Xavier tenía la sensación de haber vivido un proceso casi vertiginoso. Y reconocía con emoción cómo había influido Íñigo en el origen y la actividad desarrollada desde un principio por la Compañía. Todo se debía a su personalidad extraordinaria, a su voluntad arrolladora y a su gran corazón, sobre todo, con el que supo ganarse el afecto singularísimo que le profesaban sus seguidores.

Mientras desgranaban estos recuerdos, los padres Rodrigues y Xavier fueron asistiendo a las labores del embarque, que se prolongaron por espacio de tres horas. Finalmente, parecía que casi todo el mundo estaba a bordo y se procedía a distribuir a los pasajeros y soldados en el interior de las naos. Las tripulaciones tenían todavía un arduo trabajo: había que acomodar a centenares de personas en un reducido espacio.

Como había hecho varias veces ya en los días precedentes, Rodrigues le preguntó a Xavier, poniéndole amistosamente la mano en el antebrazo que reposaba en la baranda:

—¿Sientes temor? Se avecina la partida. ¿Tienes miedo, amigo mío?

Francisco sonrió mordiéndose el labio inferior.

—Sé que esto no va a ser fácil —confesó—. ¿Sabes una cosa, Simón? Anoche, no sé si en mis sueños o despierto, Dios lo sabe, veía los grandísimos trabajos, fatigas y aflicciones que por hambre, sed, fríos, viajes, naufragios, traiciones, persecuciones y peligros se me ofrecían en lo que ha de venir en mi vida por amor del Señor...

—¿Y?

—Pues que estoy confiado en la divina bondad y ya tengo aceptada serenamente la voluntad de Dios. Sea lo que Él quiera.

En esto, resonó el estampido de un cañonazo en la Santiago que los sobresaltó. Era la señal de partida.

—¡Desembarquen los que han de quedar en tierra! —gritó una recia voz experta en dar órdenes.

—¡Llegó el momento! —exclamó Rodrigues con tristeza—. ¡Dios te ampare, hermano mío!

—Encomiéndame —le pidió Xavier.

—No dudes de que rezaré constantemente por vos.

El padre se despidió de los cuatro con abrazos. Estaban muy emocionados, pues sabían que posiblemente no volverían a verse.

—¡Hoy mismo escribiré a Íñigo! —gritó mientras descendía a la chalupa que debía llevarle de vuelta a tierra.

Le vieron alejarse moviendo las manos y lanzando bendiciones. Temieron que, tan alto y delgado, perdiera pie y se cayera al agua, pues la embarcación se movía de lado a lado y él no tenía la precaución de sujetarse, por despedirse con expresivos gestos.

—¡Dios os bendiga! —gritaba—. ¡Dios os guarde! ¡La Santísima Virgen cuide de vos!

Dos salvas más de cañón dieron la orden definitiva de partida. El viento desplegó las enormes velas mientras eran sacadas del agua las pesadas anclas. En el puerto, la multitud rugió y se agitó. Miles de pañuelos y manos se alzaban desde los muelles y las cubiertas en señal de despedida. Las cinco naos comenzaron a deslizarse por el Tejo en dirección al mar abierto, dejando blancas estelas de espuma en las aguas azules. Detrás, se iba haciendo pequeña la ciudad, la bella torre de Belém y la ribera con su gentío.

26

Mar de las Yeguas, abril de 1541

Partió la flota de la India con viento muy favorable. Al abandonar el litoral portugués, las cinco naves salieron por mar abierto. Francisco de Xavier percibió entonces ese raro encanto de lo ilimitado. Las velas blancas iban hinchadas, como mágicas alas que volaban hacia el infinito. Las aguas, teñidas de azul grisáceo, estaban sembradas de olas que se deshacían en blancas crestas de espuma. Iba en cabeza la Santiago, con el estandarte real bien alto, izado en el palo mayor; la seguían las otras cuatro naves, que pertenecían a empresas particulares. A pesar de los vientos a favor, la flota navegaba lenta, pues las bodegas iban repletas.

Esta primera parte de la singladura discurría por el llamado mar de las Yeguas y debía concluir en la isla de Porto Santo. La distancia se cubría en cuatro días. Un barco ligero podría hacerla en solitario en poco más de dos jornadas de navegación si las condiciones eran buenas. Pero los viajes de la pesada flota de la India debían transcurrir armados de paciencia, pues, dada la longitud de la travesía, debía llevarse mucha comida y bebida para los pasajeros, tripulantes y animales que iban a bordo.

Estos primeros días de navegación se hicieron muy duros. A los temores inherentes a la falta de costumbre y a la visión del mar inmenso e inquietante se sumaba el mareo, a causa de que en aquellos mares las aguas solían encresparse, con revueltas olas que sacudían las naves. Fuera de los experimentados marinos, casi todo el mundo a bordo padecía ansias violentas y sofocantes, vómitos y abatimiento. Francisco sufrió este suplicio, como el resto de los viajeros.

A bordo las horas transcurrían sin otra distracción que la lectura o los oficios religiosos, todo en medio de una gran desgana. Al principio, la rutina de la vida de los marineros constituía un espectáculo que ayudaba a matar el tiempo. Resultaba entretenido verlos cuidar el barco como se cuida la propia casa. Izaban las velas o las reparaban cuando era preciso, trepaban con agilidad por los palos, arreglaban, recogían y ataban cabos hábilmente, remendaban redes, fregaban las cubiertas y revisaban la disposición de la carga. Una nao tan enorme como la Santiago necesitaba una tripulación de un centenar de personas. Se contaba además con una docena de artilleros encargados de los cañones a las órdenes del condestable y trescientos soldados. Todo este personal, además de los viajeros, juntaba un total de quinientas almas a bordo. Para mantener en orden la vida diaria, había un sistema de turnos de cuatro horas que los oficiales, marineros y grumetes conocían a la perfección, lo cual no evitaba que de vez en cuando se organizaran sonoras peleas en las que se escuchaban los más feroces insultos y las más escandalosas blasfemias. Entonces se aplicaban severos castigos: restricción en las raciones de comida, trabajos extras e incluso azotes que se propinaban públicamente en la cubierta.

La comida era todavía muy aceptable en esta primera etapa. Se repetía dos veces al día y la composición de los platos que preparaban los cocineros era a base de carnes, embutidos, verduras y frutos que se conservaban aún frescos desde la salida de tierra firme. Pero los más veteranos se encargaban de advertir de lo que aguardaba más adelante, a medida que avanzaran las semanas: tasajos rancios, bizcocho enmohecido, ciruelas secas, castañas y poco más; para beber, agua maloliente.

Sin otro entretenimiento que las lecturas, para Francisco las horas transcurrían interminables, contadas una a una por el grumete encargado de dar la vuelta al reloj de arena, añadiendo la cantinela correspondiente. Hasta que, reinando la oscuridad, se escuchaba tañer la campana del alcázar de popa y el muchacho cantaba la última de las oraciones con el melódico tono de la lengua portuguesa:

Deus bendirá a nossa noite,
e fará-nos murrer em a sua graça.
Boa noite! Boa viagem! Boa passagem,
senhor capitán y maestre, senhores passageirus,
cavalleirus, timonel disperto esté-vocês. Amén.

Después de lo cual rezaba el capellán de la nave un padrenuestro, un avemaría y un gloria que todo el mundo secundaba, interrumpiéndose cualquier tarea que se estuviera realizando.

A partir de ese momento, algunos se retiraban a dormir. Pero muchos hombres permanecían durante un largo rato en cubierta, alumbrados con faroles, conversando, jugando a los naipes y bebiendo el vino que abundaba, tanto o más que el agua. Los marineros estaban a esa hora más relajados. Se formaban corrillos en los que los veteranos contaban sus historias de otras travesías, exagerando, o tenían lugar animadas discusiones sobre asuntos de navegación o sobre si aquella o esta feria portuaria resultaba más o menos animada. Otros más solitarios se entretenían tallando figuras de madera, cosiendo prendas de cuero o componiendo cestos de mimbre. Había quienes sacaban una flauta, dulzaina o laúd, con los que animaban al auditorio; o se entonaban canciones tristes, de amores, que encendían la nostalgia en los corazones.

Desde Madeira, se navegaba hasta las islas Canarias, pertenecientes a España. En tres días de viento favorable alcanzaron a ver las montañas insulares, con el pico del Teide, blanco de nieve, encumbrado sobre las brumas. De todos los puertos naturales de Tenerife, el de Santa Cruz era el único que permitía a la flota portuguesa un acceso relativamente fácil y rápido a la ciudad principal de la isla: La Laguna. Pronto se fueron alineando las cinco naos, con sus velas recogidas, en la amplia rada santacruceña. Enseguida se aproximaron a ellas decenas de esquifes desde tierra, de los muchos que se ganaban la vida pescando, para aprovechar la llegada de los portugueses sacándose un dinero extra trasportando viajeros al puerto y vendiendo todo tipo de cosas.

Después de una breve escala para hacer la aguada, se levaban anclas y se timoneaba hacia el suroeste. Atardecía cuando la flota navegaba muy junta, plácidamente, alejándose de la isla. Una vez rodeada la Punta de Anaga, soplaba una suave brisa y el cielo estaba despejado, quedándose los nublados asidos a la costa. Con un tiempo bueno y soleado, la flota avanzaba hacia las ascuas de poniente, sin perder de vista a popa el pico del Teide, que se quedaba atrás como una visión inolvidable, levantándose sobre el verdor montañoso, con su escarpada cumbre cubierta de nieve pura, que se iba tornando de un tono rosado al ser bañada por la luz de la puesta del sol.

Debía celebrarse la Semana Santa a bordo, en la inmensidad solemne de alta mar. Una por una, fueron sucediéndose las ceremonias sobre la cubierta, con todo el mundo dispuesto en orden según sus cargos y categorías, vistiendo las mejores galas: oficios de Jueves Santo, adoración de la cruz el Viernes Santo, confesiones, comuniones, rezos y sahumerios que esparcían el aroma del incienso en las brisas del océano. El Domingo de Pascua, el 17 de abril, el comandante de la flota obsequió con vino, pasas y peladillas de almendra a los tripulantes y viajeros, y se hizo mucha fiesta en las naos hasta la última hora de la tarde.

Pocos días después arribaron a la isla de Cabo Verde. La travesía seguía ahora a lo largo de la tierra firme de África, hacia el sur, por toda la costa de Guinea que se veía lejanísima, o desaparecía, sintiéndose la proximidad del continente solo por el vuelo de las muchas aves, por los palos y las hojas que arrastraba el oleaje mar adentro y por las ráfagas de aire cálido que transportaban el fragante olor de la vegetación.

La velocidad fue buena mientras sopló aquel recio viento de popa. Pero al sur de Cabo Verde, cuando los marineros olisqueaban la tierra firme africana, sabían que comenzaba la temida zona de las calmas, una región sin vientos anunciada en las cartas de marear, en que la flota a veces se quedaba durante semanas inmóvil.

Las cinco naos tuvieron que depender primeramente de

unas brisas que soplaban obligándolos a navegar en zigzag, porque frecuentemente venían de cara. Después sobrevino una calma desesperante. En medio del calor, bajo un cielo plomizo, las velas caían estáticas y las naves permanecían detenidas, muy próximas las unas a las otras. Los pilotos se gritaban desde el entrepuente sus opiniones, temiéndose lo peor; que la calma los retrasase, corrompiéndose los alimentos y mermando las provisiones.

27

Océano Atlántico, aguas calmas de Guinea, 25 de mayo de 1541

Más de un mes llevaban las naos como clavadas en las temidas «calmas de Guinea», sin un soplo de aire en las velas. En medio del calor sofocante del trópico, la mar permanecía quieta, lisa como la superficie de un espejo. El cielo se cubría de vez en cuando de densos nubarrones, en una atmósfera tórrida e inmóvil. De repente se agitaba un viento ardiente, tan violento que había que arriar las velas para que no se hicieran trizas. Estallaba la tormenta y caía un chaparrón entre feroces relámpagos, pero duraba poco, y enseguida retornaba aquella quietud desesperante. Volvían los marineros a izar el velamen, que caía lacio, sin atrapar el más leve hálito de brisa. No se avanzaba, solo con mucho trabajo se bogaba para alejarse del continente intentando huir de la calma, pero las corrientes devolvían de nuevo las naves, como obedeciendo a una maldición sin tregua, al punto de partida.

El vaho ardiente que exhalaban las maderas hacía que se corrompieran los alimentos. Todo fermentaba. Las bodegas eran un horno del que se elevaba el hedor de la putridez. El agua potable contenida en los barriles se mantenía constantemente tibia, merced a lo cual iba adquiriendo un tono amarillo verdoso; se tornaba nauseabunda, de manera que había que beberla tapándose la nariz o colada por un paño para separarla de gusanos y repugnantes materias. Galletas, bizcochos y otras provisiones estaban tan echados a perder que amargaban como la hiel. El vino era vinagre; la carne se salaba tanto para evitar su deterioro, que abrasaba las secas gargantas de quienes se atrevían a probar algún bocado.

Mantecas, sebos, ceras, brea y pez se derretían haciéndose líquidos como aceites. Las lonas y paños se deshacían. El óxido corroía los metales y las maderas se resquebrajaban, obligando a los marineros a mojarlas constantemente, con lo que el vapor aumentaba, empeorando las cosas.

En medio de tantas calamidades, los desgraciados viajeros componían un espectáculo lamentable. Flacos como esqueletos, requemados por el implacable sol, casi desnudos o con las ropas hechas jirones, malvivían en las cubiertas entre los animales sacados de las bodegas para que no se asfixiasen, comidos de chinches, pulgas y piojos, empapados en sudor, cubiertos de llagas y pústulas supurantes, deshechos por los vómitos y diarreas. Los que no podían moverse ya a causa de sus males yacían sobre sus propios excrementos. Las heridas infectadas no se curaban y se corrompían llenas de gusanos. Un hedor indescriptible se extendía por toda la nave.

Para colmo de males y a consecuencia de ellos, sobrevino en las naos una epidemia de fiebres que empezó declarándose entre los más débiles para extenderse más tarde al resto de los hombres. Comenzaba la enfermedad con cansancio y decaimiento, desapareciendo casi repentinamente el color del rostro, que se tornaba amarillento, macilento, ojeroso y de amoratados labios. El infeliz que caía infectado perdía todas las fuerzas y se veía cubierto de manchas, la carne hinchada y todo el cuerpo pesado como el plomo. Al cabo de una semana desde que apareció la epidemia, empezaron a morirse los primeros hombres, que eran arrojados al mar envueltos en pedazos de velas desechadas.

Las cubiertas estaban saturadas de enfermos, moribundos muchos de ellos, que gemían suplicando aunque fuera un poco de agua que les calmase el ardor de la fiebre, la cual no se les podía dar, una vez distribuida la ración diaria que estrictamente correspondía a cada uno. Los cuatro enfermeros de la Santiago no daban abasto tratando de humedecer y limpiar con agua de mar los cuerpos sudorosos de tanta gente como había tumbada, sin poder valerse.

Francisco de Xavier y sus compañeros Mansilhas, Messer Paulo y Fernández se entregaron de lleno a las tareas de asistir a los enfermos. Diariamente mendigaban entre los hidalgos que iban a bordo comida, medicinas, ropas y, sobre todo, agua, que era la mayor necesidad por causa de la tremenda sed que atormentaba especialmente a quienes pasaban por el trance de las fiebres.

En su deambular por la Santiago, buscando constantemente a quienes estaban más necesitados de auxilio, Francisco se dio cuenta de que la entrecubierta se había convertido en un verdadero infierno. Estaba atestada de gente que malvivía en un viciado ambiente, respirando el hediondo aire infectado y soportando un calor agobiante. Quienes allí padecían eran aquellos que no tenían sitio en la cubierta, al aire libre, que era lo más codiciado en la nao durante aquella inmovilidad desesperante. Se trataba de los esclavos, grumetes y pajes, niños muchos de ellos, que por no poder servir a sus amos o realizar las tareas que tenían encomendadas por hallarse enfermos, simplemente habían sido olvidados por inútiles y relegados a la penumbra del lugar más insalubre, sucio y apestoso de la nave.

—¡Padre! ¡Agua! —comenzaban a gritar—. ¡Padre, válganos, que perecemos!

—¡Oh, Dios mío! —exclamó Francisco espantado al descubrir a toda aquella humanidad en tan lamentable estado.

Enseguida se puso a asistirlos, dándose cuenta de que había cuatro niños de entre diez y doce años, flacos como esqueletos, a punto de morir. Los sacó de allí y los llevó a su propia cámara, la que el gobernador le había dado en el castillo de popa, como una gran deferencia. Los lavó, les curó las llagas y les consiguió agua.

—Padre Xavier —le dijo el maestre de la nave—. No debe hacer eso. Si mete a esos galopines ahí, no podrá descansar como Dios manda o terminará cayendo infectado por ellos.

—¡Qué dice, hombre! —replicó él—. ¿No ve que son criaturas de Dios? Si los dejo ahí abajo, morirán.

Francisco transformó su aposento de la Santiago en un verdadero hospital, donde atendía a los más pequeños de la nave, al reparar en que eran precisamente los más abandonados e indefensos, sin que nadie los tuviera en cuenta.

Trataba a los enfermos con el mayor cariño. Ya estaba acostumbrado a ello desde que estuvo en el hospital de los Incurables de Venecia. Vencido por una gran compasión, se sobreponía al asco y no dejaba de cuidar a los que más sucios se veían, causando la repugnancia de todo el mundo por las pústulas supurantes o los excrementos que llevaban pegados a cuenta de permanecer durante días tumbados en los rincones sin asistencia. Aseaba sus cuerpos emporcados y les daba friegas con ungüentos que les proporcionaban un inmenso alivio.

—Dios se lo pagará, padre Francisco —decían agradecidos.

—No, no, no... —replicaba él—. Esto es lo que debe hacerse, ni más ni menos.

A última hora de la tarde, cuando quedaba rendido por no darse un solo momento de descanso en estas tareas, no se retiraba a dormir, sino que aprovechaba las primeras horas de la noche para predicar a los malogrados viajeros, ayudándoles a sobrellevar la fatalidad de aquella situación. Recitaba oraciones muy sonriente, y les hablaba con calma, para serenarlos e infundirles aliento:

—Hay veces en la vida en que todo se queda detenido, a pesar del fluir del tiempo en sus horas y sus días, lo cual constituye una gran oportunidad para vencerse a sí mismos y lanzar de sí todos los temores que impidan tener fe, esperanza y confianza en Dios. Al vernos aquí, parados en mitad de este mar, sin poder continuar nuestro viaje, podemos tomar enseñanza en vez de pensar que Dios nos ha abandonado. Pues suele transcurrir nuestra vida como lanzada hacia un no se sabe dónde, sin que nos paremos a meditar en lo que de verdad queremos, en lo que de verdad creemos. Y aunque toda fe, esperanza y confianza sean don de Dios, el Señor la da a quien le place, pero de ordinario se la da a aquellos que se esfuerzan venciéndose a sí mismos, tomando medios para ello.

—Pero, padre Francisco —observó uno de aquellos rudos marineros, muy respetuosamente—, si es Dios mismo quien quiere que vayamos allá, a la lejana India, para convertir infieles, ¿por qué no manda aire harto enérgico y constante para llevarnos prestos? ¿Por qué estamos detenidos de esta manera? ¿No es él quien gobierna en su Providencia a los vientos?

—Bien dices, muchacho, Él es quien gobierna el universo. Mas respeta el orden de las cosas y la libertad de los hombres lo mismo que la de los vientos. Si deja que el demonio nos mortifique de esta manera, es porque habremos de sacar buenas enseñanzas de esto. Nada, absolutamente nada, sucede sin que Dios lo consienta en su gran poder. Él sabe sacar bienes de todos los males.

—¿Y qué podemos hacer? —dijo otro—. ¡Estamos deshechos a causa del calor, la fiebre y la sed! ¡Que nos alivie Él! ¡Válganos Dios!

—¡Vivid en total esperanza! El mayor peligro que tenemos no es la falta de viento, ni la fiebre, ni el calor, ni la sed... El mayor peligro es dejar de esperar y confiar en la misericordia de Dios. Desconfiar de su misericordia y de su poder, por los peligros en que nos vemos, es mucho mayor peligro que los males que pueden recaer sobre nosotros. ¡Vamos a ocuparnos de los hermanos que están sufriendo enfermedad, hambre y sed! ¡Y vamos a confiar en Dios!

Muy conmovidos, algunos recios marineros hicieron caso de este consejo y esa misma noche se pusieron a socorrer a sus compañeros enfermos, compartiendo con ellos su ración de agua, impartiendo cuidados o simplemente dándoles compañía. Otros, en cambio, siguieron a lo suyo, buscando solo la manera de escapar egoístamente de situación tan difícil. Como suele suceder en momentos de infortunio, había quienes robaban el agua o las raciones de comida, aprovechándose de la debilidad de los enfermos. También se daban peleas, enfrentamientos muy violentos, abusos por parte de los más fuertes y todo tipo de miserias humanas.

—Aquí es precisamente —no se cansaba de insistir Xavier—, en la dificultad, donde se ha de ver a los hijos de Dios. ¡Comportaos como tales, hermanos, no como alimañas!

28

Océano Atlántico, aguas calmas de Guinea, 2 de junio de 1541

—¡Moriremos! ¡Todos moriremos! —se escuchó gritar de repente, en alguna parte de la popa de la Santiago—. ¡Válganos Dios, que moriremos!

Era noche cerrada, y el gentío de a bordo malvivía en la cubierta, intentando conciliar el sueño.

Los cuerpos estaban trasudados, doloridos, tendidos encima de las húmedas maderas, vencidos por el agotamiento de tantos días de espera, deshechos por enfermedades, mala alimentación, falta de ejercicio y sed constante. Como algunos deliraban, despertándose en plena noche creídos que estaban en tierra, en sus casas, con sus parientes, nadie hacía caso ya a las voces que se alzaban en plena oscuridad, a los lamentos, a los suspiros ni a los amargos llantos de desesperación.

Francisco estaba despierto cuando se escuchó una voz. Alzó la cabeza y no percibió la más ligera brizna de aire en movimiento. Se oía el crujir de los palos allá arriba y el chirrido de la tablazón en los costados de la nao. Fuera de eso, todo era silencio. El mar no emitía rumor alguno, obstinado en mantener aquella calma que los tenía sumidos en tan duro infierno.

Durante aquellas largas y asfixiantes noches, Francisco meditaba, oraba intensamente o se evadía en pos de sus recuerdos. Estaba tan fatigado como el resto de los viajeros, pero sacaba energía de su gran fuerza interior. «Esto es una prueba —se decía—, solo es eso, una prueba más». Aunque algunos veteranos marineros empezaban a decir que morirían allí todos, en la inmovilidad, presas del escorbuto, las fiebres o la sed, él no veía las cosas de tan funesta manera. Entre la tripulación circulaban historias que ponían a todos los pelos de punta. Se contaba que con frecuencia se encontraron en esas aguas verdaderos barcos fantasmas, naos que habían quedado detenidas en la calma chicha durante cuatro, cinco o incluso más meses. Agotadas las provisiones, sin agua, los desdichados tripulantes habían ido muriendo uno a uno, hasta el último, de manera que la embarcación quedaba a la deriva, impulsada por las corrientes. Levantándose finalmente el viento, era arrastrada hacia las rutas de navegación, donde surgían en medio del mar repentinamente, como la aparición de un espectro flotante, delante de otras naves que seguían su rumbo, cuyos marineros, sorprendidos, saltaban a bordo de los fantasmagóricos barcos que cruzaban su camino. Entonces descubrían espantados una verdadera tumba en mitad de las aguas, con sus tripulantes diseminados por las cubiertas, convertidos en esqueletos.

Todo el mundo había escuchado esa historia en la Santiago. Corría por ahí de boca en boca. Y se iba haciendo realidad en las mentes a medida que diariamente se arrojaban cada vez más difuntos al mar. El miedo a la muerte inminente se cernía sobre la flota de la India. Las esperanzas comenzaban a desfallecer.

Ante esta realidad, Francisco meditaba en su interior. Comenzaban a faltarle las fuerzas físicas, pero no las espirituales. Estaba preparado para esto, como para muchas otras cosas. Durante meses había estado mentalizándose para vivir las circunstancias más adversas, peligros, hambre, sed, enfermedad, incluso la proximidad de la muerte.

Ahora sus voces interiores, muy alertas a consecuencia de este entrenamiento, comenzaban a hablarle.

En la total oscuridad de aquella noche de vaporosas brumas tropicales, sin la más pequeña estrella en el cielo, parecía que la atmósfera densa pesaba sobre la mente. Se respiraba un aire espeso, viciado, que fatigaba el cuerpo sin refrescarlo lo más mínimo. Empapado en sudor, con la piel lacerada por los voraces insectos, Xavier yacía boca arriba, con las manos juntas y los dedos entrelazados sobre el pecho. Le agitaba una gran ansiedad y trataba a toda costa de serenarse.

Le asaltaban ideas sombrías. Se le pintaban las más penosas imágenes: los rostros de los enfermos que había atendido durante toda una larga jornada, las heridas supurantes, los miembros inflamados y amoratados, la agonía de los moribundos... Trataba de apartar de sí la posibilidad de acabar allí sus días, en mitad del calmazo de un mar que parecía plomo derretido. Era absurdo. ¿Cómo Dios podía permitir eso? Pero la evidencia estaba ahí, tan amenazante y real como la misma muerte que cada día se llevaba a dos o tres viajeros al fondo de las inmóviles aguas. Todo el empeño y las ilusiones de los meses anteriores podían acabar en un par de semanas, todo lo más, si el aire permanecía tan quieto como hasta ahora.

No contó con esto. Nadie le habló de esta suerte de peligro en Roma, ni en Lisboa. Siempre imaginó que la oposición a su tarea evangelizadora vendría de otra forma. Supuso una lucha contra los elementos. La violencia de una tormenta era mucho más aceptable, más comprensible. Como en el relato evangélico de «la tempestad calmada», cuando los discípulos acudieron al Señor suplicando: «¡Sálvanos, que perecemos!». Nunca había descartado la posibilidad de un naufragio. La misma imagen de la nave sacudida por las aguas, subiendo hasta las alturas de las feroces olas y bajando después al abismo, estaba en los Salmos. También soñó con viento impetuoso, truenos y relámpagos. Con frecuencia temió que la nao hiciese agua y se fuera a pique. Le habían hablado de amenazantes arrecifes, de piratas, de tribus de salvajes que lanzaban mortíferas flechas, de moros dispuestos a segar los cuellos de cuantos cristianos se adentrasen en las lejanísimas tierras del Oriente, de la crueldad de algunos reyes indios...

Esta quietud resultaba desconcertante como prueba. Aun siendo tan real como el más fiero peligro. Al verse inmerso en la desesperante dificultad, inmerecida, la mente de Xavier giraba en círculos que no le conducían a parte alguna. Todo aquello parecía absurdo, carente de sentido. ¿Qué buscaba Dios dejando que la prueba tomara aquella extraña forma de paralización? ¿Qué enseñanza podía extraerse de una lucha contra la nada más absoluta?

Pero guardaba en lo más hondo de su alma las determinaciones adquiridas al ejercitarse espiritualmente. Estaba preparado para la prueba, fuera de la clase que fuera. Ante la más dura y frustrante realidad, acudían en su ayuda, nítidamente, como un bálsamo, las explicaciones precisas que daban forma a sus pensamientos. Parecía que todo lo que brotó en él durante la trepidante experiencia ideada por Íñigo de Loyola estuviera orientado hacia este momento de dificultad ofuscadora. Buscó serenarse. Se relajaron sus músculos tensos y fue como si su alma se retirase para mirar desde fuera su situación. El dolor, la incomodidad, el calor, la oscuridad seguían ahí, pero dejaban de ser tan amenazantes al contemplarlos desde la distancia reflexiva. Francisco meditaba en calma.

El sufrimiento es un misterio que se esconde en la propia esencia de la vida, esperando saltar a cada paso del camino. Ante la prueba, ante el dolor, cada uno siente la tentación de sucumbir como si todo estuviera perdido. Se apagan repentinamente las luces de la razón y del espíritu, y la vida empieza a adquirir un color oscuro y triste. Si el dolor crece hasta llenar el corazón, puede arrebatar todas las energías que seguían vivas y vaciar el ser de todos sus planes, proyectos, trabajos y esperanzas.

Francisco sabía que la respuesta al sufrimiento es siempre personal, intransferible. Cada uno tiene que encontrarla. Los demás podemos acompañar a quien vive la agonía más atroz o la tristeza más profunda. Pero su diálogo último con el dolor es íntimo, y de él brotará la necesidad de hallar el encuentro con Dios. Él es el motivo de toda confianza, el manantial de toda esperanza en el día de la oscuridad y de la prueba. Dios no es indiferente ante el bien y el mal, es un Dios bueno y no un hado oscuro, indescifrable y misterioso.

Aun así, siempre se da una especie de desaliento en el fiel que se siente solo e impotente ante la irrupción del mal. Tiene la sensación de que se sacuden los fundamentos de su alma. Pero el sentimiento firme y seguro de que Dios es bueno le hará recobrar la esperanza. Por eso, aunque el aparente triunfo de la dificultad puede inducir a desfallecer, al desaliento, el verdadero creyente sabe que Dios le librará de todo mal, pues ama el bien. Es entonces cuando recobra la energía y se recupera el espíritu, sobreviniendo la paz de quien acoge el dolor con la fe en el corazón y la sonrisa en los labios.

Ahora Francisco empezaba a vibrar sintiendo esa presencia muy próxima. «Estás ahí —oraba—, lo sé. Muy cerca, más cerca de mí que yo mismo. Estoy deshecho y confundido. Mas no me importa. Solo sé que estás ahí». En el gran silencio de la noche, en la total oscuridad, sentía un misterioso fluir de pensamientos, no formulados en ideas concretas, una especie de efluvio que fortalecía su ánimo. Percibía nítidamente el sentido extraño del parón de la nao en las aguas calmas, pero no podía explicárselo a sí mismo. De alguna manera, sabía que debía caminar hacia delante, que traspasaría aquella frontera, que todo pasaría pronto. Estaba brotando dentro de él la verdadera oración: la de la total confianza, la del abandono en sus manos.

«Me humillo totalmente ante ti, Padre, Dios, el Dios —decía en su interior—. Que sea solo lo que tú quieres». El silencio era ahora total. «Tú tienes la llave, tú puedes abrir o cerrar, guardar o soltar... En tus manos están todos mis azares...».

Con esta plegaria, acabó serenándose completamente y se durmió envuelto en una agradable placidez. Enseguida brotaron los sueños. Se vio a sí mismo ascendiendo por una pendiente sembrada de rocas, con gran dificultad. Alcanzó la cima pelada y seca de un monte, donde un triste pastor le preguntó qué buscaba allí.

—¡A Dios busco! —gritó Xavier con todas sus fuerzas—. Me dijeron que estaba aquí, en lo alto.

El pastor se rio de él a carcajadas.

—Anda, regresa a tus asuntos, que no has de encontrarlo aquí ni en parte alguna.

Francisco, descorazonado, lloró amargamente. Sentía seca la garganta y el cuerpo abrasado de calor. Un sol ardiente caía sobre él como fuego.

—¿En parte alguna? —replicó entre sollozos—. ¿Qué sabes tú de Él?

—¿Y tú? ¿Qué sabes tú? —le espetó furioso el pastor, cuyo rostro se había vuelto invisible.

—¡Sé que me ama! ¡Lo sé! ¡Lo siento aquí, muy adentro!

La fuerza del sol era ya casi insoportable, el aire tórrido y asfixiante.

—Pues si te ama tanto como dices —contestó irónico el pastor—, ¿qué hace que no apaga ese fuego terrible?

—Aquí, aquí muy adentro, aquí... —repetía Francisco.

—¡Ja, ja, ja...! —reía el pastor.

—Aquí, aquí, aquí... ¡Yo lo invocaré! ¡Yo lo llamaré! Aquí, desde aquí vendrá... Dios, Dios mío...

29

Océano Atlántico, 3 de junio de 1541

—¡Viento! ¡Viento alisio! —se escuchó gritar de repente.

Francisco se despertó sobresaltado. Los marineros corrían en todas direcciones, trepaban a los palos, izaban las velas, tensaban los cabos. El maestre de la Santiago gritaba las órdenes desde el castillo de popa y la tripulación obedecía como llevada por una energía inusitada, en medio de una gran alegría.

—Padre, padre, levántese y dé gracias a Dios —le decía el gobernador, loco de contento—. ¡Tenemos viento! ¡Al fin, viento alisio! Podemos proseguir.

Francisco alzó los ojos al cielo y vio el velamen hinchado, atrapando el aire que soplaba con inclinación al sudeste. Había menguado el calor y asomaba el sol en el horizonte limpio de brumas. Sentíase la brisa en el rostro y no se percibía ya el olor nauseabundo de las aguas. Todo parecía renovado. La nao se movía surcando el mar azul, regalándoles una feliz sensación de libertad.

Navegaron lentos al principio, pero era maravilloso avanzar. Más adelante, las corrientes fueron muy favorables y el viento se declaró completamente a favor, fijando su dirección y su fuerza. La flota seguía el rumbo alegremente, mientras la tripulación entonaba eufóricas coplas en acción de gracias.

5 de junio de 1541

El día de la fiesta de Pentecostés pasaron el ecuador. Como expresión de inmensa gratitud, engalanadas las naves con gallardetes y colgajos de tela que ondeaban al viento, se cantó un solemnísimo tedeum:

Te Deum laudamus: te Dominum confitemur…

Arrodillado, vibrando de emoción, Francisco percibió con más fuerza que nunca el sentido de aquellas palabras latinas que tantas veces había repetido:

A ti, oh Dios, te alabamos,
a ti, Señor, te reconocemos.
A ti, eterno Padre,
te venera toda la creación.
Los ángeles todos, los cielos
y todas las potestades te honran.

Sentía muy próxima la presencia de Dios, como si lo tuviera justo al lado, enfrente, mirándole a los ojos, o mucho más cerca, dentro de él. Una vez más, se alegraba infinitamente por haber sido escuchado. El ciclo se cerraba: peligro y rescate. En su mente cobraba sentido la experiencia de la oración alzada en el peligro y la fuerza de la mano de Dios que nos salva de ellos.

La flota navegó en dirección suroeste hacia Brasil. Durante la noche, lucían las estrellas en el cielo. Se guiaban por la Cruz del Sur, que destacaba nítida sobre el horizonte. A mediodía, el experto maestre tomaba la altura del sol y determinaba el grado de latitud; después fijaba con ayuda de la brújula el grado de longitud. Asombrado, Francisco observaba estas operaciones que le parecían una maravilla fruto de la curiosidad y la inteligencia de los hijos de Dios. Con viento favorable, ninguna manera de viajar podía superar a la navegación.

También este ejemplo le servía en aquel momento para admirarse ante las capacidades del espíritu. «Navegar es como vivir —se decía—. Uno ha de fijar el rumbo, obedeciendo a los dictados de la conciencia y a los mandamientos. Pero se debe confiar en Dios. Él envía el viento del Espíritu que sabe llevar el alma a buen puerto».

—Deben evitarse los arrecifes —le explicaba el piloto de la Santiago—. Hay rocas peligrosísimas en São Pedro, en el invisible arrecife de la isla de Fernão de Loronha y del cabo Santo Agostinho. Muchas naos dan allí al través.

—¡Claro! —asentía Xavier—. Es como las tentaciones, que pugnan constantemente por llevarnos a pique: las dudas, los miedos, la desesperación, el mal que hay en nosotros, los vicios, el odio...

El maestre se le quedaba mirando, extrañado.

—¡Qué cosas decís, padre! ¡Cuánto sabéis!

16 de junio de 1541

Alcanzaron al fin la costa de Brasil, pasando indemnes

entre los peligrosos arrecifes gracias a la gran pericia de João Gonçalves, a la gran habilidad del piloto y a los conocimientos que los veteranos marineros tenían de estos mares. Les llegó el aroma de la tierra y alcanzaron a ver inmensas bandadas de aves que volaban a ras del agua, así como peces que se elevaban sobre la mar como si tuviesen alas de pájaro.

—¡Peces voladores! ¡Peces voladores! —gritaban los marineros—. ¡Son deliciosos!

Atraparon buena pesca en aquellas aguas, aunque aún no veían la tierra.

Ese mismo día, a última hora de la tarde, un muchacho de la tripulación subió a lo alto del palo mayor y anunció alborozado:

—¡Tierra! ¡Tierra! ¡Tierra!...

El gobernador Martim Afonso de Sousa oteó muy atento el horizonte donde emergían las montañosas costas brasileñas. Conocía muy bien aquellos territorios de viajes anteriores y determinó dónde se había de echar el ancla. Las cinco naos se adentraron por una cala que terminaba en un fondeadero abrigado. Se veía un fuerte, una gran cruz de madera, un embarcadero destartalado y muchas cabañas techadas con hojas de palma. Echaron pie a tierra en la ensenada. Enseguida acudieron a recibirlos varios centenares de personas. Algunos, muy pocos, eran portugueses. Los demás, naturales de aquella costa: indios, hombres, mujeres y niños completamente desnudos, adornados con coloridas plumas de papagayo y luciendo en la piel complicados tatuajes.

Aquí, en la colonia portuguesa de Salvador de Bahía, recogieron agua potable, leña y víveres. Tripulaciones y viajeros estuvieron encantados por poder bajar de las naves y pisar tierra firme, respirando el fragante aire impregnado con los aromas de la espesura selvática. Comieron guiso de gallina y bebieron vino dulce de caña.

22 de junio de 1541

Prosiguió el viaje de la flota de la India atravesando de nuevo el Atlántico, alcanzando en pocos días la proximidad de las islas de Ascençao Menor y Trinidade. Los alisios soplaban de noroeste, más fríos, impulsando las naves por unas aguas inmensas de intenso color azul más oscuro.

—¡Ballenas! —anunció uno de los marineros—. ¡Allá, mirad! ¡Ballenas!

Corrieron todos a la baranda de estribor. No sabían hacia dónde mirar y no veían nada especial entre las olas. Hasta que el marinero señaló:

—¡Allí, allí están!

En efecto, se veía emerger de las aguas grises unos enormes y negros bultos.

—¡Son ballenas! ¿Las veis?

—¡Cielos! ¡Qué espanto!

Los viajeros, que nunca antes habían visto el gigantesco monstruo marino, estaban asombrados. Se contaban más de una docena de cetáceos, que aparecían y desaparecían entre las olas. De repente, uno de ellos alzó la cola y golpeó el agua antes de sumergirse. Todo el mundo se asustó y profirió exclamaciones de admiración.

26 de julio de 1541

Cuando se iban aproximando al cabo de las Tormentas, el mar se tornó de un color grisáceo y el cielo se llenó de gaviotas de gran tamaño. Los maestres entonces supieron que se encontraban cerca de las peligrosas aguas que parecían atraer a las más recias tempestades. Había que prevenirse bajando a las bodegas la artillería y todo el lastre necesario para mantener el peso en el centro de las naos, evitando que dieran al través.

—¡Cambiad las velas viejas por las nuevas! —se oía gritar—. ¡Trincad el velamen menudo en vez del grande! ¡Estirad bien la jarcia!

Los veteranos sabían lo que había de hacerse y lo ejecutaron con plena conciencia de que estaban salvando la nao del desastre. A medida que se acercaban a las temidas proximidades del cabo, los semblantes se iban volviendo graves y las miradas oteaban el horizonte para descubrir cualquier asomo de nubarrones tormentosos. En vez de espantar el temido mal, se acentuaban los miedos como consecuencia de las historias de naufragios ocurridos con mucha frecuencia en aquellas aguas.

Una noche que Francisco dormía plácidamente en su catre, acostumbrado ya al vaivén de la nave, le sobresaltó de repente un brusco movimiento y una especie de estampido. Despertó sin saber dónde se encontraba, envuelto en total oscuridad. Todo crujía a su alrededor y algo golpeaba reciamente las paredes. Sintió que le caía agua en el rostro y, al iluminarse la cámara por el súbito resplandor cárdeno de un relámpago, seguido inmediatamente por el trueno, comprendió que la nave soportaba una tormenta.

Salió al exterior. El viento bramaba y las olas se elevaban por encima de la nao, alcanzando los castillos de popa y proa. Todo rodaba y los marineros corrían de parte a parte agarrándose a donde podían, vociferando, maldiciendo, tratando de atar lo que estaba suelto. Había media docena de hombres sujetando el timón para gobernarlo, mientras el piloto y el maestre se habían amarrado y ordenaban lo que debía hacerse sin que apenas se los escuchase a causa del rugir del mar embravecido.

—¡Bajad a la entrecubierta, padre! —le gritó João Gonçalves—. ¡Id a refugiaros o pereceréis!

—¿Puedo ayudar en algo?

—¡Sí, rezad, padre! ¡Rezad y quitaos de ahí, no seáis loco, que podéis caer a la mar!

Corrió Francisco a la entrecubierta estrecha y oscura, donde se apelotonaban los viajeros, agarrados firmemente a los asideros de cuero fijados firmemente para este menester. Durante largas horas, soportaron allí la terrible tempestad, rezando, aterrorizados por el subir y bajar de la nave. El agua fría se colaba por todas partes y empapaba las ropas y las mantas, acentuando la incomodidad. Agarrotados, tiritando o vomitando todo lo que llevaban en los estómagos, solo en Dios ponían su esperanza.

Francisco, eufórico, se erguía procurando tenerse en pie y les gritaba a sus compañeros de infortunio:

—¿Habría de faltar la tempestad? ¡No! ¡No está resuelto el demonio a darnos respiro! ¡Recemos, hermanos! ¡Oremos a Dios! ¡Pidamos perdón por nuestros pecados y pongamos en Él toda nuestra confianza! Padre nuestro que estás en los cielos…

21 de julio de 1541

Fue cesando por fin la tormenta. Era la hora anterior al alba y una luz tenue se colaba desde el exterior. El movimiento violento de la Santiago remitía. Salieron a la cubierta y contemplaron a lo lejos un horizonte claro. Los negros nubarrones quedaban a popa con sus feroces relámpagos, agarrados a la zona que se conocía como la *Boca do Inferno.*

Se aproximaban ya al cabo de Buena Esperanza, un elevado promontorio que se veía surgiendo sobre el oleaje a una considerable distancia, ora sí, ora no. Pero había señales más precisas de la cercanía de la tierra africana: lobos de mar nadando, juncos desprendidos de las orillas y grandes albatros surcando el cielo con sus largas alas.

A bordo todo estaba mojado; el agua corría por las maderas y chorreaba desde las estructuras. La tripulación se afanaba achicando, atando cubos, sujetando velas, llevando y trayendo fardos, barriles, cajas y otros enseres que se encontraban diseminados por todas partes. Los rostros estaban desencajados por el miedo pasado, y los movimientos eran lentos a causa de la fatiga por la brega nocturna.

A medida que se fue poniendo en orden el caos causado por la tempestad, unas nubecillas grises, azuladas, iban invadiendo el cielo. El horizonte se fue enrojeciendo hacia oriente y el sol hizo su salida triunfal, rozando con su luz dorada las crestas de las olas. Reinó una gran calma, con suave brisa de poniente, y la Santiago fue navegando en solitario, pues la flota se había dispersado y no se veían las demás naves.

Para general alegría, el piloto anunció que se había doblado ya el temido cabo de las Tormentas.

—*Deo gratia!* —exclamó el capellán desde el alcázar de popa—. *Deo gratia!* Oremos, hermanos, a María Santísima que nos libró de tan gran peligro.

Enseguida se sacó la imagen de la Virgen y se la paseó por la cubierta, mientras la tripulación entonaba la *Salve de los marineros,* con su melodía larga y devotísima, sucediéndose las estrofas que encendían los ojos en lágrimas.

30

Costa de Natal, agosto de 1541

Prosiguió el largo viaje la flota de la India dejando atrás el cabo de Agujas y se adentraba por unas aguas desde las que se divisaba una tierra lejana, cuyos puertos y costas no estaban explorados, por interponerse en el litoral terribles arrecifes que ponían en peligro las naves. Más adelante se navegaba frente a la costa de Natal. Veíanse los altos montes, selváticos, y el agua se hacía verdosa delante de las playas.

—¡Mirad! —señaló un marinero—. ¡Mirad allí! Corrió todo el mundo a la baranda de babor para ver. —¡Allá! ¡Allá lejos! ¿No veis los humos?

Los viajeros miraron en la dirección que señalaba el marinero y vieron alzarse una columna de humo desde un lejano promontorio. Los marineros contaron entonces que aquellas costas de Natal eran conocidas entre los marineros portugueses como la *Terra dos Fumos,* porque se veían humaredas que se elevaban a los cielos desde los montes. Nadie sabía si eran los habitantes africanos quienes encendían hogueras o náufragos abandonados a su suerte que lanzaban desesperadas señales pidiendo auxilio. Pero a ningún maestre se le ocurría virar con su nave en dirección a las playas, puesto que se sabía que vivían en las selvas feroces hombres, desnudos y negros, que asaltaban a cuantos osaban recalar en su costa y, despojándolos de todo, arrasaban las naves, las quemaban y después asesinaban cruelmente a los tripulantes, arrancándoles la piel y sacándoles los ojos.

—¿Es cierto eso? —le preguntó Francisco a don Martim Afonso de Sousa, que conocía bien esos derroteros.

—Parece ser que sí —respondió acariciándose la barba, circunspecto—. No es conveniente aproximarse a Natal, es tierra bárbara en la que pululan los más fieros salvajes, así como miríadas de alimañas, leones, panteras, hienas y venenosas serpientes.

Con tiempo nublado, navegaron hacia el nordeste por mar abierto para adentrarse en el canal de Mozambique, donde de nuevo estuvieron en vilo a causa de los arrecifes, esta vez de coral. Llovía intensamente cuando divisaban a babor la selvática costa de Mozambique, donde se alzaba, en Sofala, la primera fortaleza portuguesa en estos dominios. Pero resultaba inaccesible para las naos de la flota, que no podían pasar entre los arrecifes por su gran tamaño. Eran estas costas ricos emporios donde los árabes canjeaban el valioso marfil, el ámbar tan preciado, el algodón y la seda que tejían los naturales con gran habilidad, teñidos en bellos colores. Pero, como es de comprender, lo más codiciado era el oro que provenía del reino de Monomotapa. Alguien le contó a Francisco que era precisamente allí donde recaló la flota del rey Salomón para hacerse con el fino oro de Ofir con el que recubrió el templo de Jerusalén.

***

Mozambique, 28 de agosto de 1541

Arribó la flota a Mozambique buscando el descanso que se prometía muy seguro por su excelente puerto, al abrigo de las tempestades. Las cinco naves se alinearon sin demasiada dificultad en la dársena, frente al muelle que los portugueses comenzaron a edificar en 1505, después de que Vasco da Gama determinara que era el lugar más indicado para dar descanso a los barcos que iban y venían en la ruta de la India. Desde que el jeque de la isla mantuvo la paz con el rey de Portugal, se convirtió en la estación indicada para calafatear y reparar las naves, tomar agua y víveres, proveerse de maderas, cordajes e instrumentos y, de paso, comerciar con los valiosos productos africanos.

Desde el puerto se veía la fortaleza, con sólidas murallas, saeteras, torres albarranas y un buen torreón de tres pisos, bien protegido por varias líneas de almenas y por un sinfín de saeteras que apuntaban en todas direcciones.

La isla no era grande. Se extendía muy llana, arenosa, sembrada de altos cocoteros que el viento hacía oscilar. La población era principalmente de moros, que cuidaban cabras y se alimentaban sobre todo de mijo negro traído del continente. También había negros, musulmanes los más de ellos, que adornaban su oscurísima piel con tatuajes pintados de rojo y se anudaban a la cintura vistosos paños de algodón. La colonia portuguesa era muy menguada: un capitán que vivía en Sofala, la otra fortaleza, la mayor parte del tiempo, el alcalde mayor, el escribiente, el ayudante y apenas una docena de herreros y canteros. Para la defensa estaban el guarda naval, cuatro arcabuceros, dos artilleros y unos cuantos soldados en número variable, según las necesidades de la guerra. Por ahora reinaba la paz, pues había muerto el antiguo jeque que gobernaba a los moros de esos territorios y el nuevo no era hostil a los portugueses.

Tanto en la isla como en las otras colonias se vivía del comercio. Ya desde tiempos remotos se canjeaban el oro y el marfil. Por eso apetecían mucho los musulmanes tener allí permanentes mercados que hacían transacciones con las innumerables embarcaciones que iban y venían desde Arabia y desde los reinos del mar Rojo. Ahora todas las operaciones se hacían con el permiso del rey de Portugal, que imponía las tasas correspondientes.

Los portugueses criaban cerdos y acaparaban el mercado con las naves que recalaban. Les vendían vino, carne, arroz y manteca, además de instrumentos, medicinas, ropas y calzado. Cualquiera de allí vivía como un hidalgo, rodeado de esclavos indígenas que los servían en todo: les traían el agua, les hacían la comida, los protegían con sus flechas y arcos y realizaban para ellos cualquier trabajo fatigoso en el calor enervante que solía reinar en tales latitudes. Sobra apuntar que se reservaban las más bellas mujeres negras como concubinas.

Cuando desembarcaron los tripulantes y viajeros de la flota, fueron festejados con toda pompa por el factor de la isla, que era la máxima autoridad en ausencia del capitán que se hallaba en Sofala. Se lanzaron salvas de bienvenida desde la torre y acudió mucho personal al puerto. Reunidos allí los recién llegados y los habitantes, se organizó una solemne procesión hasta la capilla de Nossa Señora do Baluarte, la Virgen invocada como protectora del dominio portugués, donde se celebró misa en acción de gracias.

Después del recibimiento y el banquete ofrecido en honor del gobernador Martim Afonso de Sousa, los hidalgos que iban en la flota fueron a alojarse a las casas de los portugueses. La marinería debía buscarse hospedaje o pernoctar en las naves. Los jesuitas declinaron el acomodo que les proporcionaba el factor de la fortaleza y fueron al hospital que regentaba el vicario de la isla, donde dispusieron una cabaña para ellos. Aunque el factor les advirtió:

—Os aseguro que hace mucho calor y que las fiebres atacan aquí a quienes no buscan lugar sano, fresco y aseado para hospedarse.

—Dios cuidará de nosotros —repuso Francisco.

31

Isla de Mozambique, 1 de enero de 1542

Los vientos del monzón trajeron las lluvias tropicales intensas que, desde diciembre hasta finales de marzo, solían azotar la isla de Mozambique. Los chaparrones se sucedían levantando un vaho espeso. Francisco de Xavier no podía con su cuerpo. Aquejado de las perniciosas fiebres propias de aquellas tierras, permanecía acostado, asaltado de vez en cuando por convulsiones y con una permanente sensación de zozobra que le hacía creer que aún se hallaba a bordo de la Santiago. En este calamitoso estado pasó la Navidad de 1541, al final de cuyo año se presentó repentinamente en la isla el gran navío venido de la India, el que se conocía como «navío de recado», que iba hacia Portugal repleto de especias y portando el correo ordinario para su majestad el rey con todas las incidencias.

Como debía partir dicha nave, a lo más tardar, a primeros de año, había que encomendarle el envío de las cartas personales y los avisos e informes oficiales. Francisco, sudoroso y sacudido por violentos tiritones, se envolvió en una manta y sacó fuerzas de donde pudo para escribir una carta que debía ir primero a Lisboa y desde allí a Roma.

Sentía la mente espesa y hasta el ligero cálamo le pesaba en las manos, pero debía cumplir con ese menester obedeciendo a la promesa que hizo de ir enviando noticias de su viaje siempre que tuviera ocasión.

La gracia y amor de Cristo nuestro Señor sean siempre en nuestra ayuda y favor.

De Lisboa os escribí a mi partida contándoos todo lo que allí sucedía, de donde partimos el 7 de abril de 1541. Anduve por la mar mareado dos meses. Pasamos muchas penalidades durante cuarenta días en la cuesta de Guinea, a causa de las grandes calmas de las aguas y por no ayudarnos el tiempo. Quiso Dios Nuestro Señor hacernos la gran merced de traernos a esta isla, en la cual estamos hasta el día presente.

Porque estoy seguro de que habréis de alegraros de Dios, ya que Nuestro Señor se ha querido valer de nosotros para servir a sus hijos. Después de llegar aquí tomamos a nuestro cargo a los pobres enfermos que venían en los barcos; y yo me ocupé de confesarlos, darles la sagrada comunión y ayudarles a bien morir, usando de aquellas indulgencias plenarias que me concedió Su Santidad para estas tierras. Casi todos morían muy contentos al saber que podía absolverlos a la hora de su muerte. Messer Paulo y Mansilhas se ocupaban de las cosas temporales. Todos nos hospedábamos con los pobres según nuestras pequeñas y flacas fuerzas, ocupándonos de ellos así en lo material como en lo espiritual. El fruto de esto Dios lo sabe, pues él lo hace todo.

El señor gobernador me dice que tiene grandes espe-

ranzas en Dios Nuestro Señor de que adonde nos ha de mandar se convertirán muchos cristianos...

A Francisco se le nublaba la vista. El papel parecía alejarse y aproximarse desde la mesa. Le temblaba el pulso.

Mucho desearía poder escribir más, pero mi enfermedad no me deja; hoy me sangraron la séptima vez y me encuentro indispuesto. Dios sea loado. A todos nuestros conocidos y amigos mandadles mis encomiendas. De Mozambique, el primer día de enero de 1542. Francisco.

Febrero de 1542

Repuesto de su enfermedad, Francisco recuperó su natural fortaleza. La estancia en tierra por más de cinco meses los benefició mucho. Junto a sus compañeros, seguía entregado a los enfermos, procurando hacer todo el bien que podía en aquel extraño lugar de tránsito para los portugueses antes del último trayecto en la ruta de la India.

Una mañana que se hallaban en el hospital dedicado al cuidado de los enfermos, llegó alguien anunciando que acababa de echar el ancla en el puerto un galeón procedente de Goa.

Esa misma tarde, el gobernador Sousa llamó a Xavier a la fortaleza. Le recibió en un despacho, en ambiente íntimo, y pidió a todos sus subalternos que los dejasen solos.

—Padre —le dijo primeramente—, os veo muy bien. Vuestro aspecto es saludable, a pesar de que, según tengo entendido, trabajáis demasiado.

—Estoy bien, gracias a Dios —asintió Francisco—. Me repuse de las fiebres y la estancia en esta isla me beneficia. ¡Dios sea loado!

El gobernador parecía preocupado, a pesar de mantener su habitual amabilidad, sin dejar de sonreír ni un momento. Fue hacia una alacena y extrajo una botella.

—Tomad una copa de vino de Oporto, padre, os dará fuerza. Sirvió un par de copas, brindaron y tomaron un trago. Francisco se daba cuenta de que el gobernador estaba nervioso.

—Vuestra excelencia también tiene un buen semblante —le dijo, a pesar de ello, por simple cortesía.

—Padre... —dijo Sousa, circunspecto—, estoy muy preocupado. Por eso os he mandado llamar. Perdonad que os haya interrumpido en vuestras importantes tareas al servicio de Dios, pero necesitaba hablar con alguien de plena confianza. Necesito vuestros sabios consejos.

—Vuestra excelencia dirá en qué puedo ser útil. Ayudándoos a vos en lo que humildemente alcance mi pobre persona, serviré al cristianísimo rey de Portugal.

—Gracias, padre, muchas gracias. Tomad asiento, por favor.

Se sentaron el uno frente al otro. Por la gravedad de su semblante, Francisco iba adivinando que se trataba de un asunto de suma importancia. El gobernador habló sin rodeos, yendo al meollo de la cuestión que tan preocupado lo tenía. Le explicó que todo venía a colación por la llegada, esa misma mañana, del galeón procedente de la India, el Coulam. Dicho navío había sido enviado desde Goa por don Estevão da Gama, el gobernador en funciones de la India, en tanto llegase el nuevo gobernador, él mismo. A bordo venía el capitán Mendes de Vasconcellos, para recabar informaciones. Esto no le gustaba nada, le resultaba sospechoso. Francisco quiso quitarle importancia al asunto.

—Es natural que el gobernador interino desee saber qué hay de la flota enviada desde Lisboa. No veo por qué ha de preocuparse vuestra excelencia por ello.

—No me fío de don Estevão da Gama —dijo muy serio don Martim Afonso.

—¿Por qué razón? Es caballero de muy buen linaje —observó Xavier—; hijo nada menos que de don Vasco da Gama, a quien la cristiandad tanto debe, por haber descubierto estas rutas y territorios para el reino de Portugal.

—Padre, he de revelaros algunas cosas muy secretas. Por eso os he mandado llamar. No penséis que me baso solo en sospechas sin fundamento.

—Hable vuestra excelencia sin miedo, señor gobernador. Sabéis que podéis confiar en mí.

Con nerviosismo, Sousa apuró el vino. Se puso de pie. Con semblante grave, le confió a Francisco:

—En el Coulam me han llegado una serie de cartas muy secretas, enviadas a espaldas de Estevão da Gama por importantes hombres de Goa muy leales a nuestro rey. En ellas se denuncia que el gobernador en funciones se queda con el dinero que su majestad manda para adquirir la pimienta. También se me cuentan otras cosas muy feas de él: falsedades de documentos, engaños en las cuentas oficiales, alteraciones en los precios, cobro de impuestos fuera de la ley...

—¿Está vuestra excelencia seguro de que hay verdad en esas denuncias? —observó Francisco—. Pueden ser calumnias, fruto de intrigas o, sencillamente, una infame acción para ganaros a su favor deshaciendo la honra de vuestro antecesor.

—Lo he pensado, creedme. He cavilado mucho durante todo el día, desde que tuve en mis manos esas cartas.

—¿Y qué pensáis hacer al respecto?

—Ya he tomado algunas decisiones —respondió circunspecto el gobernador—. De momento, he detenido al capitán Vasconcellos, para evitar que mande recado a Gama de mi llegada. Y también he encerrado a quienes me entregaron las cartas con las denuncias, como medida preventiva, por si fueran falsedades.

—Es muy prudente. Y, pues, ¿qué vais a hacer a continuación?

—Sinceramente, no lo sé, padre. No puedo llevar la flota a Goa ahora. Hasta que no pasen los monzones, no es conveniente navegar por aquellas aguas. Además, faltan todavía muchas tareas, no se han carenado las naos y aún no he reunido los víveres.

Francisco se quedó pensativo. Realmente, era una situación comprometida. ¿Quién tenía la razón: el gobernador interino o sus denunciantes? Resultaba muy difícil saberlo, y optar por el uno o por los otros suponía un gran riesgo de cometer una grave injusticia.

—En principio —le dijo a Sousa, tratando de darle el consejo que le pedía—, no tome vuestra excelencia ninguna determinación, podría equivocarse y perjudicar injustamente a alguien. Mantenga a esos hombres detenidos dándoles el mejor trato, por ser caballeros todos dignos de crédito y de mucha honra, mientras no se demuestre lo contrario. Como bien habéis dicho, está por pasar el monzón con sus vientos y muchas aguas. Dejemos que el tiempo ponga cada cosa en su sitio. Aguardemos a que alguien dé un paso en falso o a que llegue otro navío con nuevas informaciones. Pongamos la cosa en manos de Dios, sin precipitarnos. Esperemos a que el sol salga por alguna parte, mientras rezamos para ver con mayor claridad.

—Buen consejo, padre Francisco —dijo satisfecho Sousa—. Dios os lo premie. Sabía que me ayudaríais a encontrar la solución a mis dudas. Aguardaré y que sea lo que Dios quiera. Encomendadme vos a él.

32

Mozambique, 26 de febrero de 1542

—Lo que pasa es que no quiero morirme, padre —le dijo aquel joven a Francisco, con una mirada tristísima.

Francisco sintió una pena muy grande. Gabriel tendría dieciséis años y debió de ser alguien que rebosaba salud apenas un mes antes, cuando el capitán Sepúlveda asaltó Mombasa con sus hombres para castigar la rebeldía de los moros que querían aliarse con los turcos en contra de los portugueses. Murieron diecisiete soldados y el propio capitán recibió dos flechazos en el pecho, con saetas envenenadas que le emponzoñaron la sangre y a punto estuvo de morir en la nave, de regreso a Mozambique. Gabriel vino entre los muchos heridos que, como Sepúlveda, sufrían la gravedad del veneno. Pero el muchacho tuvo peor suerte, se le había infectado un profundo corte que le atravesaba desde el abdomen hasta la zona lumbar. La carne estaba verdosa y maloliente. El físico dijo que no había remedio posible, pues los intestinos estaban deshechos y el veneno tan metido en los humores que se descomponía el cuerpo.

—Bueno, Gabriel, no hay por qué dejar de confiar en Dios —le dijo Xavier—. Vamos a rezar.

El joven apretó los labios y negó con la cabeza.

—No, no voy a rezar —dijo.

—¿Por qué?

—Porque sé muy bien lo que pasa. He visto muchas veces venir a los capellanes a asistir a los moribundos y, no bien les echan las bendiciones, se quedan tiesos. A mí dejadme, padre, que yo no he de morir.

Ante esa resistencia, Francisco se derrumbó, muy compadecido. Llevó aparte al físico y volvió a preguntarle si había alguna posibilidad.

—No hay nada que hacer —dijo rotundo el médico—. ¿No ve vuestra reverencia cómo tiene la barriga? ¡Si tiene ahí un nido de gusanos! El pobre se está corrompiendo en vida.

Volvió Xavier junto al enfermo.

—Anda, Gabriel, dime ya los pecados y dejémonos de supersticiones —le dijo sonriente—. Tú no morirás; vivirás junto a Dios, que es muy diferente. Sé que eres una buena persona, tus compañeros me lo dijeron. Has hecho el bien y cumplido con los deberes. ¿A qué temes?

—¿Os creéis que soy tonto? —replicó el muchacho—. Apenas haya confesado, moriré.

Francisco le cogió de la mano. El joven ardía a causa de la fiebre y sudaba copiosamente. De su herida emanaba un olor pestilente, el indiscutible olor de la muerte.

—¿Tienes padres o hermanos?

—Padre tengo —contestó Gabriel—. Mi madre murió en el parto.

—¡Ah, resulta que no la conoces!

—Ya sé lo que vais a decir. ¡No lo digáis, padre! No tengo prisa en conocer a mi madre.

«Santo Dios —pensó Francisco—, qué terquedad».

En esto, llegó al hospital el ayudante del gobernador para darle un aviso:

—Mi señor su excelencia don Martim Afonso de Sousa os suplica que acudáis enseguida a la fortaleza, pues ha de tratar con vos de asuntos muy importantes.

—No puedo ahora —respondió Francisco—. Excusadme ante el señor gobernador, pues tengo que hacer algo que no debo interrumpir.

—Si es por mí, id, padre —dijo Gabriel—. Ya os he dicho que no pienso morirme.

—El gobernador me ordenó que no regresara sin vuestra paternidad —añadió el subalterno—. ¡Es de suma trascendencia para los asuntos del gobierno!

—Y esto es de suma trascendencia para el gobierno de las almas que tengo encomendadas —repuso el jesuita.

—Id, id, id con el gobernador —insistía el joven moribundo—, id de una vez, os lo ruego.

Francisco miraba ora al ayudante, ora al joven, sin decidirse.

—Id, padre —terció el médico—. Esto no es cosa tan rápida como para no atender al mandato del señor gobernador.

Xavier fue en pos del ayudante. El gobernador le recibió en un estado de gran nerviosismo. Despidió a todos los presentes y le dijo:

—Señor nuncio, tal y como dijisteis, al fin alguien ha dado un paso en falso y ahora sé de quién no he de fiarme.

—¿Qué ha sucedido? —preguntó Francisco con ansiedad.

—Mantuve estricta vigilancia y me atuve a lo que acordamos, sin tomar decisiones, en tanto y cuando tuviese a Vasconcellos y a los que hicieron las denuncias a buen recaudo. Pues bien, resulta que supe que uno de los caballeros que vinieron en el galeón Coulam intentó mandar aviso con un criado suyo a Goa. Mis hombres lo detuvieron cuando trataba de embarcarse en un rápido velero para ir a la India a prevenir a Estevão da Gama de mi ida allá. Está muy claro, si el gobernador interino y su gente temen mi llegada es porque algo tienen que ocultar. ¡Son culpables!

—¿Y qué va a hacer vuestra excelencia ahora?

—Lo que debo hacer sin tardanza: salir inmediatamente con destino a Goa para llegar a sorprenderles sin previo aviso. Así podré revisar las cuentas y documentos, interrogar a los escribientes y determinar si hay delito.

—¿Inmediatamente? ¿Qué quiere decir «inmediatamente»? Vuestra excelencia me dijo que la flota no está preparada y viene el monzón.

—Partiré en el Coulam, el mismo galeón que envió Da Gama para recabar informaciones. Así, cuando lo vean regresar, pensarán que se trata de Vasconcellos y no sospecharán de mi súbita presencia.

—Es una buena idea. ¿Cuándo zarpará el Coulam?

—Mañana. ¿A qué esperar un solo día más?

Francisco se quedó pensativo durante un momento. Después le pidió al gobernador:

—¿Podré ir con vuestra excelencia? Es una oportunidad para mí, así podré estar en la India antes de lo previsto.

—Naturalmente, padre. Iba a pedíroslo yo ahora mismo, pues deseo que el nuncio de Su Santidad sea testigo en todo este difícil asunto.

Francisco salió de allí excitado. Todo se precipitaba y pensó que era obra de la Providencia, que le mandaba a la India con más rapidez de lo esperado. Antes de llegar al hospital, salió uno de los enfermeros a avisarle:

—¡Padre, padre, el muchacho se muere y os llama insistentemente!

Corrió Xavier hacia la gran habitación donde se alineaban las camas de los enfermos. Gabriel estaba convulsionando y Messer Paulo y el médico trataban de sujetarle.

—¡Dejadme solo con él! —pidió Francisco.

—¡Ah, padre, menos mal que vinisteis! —exclamó el muchacho con voz muy forzada—. Resulta que me lo he pensado mejor y voy a rendir el alma.

—Ah, qué alegría me das, Gabriel. ¿Cómo es eso?

—Tengo unos dolores espantosos y, para este plan, no me merece la pena estar aquí un solo día más. Andad, dadme ya las bendiciones...

Francisco se fijó en la cara inocente del pobre muchacho. Se iba poniendo blanco como la cera y le abandonaban las fuerzas.

—Nada malo te pasará, pequeño —le dijo con ternura—. Los demonios nada podrán, pues Él enviará a sus ángeles para que te aguarden en el camino. La Virgen santísima en persona saldrá a tu encuentro; el Redentor del mundo te abrazará nada más cruzar el umbral de su reino, ¡el lugar más hermoso que pueda imaginarse! Tu propia madre, tu buena madre, muerta para que vinieras tú al mundo, te recibirá y te colmará con los cuidados que no pudo darte en vida...

Gabriel sacó fuerzas y se incorporó, mirando a Francisco con unos grandes ojos colmados de asombro.

—¿Estáis seguro de todo eso? —preguntó con una medio sonrisa.

—¡Claro, hombre! ¿A qué dudar ahora de Dios?

—¡Ah, qué tranquilidad! —suspiró—. Ea, pues a morir se ha dicho...

A Francisco casi le da la risa. Pero después todo fue mucho más triste. La muerte sacudió al muchacho y lo retorció durante un largo rato. Pero al fin expiró en medio de una gran calma, mientras el jesuita repetía el padrenuestro una y otra vez. Al verle ya sin vida, perdió la mirada en el vacío y comentó:

—¡Qué lástima! Era un buen muchacho. ¡Ah, Dios bendito, solo tú conoces el porqué!

33

Océano Índico, marzo de 1542

No era aún el tiempo de viajar a la India y se notaba. Hasta abril no remitía el monzón noreste y comenzaba el suroeste. De manera que los vientos eran variables, con repentinos impulsos que traían lluviosas nubes. Pero el Coulam era un velero de muy buena factura, hecho para navegar por aquellos mares, más ligero que las naos de la flota, rápido y muy manejable. El maestre lo gobernaría con gran pericia, buscando las corrientes y aprovechando los aires que le entraban en marzo desde poniente.

Aunque el gobernador se sintió indispuesto la misma noche anterior a la partida, tal vez a causa de la agitación y el nerviosismo, decidió no demorar la salida. A toda prisa, se cargó la nave con colmillos de elefante, las provisiones y el agua necesaria. Se hicieron a la mar con muy buen tiempo, pensando en cubrir en poco más de un mes la distancia entre Mozambique y Goa, si no tenían la mala suerte de sufrir alguna de las calmas que por estas fechas acompañaban al que se conocía como «pequeño monzón».

En la isla se quedaron el resto de los jesuitas, al cuidado

de los enfermos. Solo Francisco subió al Coulam. No tardaron en perder de vista la capilla de Nossa Senhora do Baluarte, allá en lo alto del promontorio, sobre la fortaleza. Luego se adentraron en mar abierto.

Al cabo de cuatro jornadas de navegación rápida, divisaron la isla de los Comores, con su altísimo volcán emergiendo en el extremo sur. No se detuvieron, pues los naturales isleños solo hacían tratos con moros, siendo muy peligroso para los portugueses echar allí el ancla.

Más pacíficas eran las bellísimas islas que se hallan más al norte: Mafia, Zanzíbar y Bemba, exuberantes de verdor, con playas de arenas blanquísimas y frutas tropicales de todo tipo. Desde allí se podían contemplar a lo lejos, al otro lado del mar, las gigantescas montañas del interior de África, que arañaban los cielos azules con sus cumbres nevadas.

Melinde, 25 de marzo de 1542

Desde el mar, el Coulam saludó con salvas a la ciudad de Melinde, aliada de los portugueses. Cuando fondearon en el puerto, el rey moro salió a recibir al gobernador, montado en un caballo blanco, rodeado por toda su guardia, que exhibía sus mejores galas, ataviada con túnicas de seda, turbantes de fino algodón y preciosas dagas sujetas al cinto. En los minaretes de las diecisiete mezquitas de la ciudad, otros tantos arcabuceros anunciaban el recibimiento con estampidas de humeante pólvora, y a su vez, un ejército de músicos acudió con panderos y atabales para abrumar con su ensordecedor estruendo a los recién llegados.

Durante la estancia en Melinde, se puso en contacto con el gobernador el hidalgo gallego Diogo Soares de Mello, que tenía ancladas un par de naves rápidas, una fusta y un catur, en el puerto. Se dedicaba este navegante español a ganarse la vida como corsario, después de haber tenido en Goa desavenencias con el gobernador interino Estevão da Gama, que le buscaba para ahorcarle. Por este motivo, se ofrecía ahora al nuevo gobernador con sus navíos y sus veinte hombres armados para acompañarle a la India. Martim Afonso de Sousa le recibió y le concedió un salvoconducto, después de que el gallego le contara muchas cosas desfavorables de Da Gama.

Desde Melinde, el Coulam, seguido por la fusta y el catur de Soares de Mello, se dirigió a Socotora. Recaló en el puerto y se aprovisionó de dátiles, leche y carne en abundancia. Allí descendió Francisco del galeón y comprobó con tristeza que había cristianos en lamentable estado: tiranizados por los moros, abandonados a su suerte, pobres, ignorantes y gobernados por sacerdotes analfabetos. Tanta lástima sintió que quiso quedarse para asistirlos. Pero el gobernador le convenció de que continuase el viaje hasta Goa, pues no había en la isla portugueses que le protegieran y podía caer en manos de turcos que le harían esclavo.

Prosiguieron la travesía enderezando el rumbo hacia oriente, por la inmensidad del océano Índico, para cubrir las trescientas leguas que exigían cuanto menos tres semanas de navegación en esta época del año.

La India, Goa, 4 de mayo de 1542

Cuando el 4 de mayo entró el Coulam en la barra de Goa, mandó Sousa ir por delante a un secretario con algunos auxiliares más en la rápida fusta de Soares, con el mandato de dar parte a Estevão da Gama de su llegada y advertir a los funcionarios de no tocar los bienes del rey ni los libros y papeles hasta el momento de la toma de posesión del nuevo gobernador.

Mientras tanto, el galeón remontaba el río Mandovi. Francisco contemplaba las riberas llanas, pobladas de cocoteros, y las colinas cubiertas de espesa vegetación. Al fin, después de trece meses de viaje, estaba en la India.

6 de mayo

Por la mañana, cuando el Coulam avanzaba adentrándose en el puerto de su destino, Goa estaba en ambiente de fiesta. Durante el día anterior corrió la noticia de la llegada del nuevo gobernador y todo el mundo se agolpaba en los muelles. Se veían decenas de fustas y catures engalanados con gallardetes de colores y multitud de barquichuelos que surcaban velozmente las aguas, a golpe de remo, para acompañar llenos de curiosidad al galeón recién llegado.

Francisco se maravilló al contemplar la bonita ciudad que parecía surgir entre palmeras, con las torres de la catedral y los campanarios de las iglesias saludando la llegada con alegres repiques de sus campanas. El gentío llegaba desde todas partes, alegre, bullicioso, en medio de un gran colorido y una solemnísima expectación.

No bien se había echado el ancla, cuando resonaron los estampidos de una cerrada salva de bienvenida de los cañones de la fortaleza.

Descendieron a tierra y acudió a recibirlos una concurrida comitiva con banderas, cruces y estandartes. No había manera de hacerse entender a causa de los disparos al aire y de la ensordecedora fanfarria de trompetas, dulzainas y timbales, además del griterío de la gente. Se aproximó un rojo palio de terciopelo llevado por oficiales de gala y el nuevo gobernador se puso debajo para ir hacia el portón principal de la ciudad. Delante de este, fue recibido por el gobernador interino, que le entregó las llaves de la fortaleza y el libro con sus privilegios. Se abrieron entonces las puertas y entraron todos al interior de las murallas. Con este solemne gesto, hecho en nombre del rey de Portugal, don Martim Afonso de Sousa tomaba posesión del gobierno de la India, con todas sus fortalezas, posesiones, naves de la flota, depósitos, factorías y beneficios. Se firmaron los comprobantes y se hicieron los discursos exaltados correspondientes.

Después todo el mundo fue a la catedral, para entonar el tedeum dando gracias a Dios. A esto siguió una gran fiesta, con banquetes, danzas y grandes hogueras encendidas en toda la ciudad.

34

La India, Goa, 8 de mayo de 1542

Francisco despertó envuelto en un raro estado de placidez. Había dormido con tal profundidad, que parecía regresar de la nada, como si hubiera desaparecido de la existencia durante aquella larga noche de reparador descanso. Por un breve instante, no supo dónde se hallaba. Abrió los ojos y le cegó una intensa luz que provenía de una ventana que se abría a un cielo transparente y azul. Sentía el cuerpo muy pesado, hundido en el blando colchón del camastro. Estaba bañado en sudor. Inspiró profundamente y percibió el aire cálido y vaporoso que le hizo recordar el lugar donde amanecía. Estaba en Goa; al fin había llegado a su destino. Invadido por una gran felicidad, se levantó y anduvo torpemente, como mareado, hacia la ventana para mirar al exterior.

Un curioso panorama se extendía ante sus ojos. Las altas murallas de adobe, coronadas por almenas, separaban la ciudad de la ribera del río. Las puertas de la fortaleza estaban abiertas de par en par y un río de gente transitaba frente a los muros componiendo un colorido espectáculo:

caballeros portugueses con sus criados que los protegían del sol sosteniendo sombrillas; soldados a caballo; esclavos y esclavas portando todo tipo de objetos, fardos, telas, haces de leña, racimos de dátiles, gallinas...; pastores conduciendo rebaños de cabras; hombres con turbante a lomos de elefantes; bueyes vagando libres por los alrededores; moros subidos en carretas tiradas por asnos; pacíficos santones de blancos hábitos y barbas luengas; mercachifles de todo género y una chiquillería bulliciosa que correteaba de un lado para otro.

Dentro de las murallas se veían buenos edificios, con bonitas fachadas encaladas, balcones, chimeneas y tejados bien compuestos. Destacaban la fortaleza, con su gran caserón y sus torres, la catedral y la bella iglesia de San Francisco. Próximo a la ventana a la que se asomaba Xavier, se alzaba el hospital del Rey. La vista alcanzaba hasta la verde colina sobre la cual resplandecía la ermita de Nuestra Señora del Rosario. Por las laderas crecía un abigarrado suburbio de casas pobres de adobe techadas con hojas de palma, y una infinidad de cabañas que se adentraban en los tupidos bosques de cocoteros. El río Mandovi discurría caudaloso, inmenso, frente a la ciudad de los portugueses, limitado en su otra orilla por una lejana franja de tierra saturada de vegetación.

Desde la llamada Porta do Cais, que daba al río, se extendía la Ribeira, con el astillero, los arsenales y los talleres donde se reparaban y aparejaban las naos. El galeón Coulam descansaba anclado en el muelle con las velas recogidas y parecía enorme, en medio de multitud de embarcaciones de todos los tamaños.

Francisco disfrutó durante un buen rato del maravilloso espectáculo, recreándose en la exótica mezcla de personas y atavíos tan diferentes que pululaban al pie de las murallas. Nunca supuso que Goa estuviera tan concurrida. Bajo el brillo del intenso sol asiático, permanecía absorto contemplando aquella delirante explosión de vida, abrumado por el vocerío entremezclado, la música de las lánguidas chirimías de los encantadores de serpientes, el golpeteo de los panderos, el incesante estrépito de las pezuñas de los animales, el griterío de la chiquillería y los estridentes cantos de las aves tropicales.

Hasta que alguien le llamó desde alguna parte:

—¡Padre! ¡Padre Francisco! ¡Buenos días os dé Dios!

Se volvió y vio a un hombre de mediana estatura entrando en la pequeña alcoba.

—Buenos días —contestó Francisco casi mecánicamente.

—El señor proveedor del hospital me envía para que os atienda en vuestras necesidades. ¿Deseáis tomar un baño?

—No me vendría mal —respondió Francisco—; he sudado mucho durante la noche.

—¡El padre tomará un baño! —gritó aquel hombre.

Enseguida aparecieron unos esclavos portando un gran recipiente metálico, una especie de pila. Trajeron también unos cántaros y paños de algodón, estropajos de fibra de coco y jabón. Uno de ellos se fue hacia Francisco haciendo ademán de quitarle el camisón de dormir.

—¡Oh, no, muchas gracias! —le dijo él, sujetándose la ropa—. Yo lo haré, pueden marcharse, gracias.

Los tres hombres se miraron con expresiva perplejidad.

—Disculpe, padre, debemos lavarle nosotros —replicó con suma humildad el que parecía ser el jefe de los otros dos—. Es nuestro oficio.

—Sí, sí, lo comprendo, mas suelo lavarme solo.

Los tres criados, no demasiado conformes con esta negativa, hicieron una reverencia y finalmente se marcharon.

Aseado y vestido con ropa limpia, Xavier salió de la casa y fue al vecino hospital, donde se encontró con el mayordomo, a quien dio las gracias por el alojamiento y por el baño.

—Ya os advertí que era un hospedaje modesto —dijo el mayordomo.

—Es justo lo que necesito —le contestó Francés—. No deseo causar ninguna molestia. Y, por favor, os ruego que no me enviéis criado alguno, ni personas para mi servicio. Yo me ocuparé de todo.

El mayordomo sonrió y luego dijo:

—Pues, esta vez, deberéis conformaros, puesto que mandé a los esclavos que os laven la ropa. Pero, si no os parece bien, podemos ensuciarla de nuevo...

—De acuerdo, sea por esta vez —asintió Francés, entre risas, divertido por aquella broma.

Aceptó el desayuno que le ofreció el mayordomo en el refectorio del hospital y, mientras comía, preguntó por la casa del obispo.

—Está ahí mismo, dos calles más arriba, junto a la Sé (catedral) —explicó el proveedor—. Yo mismo os acompañaré.

Había obras en la catedral. Los andamios se elevaban hasta una considerable altura para permitir que los obreros fueran dando forma a la infinidad de adornos y molduras que exigía la decoración al estilo portugués.

—Ya ve, padre —comentó el mayordomo—, aquí los trabajos nunca terminan.

También la residencia del obispo parecía estar en obras. Era un edificio de adobe, alto y destartalado, que presentaba un zócalo de una vara de alto a base de toscas filigranas dibujadas en el mismo barro. Un sirviente los atendió en la puerta:

—Avisa al secretario del señor obispo —le dijo el mayordomo—. El señor nuncio del papa viene a visitarle.

Una vez hecho el aviso, enseguida salió un sacerdote viejo y enjuto que preguntó con gran nerviosismo:

—¿Cuándo llegará su excelencia, el señor nuncio? El señor obispo guarda cama a causa de sus males. Necesitará algo de tiempo para prepararse.

—El nuncio ya está aquí —dijo Francisco con naturalidad.

—¡Oh, Dios mío! —exclamó el sacerdote—. Y... ¿dónde?... ¿Dónde está?

—Aquí —respondió Francisco, llevándose la mano al pecho—. Servidor es el nuncio del papa.

—¡Ah! —dijo con cara de sobresalto el secretario—. ¿Vos? ¿Vos mismo? —Le miró de arriba abajo—. Qué... ¡qué joven!

Francisco sonrió. Por un momento, todos permanecieron inmóviles, mirándose. El mayordomo adivinó cierta suspicacia en el secretario del obispo y dijo:

—Que sí, don Liborio, que es su excelencia el nuncio en persona. Vamos, dejadle pasar de una vez.

—Adelante, adelante, excelencia. Avisaré al señor obispo —dijo el sacerdote, deshaciéndose en reverencias.

Francisco tuvo que aguardar durante un rato en el recibidor que precedía a las dependencias privadas del obispo. Nada allí denotaba lujo, ni estaba dispuesto para impresionar, a diferencia de lo que era frecuente en las estancias de otros dignatarios eclesiásticos. El caserón del obispo de Goa tenía los techos altos y los ventanales elegantes, pero el mobiliario era austero y las paredes estaban decoradas con escasos cuadros, poco valiosos en general.

Delante del recio banco donde aguardaba sentado, había un ancho portón de doble hoja. Pensó que sería la entrada al despacho. Pero, de repente, se abrió una pequeña puerta a su lado y apareció el secretario llevando del brazo al prelado.

Francés se puso en pie. El obispo de Goa era un anciano de barbas largas, completamente grises, que caminaba trabajosamente apoyándose en un bastón. Vestía el tosco hábito de los frailes llamados «capuchos» y solo podía reconocerse su dignidad episcopal por la birreta morada, el pectoral de plata y el anillo. Miró a Xavier con ojos confundidos y luego preguntó:

—¿Sois vos en verdad el nuncio del santo papa de Roma?

—Para servir a Dios y a vos, muy ilustre señor obispo de Goa —contestó Francisco, arrodillándose.

El anciano obispo se sobresaltó y, con gran trabajo, se hincó también de rodillas delante de él mientras exclamaba:

—¡Yo he de serviros a vos, reverendísimo señor! ¡He aquí al pobre fraile de San Francisco Juan de Alburquerque, indigno siervo de la santa Iglesia de Nuestro Señor Jesucristo!

Ambos intentaban besarse la mano el uno al otro. Forcejearon durante un momento. El obispo estuvo a punto de caer de bruces. De repente, se miraron fijamente a los ojos. Se dieron cuenta de que estaban en una actitud muy ridícula, ante la mirada atónita del secretario.

—¡Santísimo Dios, qué suerte de tontería es esta! —suspiró el anciano prelado prorrumpiendo en un ataque de risa.

Francisco le ayudó a levantarse, desmadejado también a causa de la cómica situación.

—No sabía que era vuestra reverencia padre capucho, señor obispo —dijo.

—¡Ah, ni yo esperaba que el nuncio del papa viniese con tan pobre indumentaria!

Rieron de nuevo. Desde ese momento no hubo reverencias, ni protocolo; dejaron a un lado los tratamientos y comenzaron a charlar amigablemente, como si se conociesen de toda la vida.

El obispo de Goa, fray Juan de Alburquerque, era español de origen, nacido en Extremadura de padres de condición humilde, sencillos campesinos. Entró en los franciscanos recoletos que protegía el duque de Braganza en Portugal, conocidos popularmente como «capuchos», que vivían en monasterios pequeños, en suma pobreza, lejos de las ciudades. Fray Juan le contó a Francisco algo de su vida en aquella primera conversación. Se sentía únicamente fraile, sin otras aspiraciones. Pero el rey de Portugal se había fijado en él, después de que ejerciera como confesor suyo, y le había elegido para la recién erigida sede episcopal de Goa en 1537.

—Y aquí estoy —le explicó, con gesto de conformidad, entrelazando los dedos de sus temblorosas manos—. Al rey le pareció bien que yo gobernase las almas de este territorio. Creía que, ¡pobre y miserable de mí!, sería capaz de enderezar las costumbres depravadas de los cristianos de la India y llevarlos a la verdadera fe. Estoy aquí desde 1538, ¡cuatro años!, en los que poco he podido hacer, excepto rezar mucho y confiarme en quien todo lo puede, Dios Nuestro Señor.

Francisco escuchaba atento el relato de aquel hombre tan humilde, alejado de toda grandeza a pesar de la importancia de su cargo. La extensión de su obispado comprendía todas las tierras al este del cabo de Buena Esperanza, pero eran territorios vastísimos sin evangelizar aún. Contaba solo con trece parroquias en la diócesis, las cuales no podía visitar a causa de su avanzada edad y por padecer un mal de piedra que le obligaba a guardar cama de vez en cuando. Pero procuraba mantener dignamente el culto en la catedral y cuidaba con sumo cariño de los fieles de Goa. No había dejado de ser el fraile modesto y de costumbres austeras que exigía la regla de San Francisco. Repartía constantemente los beneficios de sus rentas entre los pobres y vestía con sencillez el hábito de su orden, excepto en la solemnidad del culto divino, que le exigía usar la vestimenta litúrgica del pontifical.

Francisco se dio cuenta enseguida de que estaba delante de un hombre sincero y piadoso, apreciado por todos en Goa y querido entre los cristianos como un padre por su gran virtud. Regía al clero con paciencia y nunca quería parecer duro.

—Procuro que nadie se aparte por causa mía de Dios —decía afligido—. ¡Bastante se alejan ya de la fe a causa de los malos ejemplos!

Con tristeza, se quejó a Francisco de que el clero en la India dejaba mucho que desear. Los sacerdotes vivían de manera corrompida, con dejadez de su oficio, dedicados a los negocios, a ganar dinero y a rodearse de servidumbre para no hacer nada. Muchos hombres casados en Portugal tenían aquí otras mujeres, incluso varias concubinas, hijos y abundantes esclavos y esclavas a su servicio. Los frailes vivían fuera de los monasterios, dando mal ejemplo, buscando enriquecerse y rodeados de placeres. Algunos de ellos se comportaban incluso de peor manera que los laicos. A causa de esto, disminuía la religiosidad de las gentes y los indígenas desconfiaban mucho de la Iglesia.

—También habrá hombres de Dios —repuso Francisco—. ¡Hay gente buena en todas partes!

—Sí, sí, claro que sí. Son pocos, pero los hay. También cuento con algunos sacerdotes que me ayudan mucho y frailes muy buenos ahí mismo, en el convento de San Francisco. Entre todos hacemos lo que podemos.

—Confiemos en Dios —sentenció Francisco, apretando cariñosamente la mano del anciano obispo—. El buen grano crece en medio de la cizaña.

—Sí, sí, sí —asintió fray Juan—. ¡Bien dicho! No hay que desesperanzarse. ¡Dios Nuestro Señor sabrá sacar algo en claro de todo esto! Nosotros solo somos pobres y humildes instrumentos.

Francisco pasó todo el día con aquel hombre bondadoso, cuya conversación estaba impregnada de fe y buenas obras. Ambos se entendieron bien desde el primer momento. Tenían ideales semejantes.

—Padre Xavier —le dijo el obispo—, vuestra reverencia es joven y tiene muchas ganas de luchar por la causa del Señor. Pero temo que aquí choque como contra un muro. El apostolado es difícil en Goa. Las supersticiones de los indígenas tienen mucha fuerza entre el pueblo y, tristemente, los cristianos no obramos con la caridad suficiente para seducirlos y llevarlos a nuestras creencias. ¿Qué piensa hacer?

Francisco le contestó entregándole las cartas que el papa Paulo III y el rey de Portugal le habían dado como nuncio apostólico, con el mandato expreso de instruir a los recién convertidos y dedicarse a predicar a los infieles.

Al ver los documentos, el obispo exclamó circunspecto:

—¡Son grandes poderes! Con estas autorizaciones y mandatos, Goa está en vuestras manos.

—No haré sino lo que mande vuestra ilustre reverencia —dijo Francisco besando amorosamente la mano del prelado—. He venido a obedecer a la Iglesia, la cual representa aquí el señor obispo de Goa.

Conmovido ante este gesto de humildad, el anciano fray Juan derramó algunas lágrimas y después abrazó con gran cariño a su visitante.

—¡Ah, padre, querido padre Francisco! —suspiró entre sollozos—. ¡Bienvenido! Dios os manda. ¡Cuánto os necesitaba!

Desde aquel día, surgió entre ellos una íntima amistad. Francisco comprendía los sufrimientos del buen fraile de edad provecta, enfermo, fatigado y solo en su deseo de predicar con el ejemplo. Y el buen obispo se sintió muy aliviado al descubrir en el enviado del papa a un amigo, colaborador y confidente, en vez de a un inspector exigente y autoritario.

35

La India, Goa, 9 de mayo de 1542

El mejor auxiliar que tenía el obispo era Miguel Vaz Continho, el vicario general, un bachiller en Derecho Canónico que no era clérigo, pero que conocía muy bien las leyes y llevaba en Goa ya más de diez años. Por eso era la persona más indicada para poner al corriente a Francisco de los asuntos de la Iglesia en Goa.

—Vaya vuestra reverencia a visitarle —le recomendó el prelado—. Él sabrá darle explicaciones y consejos mejores que los míos, pues conoce a mucha más gente y anda más metido en los problemas del gobierno de la colonia que yo.

Xavier fue a verle. Vivía don Miguel cerca de la muralla, junto a la fortaleza, y no se sorprendió al recibir la visita del humilde nuncio del papa. Ya le había visto de lejos el día de la llegada del Coulam y le habían dicho quién era, aunque no tuvo ocasión de presentarse a él en el bullicio festivo del recibimiento.

El vicario era un hombre instruido, serio y educado. Hablaba pausadamente. Explicó sin prisas y con palabras muy certeras todo lo que se necesitaba saber acerca de Goa.

Como era de esperar, ponderó la misión del buen obispo, a pesar de su edad y sus achaques. Le consideraba un hombre santo. Pero, como fray Juan, se quejó amargamente del clero. Recientemente había tenido que tomar cartas en el asunto con mano dura y desterró a un sacerdote de conducta inmoral a la isla de São Thomé, a África. También acudió con mandato del gobernador a cerrar los negocios de algunos frailes corrompidos. Nada menos que al deán de la catedral tuvo que apartar del cargo.

—Le daban ataques de ira —le contó—. Insultaba en el coro de la Sé a los canónigos, llamándolos burros, chapuceros, villanos, ruines, bellacos, ladrones... Y los amenazaba con el bastón. Un día incluso sacó un cuchillo de entre las ropas. Era un hombre peligroso. ¡Un loco!

De los portugueses tampoco le dio buenas referencias. Goa estaba llena de hombres egoístas e impíos a los que únicamente les importaba vivir bien a costa de los pobres indígenas.

—Muchos de ellos están casados en Portugal y aquí se han amancebado con otras mujeres. Peor que moros, los hay que tienen varias, hasta ocho, diez o más, con numerosa prole de todas ellas. Pero... si fueran solo esos los pecados... Lo peor es que hay afición a derrochar el dinero en todo tipo de lujos, trajes, caballos, buenas casas y muchos esclavos y esclavas. Para estos fines, no dudan en hacer males a los naturales indios apretándoles con duros trabajos y sacándoles lo poco que tienen.

—¿Y a todo eso no ponen freno las autoridades? —observó Francisco—. ¿No hay justicia y leyes?

—Las hay, pero no dan abasto para atajar tantas tropelías. Sepa, señor nuncio, que hay capitanes y caballeros nobles que se echan a perder aquí a causa del ánimo de ganar oro, como única ley. Se pasan muchas veces más de un año sin pagar los sueldos y manutenciones a sus soldados, y estos, para no morir de hambre, venden los derechos de sus soldadas por una miseria y andan luego mendigando por las calles, se pasan a los moros o se echan en manos del corso para hacer tropelías sin cuento. Creedme, padre, que no exagero.

—Lástima —se lamentó Xavier—, pues se ve mucha mocedad aquí. Con tan malos ejemplos, es de temer que los jóvenes hidalgos y los soldados portugueses pierdan la fe. Si hemos venido a estas tierras a hacer cristianos y va a resultar que el demonio no solo lo impide, sino que sale ganando almas, ¡vaya negocio!

—Así es, padre. Muchos de esos jóvenes hidalgos vienen convencidos a propagar la fe y a luchar contra el moro. Pero la permanencia en estos lugares apartados, lejos del reino católico, de la familia y de las moderadas costumbres portuguesas, pronto hace que se relaje la piedad. A ello se suma el clima cálido, nada bueno para las pasiones, la dura vida del soldado y muchas ocasiones de pecar. En fin, nada facilita las cosas.

—Hay que hacer algo. No debemos permitir que el mal se propague de esta manera. ¡Acabaremos sembrando de iniquidad estos territorios!

—Comprendo vuestro ardor misionero, señor nuncio —repuso don Miguel Vaz, con su exquisita elocuencia—. Mas considero necesario que conozcáis la verdadera realidad de Goa. Y aún he de deciros muchas otras cosas que han de desalentaros más. Hace ahora cuatro años ya que su majestad el rey envió a la India una flota de dos mil hombres a causa del peligro turco. Esa soldadesca la componían cerca de un millar de hidalgos y caballeros y la otra mitad eran gente desharrapada, pobretería y mozalbetes imberbes que apenas cobraban una soldada de quinientos reis de sueldo. ¿Qué cree que sucedió con todo ese personal? Yo se lo diré. Los hidalgos enseguida se acomodaron a la buena vida. Pronto se los veía pasear arriba y abajo por la vía principal de Goa, llevando tras de sí cuatro o cinco esclavos y un lacayo para que les sostuviera la sombrilla. Todos esos mozos vanidosos tomaron enseguida servidumbre y mujeres para satisfacer sus deseos más nimios. ¡Una vergüenza! Y por otra parte, la chusma que no era noble se echó a los montes o a la mar para ir por ahí, de aldea en aldea, de isla en isla, robando y pirateando sin freno. ¿Qué os parece?

—Un desastre. Termino de darme cuenta de que Satanás anda suelto aquí. Pero... ¿siempre fue así? Allá, en la cristiandad, se piensa que aquí los católicos hacen mucho bien a la causa de Nuestro Señor.

—Mire, padre. Hace treinta y cinco años, cuando el virrey don Francisco de Almeida, los portugueses de Goa cumplían con la moral cristiana. Los casados, salvo raras excepciones, se sujetaban a sus mujeres legítimas. En general eran hombres convencidos, fieles católicos que acudían a misa, todos dispuestos en todo tiempo a luchar contra el moro y dar buen ejemplo a los paganos. Todavía iba la gente a pie, con sencilla casaca de algodón hasta las rodillas, camisón y alpargatas. Pero hoy los hombres traen galas de seda, visten fastuosos jubones, elegantes botines de cordobán y calzas de colores; llevan plumas en el sombrero y gastan joyas, aros de oro, collares y sortijas, como los rajás paganos. Van siempre a caballo, con jaeces de gala, con palafreneros llevándoles las bridas, ¡como si fueran príncipes! A eso llaman «estar al servicio del rey», cuando son solo unos inútiles de vida libertina.

Francisco escuchaba el relato del vicario con suma atención. Se daba cuenta de que todo en Goa era muy diferente a lo que se había imaginado. Pero, lejos de descorazonarse, comprendía que se necesitaba una dura lucha espiritual para cambiar allí muchas cosas.

—Esto no va a ser fácil—le dijo a Vaz—. Pero no olvidemos que tenemos al Señor de nuestra parte.

10 de mayo de 1542

Las primeras semanas las dedicó Francisco a conocer la realidad donde debía desenvolverse. Recorría la ciudad. Caminaba mezclado entre la gente, pasando desapercibido por su sencilla indumentaria. Se calculaba que en Goa vivían más de cincuenta mil almas, distribuidas en treinta aldeas. Al principio, se movía por la población de los portugueses. El núcleo urbano de la ciudad propiamente dicha no era muy grande. Desde el portón principal de la muralla, se podía caminar al lado del río por el arsenal y llegar en media hora hasta la aduana. Era un paseo interesante, se cruzaba toda la Ribeira, donde trabajaban centenares de hombres en los astilleros, cortando y tallando maderas, trenzando cuerdas y cosiendo velas. Más allá del arsenal, se fundían los cañones. Asombrado, Xavier observaba los trabajos de los elefantes que, como criaturas salidas de un cuento de gigantes, movían las vigas y las pesadas piezas de hierro sirviéndose de sus trompas y colmillos.

Junto a la misma orilla del río, se adentraba por un barrio de casas apretadas donde encontraba a las gentes más diversas: portugueses de aspecto aguerrido con espada al cinto, negros con aros pendiendo de las orejas, marineros de la peor traza, faquires escuálidos, brahmanes errantes y muchos hombres y mujeres sumidos en la mayor de las pobrezas, famélicos, cuajados de llagas, enfermos, sucios y harapientos. Le daban más pena que nadie los ancianos abandonados a su suerte que mendigaban en las esquinas y los niños hambrientos comidos por enjambres de moscas. Se quedaba como paralizado, vencido por una tristeza infinita.

Desde la ribera ascendía por entre las chozas de barro, cuyos tejados de palma azotaba un sol abrasador, y tomaba un sendero zigzagueante entre cocoteros, bananos, arecas e higueras indias. La humedad era sofocante. Más arriba crecía una grama amarillenta y arbustos espinosos, delante de la silenciosa capilla de Nossa Senhora do Rosario. Entraba en el pequeño y humilde santuario, cegado por la poderosa luz exterior, y se arrodillaba en el fresco suelo donde oraba, poseído por una misteriosa sensación de irrealidad:

Dios, ¡oh, Dios!, me envuelves.
Estás aquí...
En ti vivo, existo, me muevo, respiro, soy... soy gracias a tu bondad, de infinita bondad.

Tumbado, aplastado contra el pavimento de losas de arcilla, sentía vibrar todo su cuerpo:

Creo, Señor, creo y te adoro...
Más interior que mi interior, más profundo...
Más que la hondura y profundidad de mi alma...
¡Señora mía! ¡Señora, madre mía! ¿Qué he de hacer?

36

La India, Goa, junio de 1542

Con paso rápido, infatigable y exultante de alegría, Francisco subía por la pendiente donde se asentaba el barrio de los indígenas, seguido por un tropel de muchachos desarrapados, esclavos y esclavas, niños y niñas de oscura piel y enmarañados cabellos negros, que reían y le jaleaban con sus voces cantarinas.

Diariamente, el jesuita reunía a esta multitud, que a veces llegaba a superar los trescientos, y los llevaba a la fresca iglesia de Nossa Senhora do Rosario, en lo alto del promontorio que se alzaba fuera de la ciudad. Allí, como en un teatro a la manera oriental, se ponía delante del altar y alzaba los ojos y las manos al cielo, representando la comunicación con Dios. Maravillados, los pequeños oyentes se ponían como en trance y pronto estaban repitiendo en voz alta, locos de contento, las oraciones y las enseñanzas de la doctrina que Xavier les enseñaba cantando, con melodías pegadizas que les encantaban. Era una concurrencia pobre, sucia, descalza y maltratada.

Francisco casi no podía hacer otra cosa con aquel muchacherío que sacarlos del triste barrio donde se desenvolvían cotidianamente, abandonados a su suerte, mendigando como perrillos alrededor de los hidalgos portugueses, cuando no eran utilizados en infamantes trabajos que les agotaban sin apenas ganancias o, mucho peor, prostituidos y convertidos en víctimas de los más crueles abusos.

Sabían poco portugués, pero, por una misteriosa comunicación de espíritus, llegaban a comprender enseguida que aquel hombre recién llegado a Goa, aun siendo alguien importante, no vestía con los lujos del resto de los hombres venidos de la lejana cristiandad, sino que solo se cubría con una especie de túnica raída; iba como ellos descalzo y comía también de lo que le daban. Pero había algo mucho más importante, lo que de verdad seducía a toda aquella gente menuda y hambrienta.

Francisco los amaba y sabía expresarlo sin aspavientos, con una ternura inagotable y una permanente sonrisa en el rostro. Incluso cuando se peleaban entre ellos, pues se armaban frecuentes trifulcas, no los trataba a palos como el resto de la gente. Ni se hartaba de ellos cuando se ponían pesados, siguiéndole a todas partes, no dejándole ni un momento en paz, ni a sol ni a sombra.

Francisco estaba viviendo una especie de delirio, la rara locura de amar incondicionalmente a una suerte de gente débil en extremo, a los que nadie tenía en cuenta, ni consideraba de ninguna manera. Estaba cautivado por la compañía de los verdaderos hijos del cielo y ello le arrebataba por los extraños y velados caminos de la verdadera felicidad.

Con frecuencia se quedaba arrobado, solo admirándolos. Se extasiaba contemplando sus ojillos curiosos, negros como el azabache; sus limpias e inocentes miradas hechas únicamente a ver la miseria. Le encantaba observarlos cuando jugaban, cuando charlaban entre ellos, cuando reían a carcajada limpia. A veces, estallaban en locas carreras, como bandadas de pájaros bulliciosos. Otras veces se enzarzaban en animadas discusiones y acababan pegándose. Incluso esto le parecía maravilloso, pues le servía para explicarles con gestos y medias palabras la gratificante fuerza de la reconciliación. Eran aquellas pobres criaturas íntimamente sensibles al amor, como cualquiera que se ha criado en el sufrimiento.

De entre todos, destacaban sus favoritos: una pequeña niña que se desplazaba arrastrándose, hincando los codos en tierra, pues tenía los miembros carentes de toda fuerza y las manos engurruñadas; también dos niños mellizos, de unos seis años de edad, a quienes rescató de una pocilga donde hacían la vida con los cerdos. Convenció a los demás de que debían cuidarlos. Pocas semanas después, a Francisco se le cayeron regueros de lágrimas cuando comprobó que el resto de los niños se peleaban por llevar en brazos a la pequeña paralítica. Era como si aquellos desheredados, a fuerza de ser tratados con desprecio y no contar nada, tuvieran el alma más dispuesta que nadie para aprender cosas buenas. De manera que pronto traían a otros niños y niñas, esclavos y esclavas, a los que encontraban por ahí, enfermos, abatidos por la fatiga de tantos trabajos, cojos, ciegos y lisiados.

Junio a septiembre de 1542

Durante cuatro largos meses, desde su llegada en junio de 1542 hasta septiembre, Francisco de Xavier trabajó en

Goa infatigablemente. Se dedicaba a los enfermos del hospital del Rey, a los niños, a los esclavos desamparados y a los mestizos. Los domingos salía de la ciudad y se encaminaba por un sendero solitario que discurría por en medio de un tupido bosque de palmeras y que conducía hasta un llano triste, donde se alzaba un pobre poblado de chozas construidas con cañas y palmas. Allí vivían, apartados del resto del mundo, los enfermos del mal de San Lázaro: los leprosos. Francisco les llevaba regalos, les decía misa, los confortaba y pasaba el día entre ellos, convertido en su amigo.

—¿Está loco, padre? —le gritó el gobernador Sousa cuando lo supo—. Haciendo esas cosas no llegará a parte alguna. ¡Qué temeridad, Dios Santo!

Xavier sonreía indiferente. Ante el espanto del gobernador, respondía:

—No se preocupe, excelencia. Dios cuidará de mí.

También visitaba la cárcel de Goa, un edificio rodeado de altos paredones de barro, en cuyo interior malvivían, hacinados en un ambiente nauseabundo, cientos de presos. Las condiciones en que se hallaban los recluidos eran pésimas. Se daban allí dentro todas las miserias humanas, en la hediondez de los patios embarrados de aguas ponzoñosas y excrementos: muertes frecuentes, asesinatos, peleas, bandos rivales, dominios crueles de los más fuertes, esclavitudes de los débiles, abusos y maldades de todo género.

No le costó demasiado trabajo a Francisco, después de pedirle uno de aquellos días que visitase la prisión, convencer a don Martim Afonso de Sousa de que reformase aquel antro siguiendo el ejemplo de las cárceles de Roma, más justas y humanas. Aceptó el consejo el gobernador y amplió el centro, separando a los presos más peligrosos y habilitando letrinas y barracones que aliviaron mucho la vida dura del cautiverio.

Septiembre de 1542

Con frecuencia, les había expresado Francisco tanto al gobernador como al obispo que su misión no consistía en permanecer en Goa, sino ir más allá, hacia la parte oriental de la India, donde tenía conocimiento de la existencia de pueblos cristianos pobres, pescadores, que vivían bajo la permanente amenaza de los moros, sin sacerdotes ni maestros que los instruyeran en la fe.

Ya en Roma había oído hablar de la conversión de los indios llamados paravas. En la cristiandad occidental corría desde el año 1537 la noticia de que en el lejano Oriente, en las regiones indias costeras del cabo Comorín, se agrupaban numerosas aldeas de cristianos convertidos por la predicación del vicario Miguel Vaz. El rey de Portugal Juan III mandó entonces aviso al papa por medio de sus embajadores de que más de cincuenta mil paganos habían sido bautizados. Se suplicaba el envío de misioneros para instruir en la fe a todas aquellas gentes que estaban resueltas a vivir como cristianos, pero que, junto a su bautismo, habían recibido enseñanzas muy elementales.

Como tuvieron conocimiento de estos hechos Íñigo de Loyola y Francisco, en el seno de la recién fundada Compañía de Jesús, resolvieron obedecer a la llamada del papa para evangelizar a aquellos lejanos pueblos de cristianos neófitos. Esta es la razón que movió a Francisco de Xavier a embarcarse para la India. Por eso, aunque en Goa trataba de aprovechar el tiempo haciendo el mayor bien posible, sentía que estaba allí solo transitoriamente, como estación de paso en su viaje hacia el verdadero destino que era la región de los paravas, en la costa oriental del cabo Comorín.

El que mejor podía instruirle acerca de aquellas gentes era el propio Miguel Vaz, el vicario general. Xavier le visitaba con frecuencia para informarse. Y a medida que le iba contando cosas el vicario, le entraban más y más deseos de emprender el viaje hacia Comorín.

—Pronto el mar será navegable —le dijo Vaz—. Toca a su fin septiembre y las naves empezarán a salir para hacer las rutas por la costa Malabar, hacia el sur, para doblar el cabo que une los dos mares.

—En el primer barco que parta para el cabo de Comorín me embarcaré —le dijo Francisco con ansiedad.

—¡Ah, padre Francisco, qué impaciencia! —exclamó el vicario—. No sabe vuestra reverencia la lengua de los paravas, ni conoce aquellas tierras...

—No importa, me las arreglaré, Dios me ha de ayudar...

—¡Ah, ja, ja, ja...! —rio Vaz, divertido por la intrepidez del jesuita. Le admiraba aquella energía que no se arredraba ante nada—. Debéis aprovechar el tiempo, antes de partir, para recabar informaciones acerca de la región y conocer al menos algo de la lengua de los paravas, que es harto complicada.

—¿Podéis enseñarme vos? ¿Me ayudaréis?

—¡Qué más quisiera, padre Xavier! No sé yo la lengua de esos indios, aunque estuve allí un par de años.

—Pero... bautizasteis a miles de aquellas gentes. ¿Cómo os valíais?

—Me serví de intérpretes.

—¿Dónde están esos intérpretes?

—Aquí hay algunos indios paravas que vinieron conmigo a Goa el año 1538. Son muchachos que estudian en el colegio de San Pablo, que rige la Hermandad de la Fe. Yo me encargué de que se formaran, previendo que algún día podrían regresar a sus pueblos como clérigos para instruir a su gente.

—¡Qué feliz idea! —exclamó Xavier.

—Sí, gracias a Dios, algunos de aquellos muchachos han progresado en estos cuatro años y tal vez sea este el momento de enviarlos de nuevo allí.

Francisco vio una vez más la obra de la Providencia y dio gracias a Dios porque aquella circunstancia parecía venir a reafirmarle en que su verdadero destino eran los paravas.

Esa misma tarde fue con Vaz al colegio de la Hermandad de la Fe y el vicario le presentó a los seminaristas paravas. Entre ellos había dos diáconos, Gaspar y Manuel, y un minorista, Antonio. Francisco quedó encantado. Aquellos jóvenes, sonrientes todo el tiempo, parecían serviciales. Los tres eran robustos, bien definidos por los caracteres de su raza: morenos, delgados, nervados y de cabello negro largo, recogido en la coronilla con un cordón, los dientes muy blancos y una agradable expresión en el rostro. Cuando supieron que acompañarían al nuncio del papa al cabo de Comorín, se entusiasmaron y hasta bailaron de alegría.

A partir de ese día, Francisco iba cada tarde al colegio para aprender la lengua materna de sus jóvenes intérpretes, el tamil. Era un idioma de fonación dificilísima y complicada escritura; los sonidos y la gramática eran totalmente distintos a los de las lenguas europeas. No había libros, ni diccionarios. Lo poco que se escribía en tamil se hacía en tiras de hoja de palmera, morenas, atadas con cuerdas, con signos incomprensibles para los portugueses. Pero lo más difícil de todo era encontrar expresiones en lengua parava para las ideas cristianas. Ya el mismo nombre de Dios entrañaba la dificultad de confundirlo con las divinidades paganas.

Pero, a pesar de ello, Xavier y los tres ayudantes indios consiguieron traducir la manera de santiguarse, y componer un breve catecismo con las principales oraciones y los mandamientos.

37

Mar Arábigo, costas de Malabar, septiembre de 1542

El catur navegaba veloz, impulsado por el viento favorable y ayudado por las corrientes que en aquellas fechas hacían muy fácil la navegación, a dos o tres leguas de la costa, descendiendo hacia el sur por el mar Arábigo. Cuando se aproximaban a tierra, frente a Cananor, el sexto día del viaje, Francisco contemplaba la belleza de las playas de arenas blanquísimas, en las bahías que se adentraban entre las alturas pobladas de frondosos árboles. A lo lejos, como un paredón azul, se divisaba la enormidad de los montes Gates.

Hicieron escala en el puerto donde se alzaba la más antigua fortaleza de los portugueses en la India. Los muros rojos de adobe estaban construidos sobre las robustas rocas, alternándose con profundos fosos. El conjunto de murallas, torres y torretas protegía la ciudadela, la parroquia de Santiago, el convento de los franciscanos y la blanca ermita de Nossa Senhora da Victoria, que destacaba por encima de los tejados.

Solo medio día descansaron allí, para proseguir después

aprovechando el favor del viento que los llevó veloces muy próximos a las costas, donde se veía Tellicherry, la ciudad del rey Zamorín, que extendía sus dominios hasta Cochín, rivalizando constantemente en el comercio con los portugueses. Por esta razón, el capitán de la nave timoneó alejándose lo más que se podía de la franja de tierra, para verse libre de los piratas costeros, los feroces moros conocidos como *moplahs*, que solían abordar con sus rápidas fustas a las naves que se aventuraban en las proximidades de Calicut. Dos leguas más al sur vieron desde lejos el fuerte pequeño de Chale, sobre un promontorio. De nuevo navegaban por la seguridad de las aguas que controlaban los portugueses. Hacia oriente se extendía una costa muy larga, arenosa, bordeada de cocoteros. Era el vasto territorio comprendido entre Cochín y Quilón. Desde allí, se divisaban los dominios del «gran rey», el rajá que gobernaba el sur del cabo de Comorín, con las tierras del interior, aliado a su pariente el rajá de Travancor.

Atracó la nave en el mítico puerto de Quilón, la plaza fuerte más meridional de los portugueses. Francisco echó pie a tierra embargado por la emoción. Los seminaristas paravas le contaron que en este lugar predicó el apóstol santo Tomás, cuyos discípulos, los santos Sapor y Aprot, tenían allí sus sepulcros en una iglesia de más de setecientos años de antigüedad. En la playa, junto a la fortaleza, se conservaba una venerada columna que señalaba el sitio donde, según la tradición, el apóstol profetizó que cuando el mar, distante entonces media legua, llegase a cubrir esa arena, llegarían gentes cristianas desde muy lejos para predicar las mismas verdades que él enseñaba.

Francisco sintió que algo de aquella antigua leyenda le concernía. Cayó de rodillas y se abrazó a la columna deshecho en lágrimas. Mientras, el sol, convertido en un arrebatador disco de luz anaranjada, se hundía en la inmensidad del mar en calma, hacia occidente.

—¡Oh, Dios! —sollozaba, ante la mirada extrañada de todo el mundo—. ¡Mi Dios! ¡Mi eterno Dios inefable, dueño del tiempo y la eternidad! ¡Mil años en tu presencia son como un ayer que pasó!

Esa noche, a pesar de estar en tierra firme, no quiso probar bocado. Permanecía tendido en la arena, contemplando la inmensidad del firmamento, absorto en la grandeza de la plateada luna llena.

Observándole desde lejos, los tres seminaristas paravas no sabían qué hacer.

Hasta que amaneció hacia oriente. Entonces Xavier se alzó de la postración en que había permanecido durante horas y perdió la mirada en el horizonte luminoso.

—¡Estoy al fin aquí! ¡Dios! ¡Dios mío! ¿Qué he de hacer?

La India, Manappâd, 10 de octubre de 1542

Después de doblar por fin el cabo de Comorín, el piloto del catur timoneó hacia el nordeste, navegando ahora con mayor lentitud en la proximidad de las desiertas costas arenosas. Qué familiares les resultaban a Gaspar, Manuel y Antonio estas aguas, por ser hijos de pescadores nativos. Señalaban entusiasmados los pueblos de su tierra, olisqueando ya la proximidad de su destino.

—¡Allá, padre Xavier, mire allá! ¡Periyatâlai! ¡Pudukarai! ¡Manappâd! ¡Hemos llegado! ¡Es nuestra tierra!

Arribó la nave en Manappâd, en un pobre embarcadero construido con troncos clavados con poca estabilidad en las arenas movedizas, donde se alineaban los catamaranes de los pescadores. A pleno sol, pues solo se alzaba aquí o allá algún solitario cocotero, se veían las chozas construidas con hojas de palma.

Por primera vez, vio Francisco a los paravas en su propio territorio, cuando se acercaron curiosos para recibirlos. Eran tipos muy delgados, de piel morena y cabello largo y negro, recogido en la coronilla del mismo modo que Gaspar, Manuel y Antonio; pero estos, hombres y mujeres, iban desnudos de cintura para arriba, vestidos solo con un paño blanco hasta las rodillas. Lucían aros dorados en los estiradísimos lóbulos de las orejas y los dignos ancianos collares de perlas.

Echó pie a tierra Francisco y besó la arena. Estaba contento. Enseguida le rodearon aquellas gentes, hablando en su lengua incomprensible. Los niños correteaban felices y nadie dejaba de sonreír ni un momento.

Los tres seminaristas se pusieron enseguida a desempeñar su oficio de interpretar y les explicaron a sus paisanos quién era el padre Xavier y a qué venía.

—*Swâmi! Swâmi!*—decían constantemente con asombro los paravas.

—¿Qué dicen? —preguntó Francisco.

—Es como decir «padre» —explicaron los intérpretes—. *Swâmi* en nuestra lengua es la manera de nombrar a los maestros. Ellos están muy contentos porque esperan que les enseñéis muchas cosas.

—¡Se alegran al verme!

—Claro, padre —asintió Gaspar—. Os esperaban. Ellos os esperaban ansiosamente.

***

La India, Tuticorín, 28 de octubre de 1542

Asomando por encima de una alargada banda de brumas, el sol amanecía hacia oriente, rojo como ascuas avivadas por la brisa amable del mar. Delante de su cabaña de barro techada con hojas de palma, junto a la pequeña iglesia de Tuticorín, Francisco se deleitaba con la imagen de los catamaranes de los pescadores paravas. Con esas frágiles embarcaciones iban en busca de las preciadas perlas que daban aquellas costas, las cuales cambiaban por enseres muy inferiores a su valor, toscos cuchillos de hierro, vasijas y paños pobres de algodón, a los moros que atracaban sus fustas allí y a los portugueses que hacían escala en sus viajes desde Ceilán a Goa. El rico tesoro que sacaban diariamente del fondo del mar, con gran peligro de sus vidas, apenas aliviaba su miseria desenvuelta durante siglos en una tierra yerma, áspera y ardiente.

Solo en esa luz tenue del amanecer, cuando los niños del poblado aún dormían en los cálidos lechos de paja, podía Xavier escribir. Sobre una pequeña mesa de tablas, tenía extendido el pliego y mojaba el cálamo en el tintero. Escribía la carta que habría de llevarse esa misma mañana el catur portugués a la gobernación de la India en Goa, desde donde sería mandada en el primer galeón que zarpara para Lisboa.

La gracia y la paz de Jesucristo Señor Nuestro sea siempre con nosotros. Amén.

De la ciudad de Goa os escribí muy largo acerca de nuestra peregrinación después que partimos de Lisboa, hasta nuestra llegada a la India; y también de cómo estaba para partir hacia Tuticorín, en compañía de los dos diáconos y el minorista que son de este lugar, los cuales de pequeños fueron llevados a la ciudad de Goa, donde se instruyeron en las cosas eclesiásticas, de manera que ahora son evangelizadores.

Vivimos en lugares de cristianos, donde no había portugueses, por ser tierra muy estéril y paupérrima en extremo. Los cristianos de estos lugares, por no tener quienes les enseñen nuestra fe, no saben de ella otra cosa que decir que son cristianos. No tienen quien les diga misa, ni menos quien les enseñe el credo, el padrenuestro, el avemaría ni los mandamientos. En estos lugares, cuando llegaba, bautizaba a todos los muchachos que no estaban bautizados; de manera que bauticé a una gran multitud de niños que aún no sabían distinguir la mano derecha de la izquierda. Cuando me veían llegar a los pueblos, no me dejaban los críos ni rezar, ni comer, ni dormir, sino que les enseñase algunas oraciones. Entonces comprendí por qué pertenece a los niños el reino de los cielos. Como tan santa petición no podía negarla sino impíamente, les enseñaba comenzando por la confesión del Padre, Hijo y Espíritu Santo, por el credo, padrenuestro y avemaría. Me asombraba de su intuición y natural inteligencia; y si hubiera quien les enseñase las cosas de la fe con detenimiento, tengo por muy cierto que llegarían a ser muy buenos cristianos.

Andando por los caminos, llegué a un pueblo de paganos, donde no había ningún cristiano, porque no se quisieron hacer cuando sus vecinos se convirtieron, por ser vasallos de un señor que se lo prohibía. En ese lugar encontré a una mujer que padecía dolores de parto desde hacía tres días, y muchos temían por su vida. Habían invocado a los dioses sin que, como es natural, sus peti-

ciones fueran oídas. Entonces fui con uno de los diáconos que venían conmigo a aquella casa. Entrando, comencé confiadamente a invocar el nombre de Cristo. No me consideraba en tierra ajena, sino que creía firmemente que de Dios es la tierra entera y lo que la llena, el mundo y todos sus habitantes. Comencé por el credo y el padrenuestro, mientras mi compañero iba traduciendo todo a su lengua.

Por el favor divino, empezó ella a creer en los artículos de la fe. Le pregunté si quería ser cristiana. Me contestó que de muy buena voluntad quería serlo.

Recité entonces algunas verdades de los Evangelios, las cuales nunca antes habían sido dichas en aquella casa. Después la bauticé.

Nada más bautizarla, dio a luz la mujer que confiadamente esperó y creyó en Jesucristo. Después bauticé a su marido, hijos e hijas, y al niño recién nacido. Y corrió enseguida la noticia por el lugar de lo que Dios obró en esa casa…

El señor gobernador favorece mucho a estos cristianos nuevos, defendiéndolos de los moros que los perseguían y maltrataban. Estas gentes viven cerca del mar de donde únicamente se mantienen: son pescadores. Pero los moros les quitaron sus navíos dejándolos en la indigencia. Cuando supo esto el señor gobernador, vino en persona con la armada, alcanzó a los piratas moros y los desbarató, tomándoles los navíos para devolvérselos a sus dueños. Y a los pobres que no tenían barcas ni con qué poderlas comprar, les dio los navíos que quitó a los piratas…

Yo, confiando en la infinita misericordia de Dios Nuestro Señor, con el mucho favor de vuestros sacrificios y oraciones, así como de toda la Compañía, espero que, si en esta vida no nos viésemos, será en la otra, con más placer y descanso del que en este mundo tenemos.

De Tuticorín a 28 de octubre, año 1542. Vuestro hijo en Cristo,

Francisco de Xavier

38

La India, Pesquería, 4 de septiembre de 1543

Como en Goa, en la tierra de los paravas empezó a desenvolver Francisco su misión entre los más pequeños. A ellos dedicaba la mayor parte de su tiempo y a su vez le servían de maestros, pues con sus sencillas palabras en tamil le iban enseñando su lengua. Estos discípulos menudos y alegres, agradecidos en extremo, le causaban una inmensa alegría. Le seguían en tropel a todas partes y permanecían atentos, con sus enormes ojos negros abiertos, pendientes del menor de sus gestos y dispuestos a aprender constantemente.

Comenzaba ahora la pequeña pesca de perlas, aprovechando la transición entre los dos monzones, cuando en septiembre el mar estaba claro y tranquilo. La otra temporada, la más larga y abundante, se conocía como «la gran pesca»; tenía lugar en marzo y seguía a la estación de las lluvias durante un tiempo de cielos muy azules con aguas cristalinas en la costa.

Para recolectar las perlas, los paravas subían a sus catamaranes y buscaban los lugares donde se reunían los bancos de madreperlas. Los pescadores se lanzaban al agua y se sumergían en las profundidades sujetando un cuchillo entre los dientes con el cual abrían las conchas y extraían el preciado tesoro. Era un trabajo duro, fatigoso y amenazado por la presencia de voraces tiburones.

En la antigüedad eran moros ricos de Kayalpatnam quienes controlaban el comercio, y los paravas habían llegado a ser prácticamente sus esclavos. Pero, desde que se hicieron cristianos, muchos pueblos se liberaron de esta tiranía. Con la ayuda del gobernador portugués, se manejaban ahora con mayor libertad, aunque no por ello se habían incrementado sus beneficios hasta el punto de salir de su secular pobreza.

Durante la pesca de perlas, los pueblos se quedaban casi vacíos; solo permanecían allí las mujeres, los niños muy pequeños, los enfermos y los ancianos. Al regreso de los pescadores, se encendían las hogueras en las playas y la gente hacía fiestas con danzas y cantos.

Francisco aprovechaba la bonanza del tiempo para ir de una aldea a otra, recorriendo la región conocida como la Pesquería. Había hecho tanto bien en tan poco tiempo, entre aquellas gentes pobres, que ya le querían en casi todos los pueblos. Cuando alguien le veía llegar a lo lejos, caminando por los senderos, se apresuraba a avisar a los vecinos. Los niños eran los primeros que salían a recibirlo gritando.

—*Swâmi! Swâmi!*

Después de pasar entre ellos un día o dos, Xavier proseguía su camino, acompañado por sus tres ayudantes paravas, andando por las arenas amontonadas por el monzón, trabajosamente, hundiéndoseles los pies a cada paso. Pero resultaba grandiosa la visión del mar al atardecer, con el sol poniéndose hacia occidente y la luna roja alzándose al mismo tiempo majestuosamente desde oriente.

En su recorrido por aquellos lugares, Francisco iba descubriendo la ancestral religión de la India. Por todas partes se veneraban los antiguos ídolos cuyos altares se alzaban en las encrucijadas de los caminos, en el interior íntimo de los bosquecillos sagrados y en las entradas y salidas de los poblados. También destacaban los viejos templos sobre promontorios, con sus altas torres piramidales, bajo las cuales se cobijaban, en la penumbra del santuario, las imágenes negras de las divinidades, brillantes, untadas con aceite de coco. Unas veces el ídolo era Arumuga Perumâl, el hijo de Shiva, que enarbolaba sus siete cabezas mientras cabalgaba sobre un pavo real. Otras veces se trataba de la temida representación de la cobra, o de la estatua yaciente del toro, o del dios barrigón con trompa de elefante, Puleyar... Había miles de dioses en la India.

En torno a los templos vivían los brahmanes, orgullosos de su casta, sosteniéndose mediante aportaciones de los fieles que diariamente entregaban sus ofrendas, regalos, arroz, curri, frutas, azúcar de palma, flores e incienso. Jamás los sacerdotes comían carne, solo alimentos vegetales servidos en hojas grandes a la manera de plato. Determinaban los días favorables y desfavorables; los buenos y los malos auspicios; fijaban, mediante el orden de los astros en el firmamento, el hado de las personas conforme al día de su nacimiento; celebraban innumerables ceremonias desde el amanecer a la noche; recitaban los *mantrams* si alguien caía enfermo o sufría algún grave percance; esparcían sándalo aromático, sahumerios y aguas perfumadas; sacrificaban carneros, cabras y gallinas, pero jamás vacas, pues eran animales sagrados; y sembraban las vidas de las gentes con presagios funestos, temores a los demonios y amenazantes cóleras de los dioses que reclamaban sus dones.

Uno de aquellos días, Francisco llegó a un pueblo donde recientemente había muerto un hombre casado. Como solían hacer los devotos de la religión india, se quemó el cadáver en una pira. Pero la cosa no quedó ahí. Siguiendo la tradición de sus ancestros, la viuda del difunto incinerado tuvo que seguir a su esposo al otro mundo. En un temible ritual, se llevó a la mujer en procesión, adornada con joyas, brazaletes y aros de oro, vestida de fiesta y acompañada por músicos que tocaban plectros, flautas y panderos. En un hoyo se había encendido una hoguera con abundante leña seca, impregnada de aceite. Mientras se danzaba, se emborracharon todos con vino de palma; también la pobre viuda. Después de quitarle a la mujer las joyas, la arrojaron al fuego, cuando más ardía, que la consumió delante de todos, de manera que ni huesos quedaron de ella.

Cuando Xavier conoció la terrible historia y se informó de que era una tradición que solía cumplirse casi siempre, quedó horrorizado. Supo que, a pesar del espanto que causaba a las mujeres que quedaban viudas el tener que seguir este trágico destino, solían resignarse a obedecer la tradición; si se negaban, eran repudiadas, expulsadas del pueblo y condenadas a vivir errantes, en perpetua vergüenza, despreciadas por todos hasta que morían en la miseria y sus cuerpos eran devorados por las bestias carroñeras.

También le causaban a Francisco mucha repugnancia las llamadas «danzas del demonio»: ceremonias frenéticas en las que un hombre de casta baja bailaba ebrio con gestos compulsivos, ataviado de manera fantástica como un demonio con colmillos de jabalí, melenas alborotadas y campanillas sonoras pendiendo de los tobillos. Todos creían que era poseído por un espíritu y, después de echarse al suelo y adorarle, le hacían preguntas sobre el futuro y acerca del número de cabras o gallinas que debían sacrificarse para que se marchase no causándoles mal alguno.

También entre los paravas cristianos las supersticiones estaban muy enraizadas. Francisco observaba cómo en su vida cotidiana vivían atemorizados por la presencia de los demonios que les acarreaban enfermedades y otros males, por lo cual, como sus compatriotas paganos, ofrecían sacrificios a los ídolos para hacérselos favorables.

Los niños crecían bajo el influjo de estos miedos y manifestaban el mismo respeto y veneración que sus mayores a las imágenes y santuarios que proliferaban por todas partes. Veía Xavier que difícilmente se podía hacer compatible la fe en el Dios de la salvación y en la resurrección con una religión del temor, en la cual, cuando alguien moría de muerte violenta o sin paz en el alma, se creía que su espíritu no hallaba reposo y vagaba por ahí errante convertido en un demonio que causaba perjuicios.

Un día que caminaban por un sendero, seguidos por el tropel de muchachos que los acompañaban a todas partes, pasaron junto a un montículo informe de arena. Iban cantando oraciones, como solían. Y, de repente, al ver los niños aquella especie de pirámide a cuyo pie se amontonaban piedras, flores y pequeños platos con alimentos, corrieron muy serios y sumisos a hacer inclinaciones con las manos juntas y a depositar piedrecillas, puñados de tierra y ramilletes de flores silvestres a modo de ofrendas. Xavier contempló el ritual sin salir de su asombro.

—¿Qué hacéis? —les preguntó—. ¿Qué suerte de juego es este?

—Es la diosa Kali —respondió uno de ellos—. Si no la contentamos nos acortará la vida.

—¿Qué? ¿Qué estáis diciendo? —replicó Francisco—. ¿Adoráis ese simple montón de tierra? ¿Creéis que hay espíritus en esa especie de montículo?

Los niños hacían caso omiso del enojo de Xavier y seguían a lo suyo, absortos en su empeño de contentar a la tal diosa Kali con sus pobres ofrendas de arena, piedrecillas y flores.

—No os enojéis, padre Francisco —le dijo Gaspar—. Ellos tienen muy metido dentro el temor a la diosa Kali, pues es una de las esposas de Shiva y representa la destrucción y la muerte. Si no le hacen reverencia y pasan de largo sin ofrecerle nada para complacerla, puede hacerles daño e incluso matarlos.

—¿Eso piensan? ¡Increíble! Vienen rezando conmigo y ahora resulta que tiemblan ante un montón informe de arena.

—¡Ahí está Kali, *swâmi!* —le decían los pequeños, atemorizados al ver que Francisco se aproximaba decidido al montículo—. ¡Déjala en paz, que nos perjudicará!

—¿Dónde está esa Kali? —exclamaba él, muerto de risa, a la vez que se ponía a escarbar con ambas manos en la arena amontonada—. ¡A ver, que salga de ahí! Vamos a ver qué cara tiene.

—¡No, no, no...! —gritaban los niños, huyendo despavoridos en todas direcciones—. ¡Déjala en paz, *swâmi!* ¡No la despiertes, por favor!

Como no conseguía sacar de allí otra cosa que no fuera arena, Francisco les pidió a Gaspar, Manuel y Antonio:

—¡Vamos, ayudadme, muchachos! ¿Qué hacéis ahí parados? Los tres le miraban atónitos, atemorizados, mientras sus morenos rostros palidecían.

—No lo hagáis, maestro Francisco —le suplicó Gaspar—. La diosa Kali es tan oscura como el carbón y mora con los muertos. Sus ojos son rojos como la sangre, va despeinada y amenaza con su mirada de muerte. Para vencer a sus enemigos bebe sangre y come carne fresca. ¡Es terrorífica! No teme a nada ni a nadie, pues es la destrucción. Incluso a los demonios puede matar.

—¡Qué tontería! —replicó Xavier—. ¡Vamos, ayudadme a escarbar aquí! Veamos lo que se oculta bajo toda esta arena.

Aunque temerosos, los tres ayudantes paravas se pusieron también a retirar arena. Mientras tanto, los niños habían corrido a ocultarse en el bosque y contemplaban la escena muertos de miedo desde la espesura.

—¡Aquí hay algo! —señaló Francisco, a la vez que tiraba con todas sus fuerzas de un objeto negro que sobresalía desde el interior del montículo—. ¡Eh, aquí! Esto debe de ser esa tal Kali que tanto os atemoriza.

Un grito de temor brotó de la chiquillería al ver que Xavier extraía al ídolo de las arenas. Era una tosca escultura que representaba a una mujer con cuatro brazos, completamente pintada de negro, excepto los brillantes ojos de un rojo muy vivo.

—¡Ah, Kali, Kali, Kali...! —gritaban los niños, fuera de sí, como si hubieran visto al mismo demonio, mientras huían a todo correr por entre los árboles.

—¡Ahora veréis lo que hago yo con Kali! —exclamó Francisco.

—¡No, *swâmi,* no lo hagas! —le gritaban los jóvenes paravas—. ¡ Se vengará de ti!

Sin pensárselo dos veces, el misionero arrojó con todas sus fuerzas la estatua contra el suelo. El ídolo se descompuso en mil pedazos por ser de barro endurecido. Después, muerto de risa, se puso a cantar una copla navarra y a bailar encima de los fragmentos pulverizándolos bajo sus pies.

—¿Veis como no pasa nada? —les decía—. ¡Niños, venid! ¡Mirad lo que queda de la Kali esa! ¡No tengáis miedo! ¡Venid!

Los primeros en aproximarse fueron Gaspar, Manuel y Antonio, que observaron con curiosidad los pedazos de la diosa, en silencio, taciturnos.

—Mira que temerle a un ídolo de barro —añadía Francisco, muy sonriente—. ¡Menudos curas vais a ser vosotros! ¡Vamos, venid a bailar aquí encima ahora mismo! Que os vean los niños y pierdan el miedo.

Tímidamente al principio, pero más animados después, los tres paravas empezaron a dar saltitos, llevando el ritmo de una danza del país, mientras cantaba uno de ellos.

—¡Niños, regresad! —los llamaba Francisco—. ¡Venid y ved lo que hacemos!

Poco a poco, se iban aproximando los pequeños, llenos de curiosidad. Se asomaban por entre la vegetación, temblando de miedo, sin atreverse a más. Pero como veían bailar a Xavier y a sus tres jóvenes ayudantes sin que les pasara nada malo, iban perdiendo el miedo poco a poco.

—¡Vamos! —insistían ellos—. ¡Venid! ¿No veis que no pasa nada?

Una niña de unos siete años, sonriente, se puso enseguida a bailotear con mucha gracia, dando vueltecitas a la manera de las danzas paravas que se hacían en las fiestas de los poblados, moviendo los brazos en círculos sobre su cabeza. Otro niño corrió hasta el montículo con pasos cortos y alargó su piececillo con sumo cuidado para pisar un fragmento del ídolo. Viendo que apenas quedaba nada de Kali, y no podía ya perjudicarle, trepó a lo alto y se puso a bailar sobre la arena junto a Francisco.

No tardó en acercarse el resto y se formó enseguida una frenética danza, pisoteando el lugar que antes fue tan sagrado y temido.

39

La India, Tuticorín, 6 de septiembre de 1543

La costa Malabar estaba en calma. Aprovechando la tranquilidad de las primeras horas del día, Francisco leía plácidamente, cuando no alzaba la vista y contemplaba la inmensidad del mar. La aldea de Tuticorín estaba silenciosa, casi desierta, porque la mayoría de la gente se había marchado a la pesca de las perlas. De vez en cuando ladraba un perro en la lejanía, o cantaba algún gallo.

Un rumor de voces parloteando se escuchó en una cabaña cercana. Xavier volvió la cabeza y vio aproximarse a una anciana que llevaba de la mano a dos niños muy pequeños y a un tercero, menor aún, sujeto a la espalda por un pañolón.

Después de casi un año en la Pesquería, el jesuita se iba ya defendiendo en la comprensión de la lengua tamil. Entre palabras y gestos, la anciana le dijo que debía ir a recoger algo a casa de una vecina que vivía lejos de allí y que permanecería fuera de la aldea algunas horas. Le rogaba que se quedara al cuidado de sus nietos, pues no había nadie más de la familia en la casa. Francisco aceptó gustoso y vio a la mujer alejarse muy agradecida.

Los niños se entretenían solos, sentados en la arena, a pocos metros de él. El más pequeño mordisqueaba una fruta dulce a su lado. Esta visión y la compañía de seres tan encantadores e indefensos le proporcionaban una inmensa felicidad.

Pasó un largo rato meditando, releyendo las Sagradas Escrituras. Las misteriosas palabras del Evangelio de san Juan, tantas veces escuchadas y leídas, le resultaban muy evocadoras en ese momento:

> *El viento sopla donde quiere y oyes su voz, pero no sabes de dónde viene ni adónde va. Así es todo lo que nace del Espíritu.*

Sentía la brisa suave en el rostro y veía agitarse con delicados movimientos las hojas de un cocotero solitario, plantado en mitad de la arena, algo alejado de la última choza. El mar lamía las arenas en un ir y venir de pausadas olas. La limpia luz de Oriente lo envolvía todo, proporcionando aquella visión nítida de los elementos: la línea del horizonte, la silueta de los catamaranes paravas en la lejanía, los techos de palma de las cabañas, el lento deambular de las vacas sagradas, escuálidas, el vuelo de las aves, los bellos e inocentes rostros de los tres niños…

El aire que llegaba del mar, impregnado de aromas de sal y algas, penetraba en los pulmones de Francisco, inflamaba su alma y aumentaba aquella extraña dicha que le proporcionaba no ser dueño de nada, tener la sola ropa raída, descolorida y remendada sobre el cuerpo, los pies descalzos sobre la cálida arena… y el sol, aquel sol majestuoso que sentía como una caricia dorada en la piel. Y la brisa que refrescaba su frente, y que le hablaba del misterioso Espíritu referido por san Juan. Viento que sopla sin saber de dónde, y que se marcha sin saber adónde. Como una secreta inspiración, como un impulso transparente que conduce no se sabe a qué. ¿Qué elemento de la creación expresa mejor la libertad, la fuerza, la inmensidad y el misterio?

Unificándose con la presencia invisible del aire que soplaba desde el suroeste, identificándose con él, Francisco echaba a volar su alma y soñaba con otros lugares, más lejanos, hacia oriente, hacia los reinos de los confines donde decían que aún no se había pronunciado el nombre de Jesús. «Sí, iré allí. Aún no sé adónde, pero iré. Iré adonde tú me lleves».

Estando en esta meditación, saboreó el gozo súbito que por un instante hacía brillar ante su vista atónita la belleza de la creación y el sentido de su vida, como si todo fuera evidente, claro, hermoso y profundo.

Hasta que alguien le sacó de su arrobamiento:

—¡*Swâmi, swâmi* blanco!

Se volvió y vio venir hacia él a un brahmán joven que caminaba con la solemnidad y la dignidad propias de su casta; el torso desnudo, la barba crecida, el pelo recogido y el triple cordón sagrado en el pecho. Cuando llegó a su proximidad, Francisco se levantó y le saludó respetuosamente. El sacerdote indio imponía por su estatura y su presencia pulcra. Los niños alzaron sus ojos asombrados y se quedaron muy quietos.

El brahmán se presentó. Era miembro del templo de Tiruchendûr, un veneradísimo santuario que se hallaba hacia el sur, cerca de Kayalpatnam, el lugar donde Francisco había destruido el ídolo de la diosa Kali. Venía con ánimo pacífico, en nombre de sus compañeros, los doscientos brahmanes del templo. Le enviaba en persona su maestro, el jefe de todos, el anciano sacerdote que según decía se había reencarnado ya tres veces y por eso gobernaba a los demás desde su gran sabiduría.

Francisco le escuchó atentamente y después le preguntó qué quería de él. Muy sonriente, el joven brahmán le dio a entender que su fama había llegado al gran templo de Tiruchendûr. Se decían cosas muy buenas de él allí; por ejemplo, que curó a una parturienta cuya vida peligraba gravemente. Pero también habían llegado a los brahmanes noticias malas del «*swâmi* blanco», como que destruía las sagradas imágenes de los dioses y que enseñaba a los niños paravas a burlarse de las tradiciones de sus antepasados.

—Tenían miedo —le explicó Xavier—. Los niños sufren aterrorizados a causa de esos ídolos de demonios. Solo pretendí que perdieran sus temores. No quise ofender a nadie.

—¡Oh, *swâmi* blanco, no comprendes! —repuso sonriente el brahmán—. Kali es la diosa de la muerte y la destrucción, pero también es la diosa de la regeneración. Es la diosa terrible y sanguinaria, a la vez que la mujer que da la vida a costa de su sacrificio. Ella tiene la energía pura femenina. La vieja leyenda cuenta que un ejército de demonios comandado por el gigante Raktavija atacó a los dioses. Pero la gran madre, la diosa Durga, tomó la imagen feroz y la fuerza de una diosa negra. Es a esta a quien llamamos «Kali». Luchó encarnizadamente contra los demonios durante largo tiempo. Cada vez que hería al gigante, caían de él gotas de sangre de las que surgían mil demonios más tan poderosos como él. Entonces la diosa se desdobló en la forma llamada Chandi. Mientras Kali se bebía la sangre del demonio, Chandi pudo dar muerte al monstruo. Por esta razón la representamos como una mujer de cuatro u ocho brazos. Sujeta en una de las manos una espada, en otra la cabeza del gigante al que ha dado muerte y con las otras dos anima a sus fieles. Luce dos cadáveres como pendientes y un collar de calaveras. Como único vestido, lleva una faja hecha con las manos de demonios muertos, y su lengua cuelga. Sus ojos son rojos, como los de alguien borracho, pues está ebria de sangre. Esa es la gran sabiduría ancestral, digna de toda veneración.

Después de escuchar este relato, Francisco respondió al brahmán:

—Quiero apreciar esa sabiduría. Mas me parece algo espantoso. Ahora comprendo aún mejor que los niños sientan horror ante el ídolo de esa Kali. Solo hay sangre y destrucción en esa historia.

—A ver —dijo el brahmán—, ¿tienes ahí una imagen del Dios cristiano?

Francisco entró en la cabaña y sacó el crucifijo que siempre llevaba con él: una bonita pieza de media vara de alto donde estaba representado Cristo con gran realismo, expirando en la cruz a cuyo pie había una calavera.

—¿Ves? —explicó el brahmán—. Ahí también hay sangre, dolor, muerte, destrucción y soledad.

—Cierto es —asintió Xavier—. Pero asimismo hay amor, todo el amor. Los cristianos sabemos bien el porqué de esta cruz. Dios el Hijo se hizo hombre, murió muerte sacrificial sobre la cruz, haciendo posible un verdadero perdón de los pecados contra Dios para aquellos que depositan una confianza completa en Jesús. No nos espantamos frente a la imagen de Cristo; antes bien, nos sentimos redimidos, amados, comprendidos, perdonados... ¡Y resucitados! Él resucitó de entre los muertos y está sentado a la derecha del Dios Padre.

Pensativo, el brahmán asentía con la cabeza. Preguntó:

—¿Cuántos dioses adoráis? Tengo entendido que solo tres: el Padre, el Hijo y el Espíritu Santo...

—No, no, no, amigo. Solo un Dios tenemos, el verdadero; tres personas distintas: Padre, Hijo y Espíritu Santo, en un solo y único Dios.

—Humm... ¿uno solo? Innumerables dioses se veneran en la India, dioses y hombres no son sino emanaciones de Brahma. ¡Todo es Brahma!

»Brahma es el creador, señor de las criaturas y omnipotente. Pero el dios supremo ve levantarse ante sí la fuerza que destruye y lo que hace renacer y conservar: Shiva. Y está el tercero, Vishnu, el conservador. El sol, los cielos, la tierra, los hombres y los dioses, los propios Shiva, Vishnu y el mismísimo Brahma no son sino emanaciones temporales del gran espíritu, destinadas a regresar un día a su seno.

Hablaron todo ese día Francisco y el joven brahmán acerca de las religiones de ambos. Explicaban sus respectivas ideas de Dios, de la Creación, del alma de los hombres, de la vida y de la muerte. Xavier se enteró de muchas de las creencias de los brahmanes, de los venerados templos y de las devociones de las gentes de la India.

Le explicó el brahmán la doctrina del karma, según la cual creían que cada pensamiento o acción da como resultado ciertas consecuencias en el futuro. Aseguraba él que todo sufrimiento se debía a las propias acciones del pasado. Por eso creían en la reencarnación, dado que es imposible que todo el karma de una persona sea experimentado en una vida. Las escrituras de los brahmanes decían que después de la muerte las almas individuales «renacen», en este mundo, en otro cuerpo humano o no. El tipo de renacimiento está representado por el karma resultante de las acciones pasadas.

Precisamente por esto había castas entre los indios, cada una de las cuales tenía sus propias reglas, privilegios y obligaciones. Arriba del todo estaban los brahmanes o sacerdotes. Los segundos en la jerarquía eran los guerreros y los gobernantes. En tercer lugar venían los comerciantes y agricultores. Por debajo de estos estaban los trabajadores. La salvación solo es posible para las castas superiores, las de los llamados «nacidos dos veces». Los últimos eran los parias o intocables. La casta está determinada al nacer por el propio karma personal.

En su larga conversación, Francisco y el brahmán llegaban a algunos acuerdos. Coincidían en su reconocimiento de que no todo está bien en el mundo y en la existencia humana en esta vida. También en que el remedio último para el dilema humano es espiritual en su naturaleza. Pero, más allá de esto, poco en común encontraban.

Por eso Francisco, haciendo uso de sus conocimientos de lógica, sacaba a la luz las divergencias entre ambas religiones. Primeramente, observaba que la fe de los brahmanes carecía de una comprensión del porqué creó Dios el mundo; no se apreciaba el propósito bueno del Dios de los cristianos. Además, faltaba el concepto de Dios como infinitamente santo y justo.

Para el brahmán el hombre era divino en el núcleo de su ser. Decía que es uno con Dios, con Brahma, aunque lo desconoce. Engañados, los hombres se dedican al mundo material y temporal, enredándose en acciones que resultan de un karma malo, y que los aprisionan en el ciclo de la reencarnación.

Francisco le explicaba a su vez cómo en la Biblia la fuente del alejamiento de Dios y el mal subsiguiente no provienen del desconocimiento de la divinidad, sino de la rebelión del hombre contra Dios y su plan sobre nuestras vidas.

A pesar de este desconcierto de ideas, ambos coincidían en afirmar que el hombre debe ser salvado.

El brahmán encontraba la solución a la salida del ciclo de la reencarnación mediante las buenas obras, los esfuerzos, la meditación o la devoción a la divinidad. Francisco le explicaba la salvación de Cristo, su sacrificio, la liberación del pecado y la restauración de la vida bajo el cuidado de Dios.

Estando en esta discusión, llegó la mujer a recoger a sus nietos. Al ver al brahmán, hizo muchas reverencias y fue corriendo a buscar algunos alimentos para ofrecérselos. El joven sacerdote indio se puso en pie y empezó a recitar un *mantram*:

—*Om Srî Narâyana namah! Om Srî Narâyana namah!...*

—¿Qué significa eso? —le preguntó Francisco, lleno de curiosidad, por tratarse de unas palabras desconocidas para él.

—He alabado al dios con el secreto nombre del Ser Supremo, en el nombre de Vishnu, que descansa en el mar, pidiendo su ayuda y su gracia para siempre.

Dicho esto, el joven brahmán se despidió y se marchó por donde había venido. Francisco le vio alejarse, muy digno, con sus pasos solemnes y sus manos juntas, como meditando.

Esa noche Xavier no podía dormir. Le asaltaban, como ráfagas, raros pensamientos y una maraña de ideas entrelazadas copaba su mente sin que hallara tranquilidad. Afuera de la cabaña reinaba un gran silencio.

Se levantó, salió al exterior y anduvo por la arena en dirección al mar. Una delgada media luna parecía mecerse por encima de las crestas de las olas, dejando un tenue reflejo de plata sobre las sucesivas líneas de espuma. La bóveda del firmamento infinito se veía poblada de brillantes estrellas.

Repentinamente, le vino a la memoria la misteriosa frase del brahmán que le había visitado: *Om Srî Narâyana namah!* La repitió varias veces en su interior. No le causaba repulsión como invocación pagana. Por el contrario, parecía cobrar sentido en el fondo de su alma. «De Dios es toda la tierra y cuanto la llena —se decía—; todas las palabras le pertenecen, pues él es el verbo supremo, él es la palabra». Aquello volvía a sonarle bien: *Om Srî Narâyana namah.* Se arrodilló mirando hacia la inmensidad del mar. La brisa le acariciaba con suavidad amable, como cuando despertó esa misma mañana. Recitó en voz alta el *mantram*:

—*Om Srî Narâyana namah!* —Y lo tradujo a su lengua materna—. ¡Adórote, Dios, con tu gracia y ayuda para siempre! ¡Dime qué he de hacer! ¿Adónde he de ir? ¿Adónde me envías? ¿Hasta cuándo?

LIBRO III

De la noticia que llevaron a Roma desde Lisboa y de la fe que todo lo puede

EN COMPAÑÍA DE DIOS
(DOCE AÑOS DESPUÉS)

40

Roma, 21 de febrero de 1555

Bajo la esplendorosa luz de la primera hora de la tarde, Roma reposaba en calma. Apenas había gente en las calles. Hacía frío, aunque brillaba el sol. Las chimeneas desprendían hilillos de humo gris que la brisa deshacía en el limpio cielo, intensamente azul. Dos clérigos, muy envueltos en sus negras capas, se detuvieron delante de la pequeña iglesia de Santa Maria della Strada. Entraron y estuvieron orando durante un rato. En el campanario, un breve y débil repiqueteo anunció la hora sexta.

Frente a la iglesia, en el caserón que servía de residencia a la Compañía de Jesús, reinaban la limpieza y el silencio. El padre Juan Alonso de Polanco, el secretario permanente de la orden, ordenaba en su despacho en ese momento las cartas. No se daba descanso ni siquiera a esa hora que seguía al almuerzo. Al sentir el tañido de la campana, se detuvo en su minuciosa labor y echó mano mecánicamente al breviario que estaba sobre la mesa. Se levantó de la silla y salió para dirigirse a la capilla con la intención de rezar. Pero se topó en el corredor con el portero, que venía a avisarle de que dos padres acababan de llegar en ese momento desde Portugal y pedían ver, cuanto antes mejor, a Ignacio de Loyola.

—Yo los atenderé —contestó Polanco.

Los dos recién llegados aguardaban sentados en el banco del recibidor. Por su aspecto, se comprendía enseguida que acababan de llegar de un largo viaje. Eran ambos jóvenes, uno más que el otro; flacos, morenos de rostro y de oscuras barbas algo crecidas. Al ver aparecer al secretario, se levantaron y se apresuraron a besarle la mano.

—¡Ah, carísimo padre Ignacio! —exclamó el que parecía ser el mayor de los dos—. ¡Es una merced grandísima de Dios poder conocer a vuestra caridad en persona! *Gratia Dei!*

El padre Polanco se estiró y sonrió. Era ya un hombre maduro, de cabello encanecido, delgado, alto y pálido, pero en nada se parecía físicamente a Ignacio de Loyola, bastante mayor que él. Por eso se extrañó por esta confusión. Y contestó adusto:

—Oh, no, no, hermanos, no soy el padre Ignacio. ¡Ya quisiera parecerme a él lo más mínimo! Soy sencillamente el secretario de la Compañía.

—¡Ah, claro, el padre Juan Alonso Polanco! —afirmó entonces el jesuita portugués—. ¡Dios sea con vuestra caridad! Disculpe vuestra caridad a este torpe hombre que no sabe reconocer a nuestro padre Íñigo por no haberlo visto nunca. Mi ardiente deseo de besar sus manos me indujo a engaño.

—Bien, es de comprender —dijo el secretario—. Y ahora, ¿pueden vuestras caridades decir a qué debemos esta visita?

—Nos presentamos —dijo el portugués que había hablado todo el tiempo, señalando a su compañero, que hasta entonces no había abierto la boca—: este es el maestro Baltasar Dias y un servidor, el padre Melchior Carneiro. Nos envía el superior de Lisboa, para cumplir con lo mandado por el superior general en lo referente a las futuras misiones de Etiopía. Venimos a ponernos a disposición del padre Ignacio para ese menester. Además de ello, traemos noticias y cartas llegadas a Lisboa desde la India.

—¡Noticias de Francisco de Xavier! —exclamó Polanco, con el rostro iluminado—. ¿Qué se sabe? ¿Está al fin en la China?

Los jesuitas portugueses se miraron entre ellos, con visible extrañeza.

—¿A la China? —preguntó Carneiro, el portugués que llevaba la voz cantante—. ¿Cómo a la China? Pero...

—Claro, a la China —respondió el secretario con ansiedad—. Hace más de un año que no sabemos nada en firme de la misión de la India. Las últimas cartas llegaron a finales del año del Señor de 1553. Entonces el padre Ignacio escribió a Xavier reclamándolo a Roma. Esperábamos que viniese justo ahora, a principios de año, pero no hay noticias. Por favor, hablen ya vuestras caridades. ¿De qué se trata? ¿Está acaso el padre Francisco de Xavier ya en Lisboa? ¿Por qué no ha venido con vos? ¿Se encuentra bien?

Los portugueses volvieron a mirarse con estupor.

—Debemos hablar inmediatamente con el padre Ignacio —dijo circunspecto el padre Melchior Carneiro.

—¿Qué es lo que sucede? —insistió con preocupación Polanco—. ¡Hablen ya, por caridad! Sea lo que sea, han de decírmelo a mí.

—La orden del superior de Lisboa es...

—La orden del superior de esta Compañía, aquí, en Roma, es que mi humilde persona sepa cualquier cosa que, no siendo menester propio de la cura de almas, deba conocer el padre Ignacio de Loyola. Así que abreviemos las explicaciones. ¿Qué hay de Francisco de Xavier?

Los portugueses se miraron por tercera vez. El más joven abrió su zurrón y sacó un envoltorio.

—Son las últimas cartas venidas de la India —dijo con timidez.

Polanco suspiró y alargó la mano tomando el envoltorio con un rápido movimiento. En ese momento, Carneiro emitió una especie de quejido, enrojeció y al momento le brotó de los ojos un reguero de brillantes lágrimas.

—El padre Francisco de Xavier está gozando de Dios —sollozó—, en compañía de María Santísima y de todos los santos del cielo. Creíamos que esa noticia ya se sabía aquí, en Roma. En Lisboa se piensa que el padre Ignacio ya debió de tener conocimiento de ello. Pero veo que…

Polanco se quedó estupefacto. Entrelazó los dedos y bajó la mirada, pensativo. Después se santiguó y musitó palabras inaudibles, como un bisbiseo, que los portugueses interpretaron como una oración y también hicieron el signo de la cruz sobre el pecho.

—Acompáñenme vuestras caridades —les pidió el secretario.

Fueron los tres al piso superior y se sentaron en una pequeña sala contigua a la biblioteca. Allí se les unió un cuarto jesuita, el padre Manare, que ejercía como ayudante de Polanco y a quien este puso enseguida al corriente de la noticia. Todos permanecían en silencio, meditabundos, sentados en torno a una mesa cuadrada en cuyo centro había un crucifijo de pie, antiguo, oscuro. Miraban al Cristo que estaba muy bien rematado, con los suplicantes ojos puestos en las alturas, como a punto de expirar.

—Padre Polanco —dijo de repente el padre Carneiro, con su marcadísimo acento portugués—, perdone vuestra caridad la insistencia, pero he de cumplir lo que mi superior me pidió en Lisboa. He de hablar con el padre Ignacio de Loyola para darle toda la información.

—¿Qué información? —preguntó Polanco, cuyo rostro expresaba preocupación y tristeza.

—Ya os digo que en Lisboa se piensa que el padre Ignacio ya conoce la noticia de la muerte de Francisco de Xavier. El maestro Dias y yo no traíamos la misión de dar ese triste anuncio, sino de narrar con todo detalle al superior general de la Compañía el relato de los hechos que llegó en la última flota venida de la India; es decir, lo que se sabe de sus últimos días, de su muerte, de su sepultura y de la fama de santidad que orna la figura de este gran hermano nuestro. Además de esas cartas que os hemos entregado, las últimas de Xavier, tenemos aquí otros documentos que dan cuenta al padre Ignacio de Loyola de las informaciones dadas por los capitanes venidos en las naos, así como de las personas de mucho crédito que estuvieron presentes en el momento de la muerte y en lo que sucedió después con el cuerpo. Todo es de gran mérito, de mucha edificación para las almas y, en fin, para la mayor gloria de Dios.

—Comprendo —dijo el secretario—. Ignacio debe conocer todo eso, naturalmente. Pero comprendan vuestras caridades que primeramente debe comunicársele la noticia principal: que Francisco ha muerto. Lo cual ignora.

—¿Cuándo se lo diremos? —preguntó el padre Manare.

Polanco se levantó y fue hacia la ventana. Circunspecto, se puso a mirar hacia el exterior.

—No es buen momento para recibir este anuncio —explicó con un hilo de voz, llevándose la mano al pecho—. Hace unos meses llegaron aquí un padre japonés y dos españoles para dar cuenta de que se había oído decir que Francisco Xavier había muerto. Poco después supimos que era un simple rumor sin fundamento. Ya varias veces, en estos últimos años, le habían causado sobresalto a Ignacio, mas siempre se desmentía la noticia, lo cual le llenaba de inmensa felicidad. Aunque hace más de un año que no recibe cartas de Francisco, él está muy cierto y confiado en que su más amado discípulo está en la China haciendo grandes cosas por la causa de Cristo Nuestro Señor. Es un gran consuelo para él, en estos momentos en que su salud no es buena y sufre dolores y abatimiento. Yo mismo le comuniqué en diciembre las últimas nuevas: que seguramente lo de China era cierto. ¡Se alegró tanto…!

—¿Dónde está el padre Ignacio? —preguntó Carneiro.

—Venid a verlo —respondió el secretario extendiendo la mano hacia la ventana.

Los portugueses se levantaron y fueron junto a Polanco. Desde la ventana se veía un pequeño jardín con árboles desnudos de hojas, un sendero cubierto de arena rojiza con setos parduscos a los lados y un ciprés alto y oscuro, al final, junto a una tapia ruinosa.

—Allá está, junto al ciprés —señaló el secretario.

A esa hora, el sol bañaba completamente el jardín con sus rayos dorados. Algunos jesuitas paseaban o leían aprovechando el cálido y amable influjo del astro. Al fondo del huerto, bajo el ciprés, se veía de pie al anciano fundador de la Compañía de Jesús, con el breviario abierto entre las manos; parecía muy menguado, enfundado en su negra sotana, algo encorvado, delgado en extremo, calvo y pálido.

—¡Oh, Dios! —exclamaron con alegría los portugueses—. ¡Es nuestro padre Ignacio de Loyola, nuestro buen padre! ¡Dios le bendiga!

41

Roma, 22 de febrero de 1555

En el austero refectorio de la residencia de la Compañía, los jesuitas desayunaban en completo silencio. Ignacio de Loyola mondaba una naranja, con minuciosidad, muy concentrado en lo que hacía. Polanco, no lejos de él, sentado a la misma mesa, le observaba de soslayo. No había podido pegar ojo esa noche, dando vueltas y vueltas en su mente de prodigiosa inteligencia a la triste idea de ser quien tendría que comunicarle al fundador la noticia de la muerte de Xavier.

La casa madre de Roma, junto a la iglesia de Santa Maria della Strada, era el lugar desde donde se gobernaba toda la Compañía de Jesús. En ella se recibía constantemente a los miembros de la orden que venían a despachar asuntos con el propio Ignacio de Loyola, el padre general, o con el secretario. Era pues una casa de paso, de llegadas y partidas, donde solían reunirse jesuitas venidos desde los diversos lugares por donde se extendía la Compañía, que abarcaba ya los principales puntos de Europa y además se esparcía por ultramar. Desde su fundación y su aprobación por el papa Paulo III, en 1540, la expansión de la orden de Ignacio fue extraordinaria. Habían acudido a sus filas hombres eminentes y se le iban abriendo las puertas de muchos territorios. Desde 1551, existían las provincias de España, Portugal y la India, aparte de la de Italia que gobernaba directamente Ignacio de Loyola, el general. Muchas otras provincias se iban creando. Se habían fundado numerosos colegios y por este motivo el crecimiento era ya imparable. Desde que en 1541 Francisco de Xavier se embarcara para las misiones de la India, se inició una de las grandes tareas de la nueva orden: la evangelización de los infieles en tierras lejanas. En 1547 salieron cuatro misioneros para el Congo, iniciándose la obra africana, y en 1549 parten seis para Brasil, inaugurando las misiones en el Nuevo Mundo.

Por la casa de Roma pasaban provinciales, rectores, maestros, estudiantes, novicios... y todo aquel jesuita que debía emprender una difícil misión, abriendo nuevos territorios, acudiendo a solucionar un problema o llevando algún encargo delegado personalmente por el superior general. Allí se hacían los nombramientos, se redactaban las cartas, se aconsejaba, se exhortaba y se planificaba cualquier empresa de importancia. A pesar de este ir y venir, y de las miles de tareas que cotidianamente se desenvolvían, en la casa reinaban el orden, el silencio y la disciplina. Se levantaban los jesuitas de madrugada, hacían sus rezos y muy de mañana estaban dedicados al trabajo. Ignacio de Loyola el primero, a pesar de sus sesenta y cinco años y de la mala salud de su estómago, que constantemente le afligía con molestias.

Aquella mañana el fundador parecía alegre. Polanco no dejaba de observarle durante el desayuno, hasta el punto de que Ignacio se dio cuenta de que el secretario estaba demasiado pendiente de él y le dijo muy sonriente:

—Estoy bien, Juan Alonso, hoy me levanté de muy buena gana. He de hacer muchas cosas. No te preocupes por mí.

Esto entristeció todavía más a Polanco. A pesar de lo cual contestó:

—Me alegro.

—¿Qué hay de esos padres portugueses que según he sabido llegaron ayer? —preguntó entonces Ignacio.

—Descansan. Les recomendé guardar cama hasta media mañana. Venían de Lisboa. Es un largo viaje.

—Bien hecho; que descansen. ¿Qué los trae a Roma?

—Los envía el provincial —respondió el secretario, parco en palabras para no mentir.

—Será por lo de los asuntos de la misión de Etiopía —supuso Ignacio—. ¡A ver si traen alguna noticia de Francés de Xavier!

Polanco calló. Bajó la cabeza y se acercó a los labios el tazón humeante, lleno de caldo de verduras.

—Eso parece estar muy caliente —advirtió Ignacio—; te vas a quemar.

Un joven padre, llamado Pedro de Ribadaneira, estaba un poco más allá, muy atento a la conversación entre sus superiores. También sabía él lo de Xavier. Todos en la casa lo sabían ya, excepto el fundador. Se había acordado la tarde anterior que Polanco se lo comunicaría a media mañana, cuando los padres portugueses hubieran descansado. Decidieron no decírselo enseguida porque había sido un día de mucho trabajo para él y, además, por evitarle al menos una mala noche. Las noticias tristes se sobrellevan mejor a plena luz del día.

Cuando acabó de mondar la naranja, Ignacio se entretuvo troceándola cuidadosamente, formando una especie de flor, con los gajos dispuestos desde dentro hacia fuera en el plato. Hecho esto, le pasó la fruta a Ribadaneira, que aceptó el obsequio con una sonrisa de complacencia, alargando la mano y llevándose a la boca una de las partes.

—¡Humm...! ¡Buenísima! —exclamó.

—Estas naranjas son de Pescara —observó Ignacio—; las más dulces que hay. Probadlas. Su Santidad me envió ayer dos docenas de ellas con su última carta.

Después del desayuno, fue cada uno a sus ocupaciones. El superior general se encerró en su celda, como cada día, para enfrascarse en su ingente tarea epistolar.

La dispersión de la Compañía por el mundo exigía el envío de cientos de cartas. Lo mismo escribía Ignacio a los miembros de la orden que a los protectores de la Compañía, al emperador Carlos V, al futuro rey Felipe II de España o al de Portugal Juan III, al papa, a quien tenía muy cerca, entregado por esas fechas al Concilio de Trento, que desenvolvía su última etapa; y a príncipes, cardenales, obispos e importantes damas benefactoras de la gran obra misionera.

A principios de este año de 1555 había un asunto que preocupaba especialmente al superior general de los jesuitas: la empresa de Etiopía. Los portugueses habían iniciado sus expediciones por Oriente y deseaban entablar relaciones con el negus o emperador de los etíopes. Ya en 1509 la reina Helena de Abisinia envió a Portugal al comerciante Matthäus, docto en lenguas, que llegó a Lisboa pasando por la India en 1514, trayendo una carta de su soberana y una reliquia de la Vera Cruz del Señor. Al año siguiente el rey portugués envió una embajada respondiendo con ricos presentes. Se entabló así una relación que se prolongaba por más de cuarenta años. En estos últimos tiempos, los moros acosaban al negus, que escribió al papa y al rey Juan III, rogando ayuda a sus hermanos de religión. Vistas las buenas disposiciones del emperador de Etiopía, el rey de Portugal pidió a Ignacio de Loyola que enviara al lejano reino amigo misioneros jesuitas. El propio superior general de la Compañía preparó con todo esmero la expedición. Escribió numerosas cartas, tanto al rey Juan III como al papa y al provincial de los jesuitas portugueses. Se decidió nombrar un patriarca católico para Etiopía. Ya, diez años atrás, Ignacio eligió a Pierre Favre para este cargo, pero su muerte desbarató los planes. Últimamente se había nombrado al padre Juan Núñez Barreto, que aguardaba en Lisboa, haciendo los últimos preparativos, a que desde Roma se le diera la orden de partir una vez que se le agregaran los misioneros que debían acompañarle: los españoles Andrés de Oviedo y Juan Barul, el flamenco Bokyn y el italiano Passitano. Por eso el padre portugués Melchior Carneiro estaba ahora en Roma, a principios de 1555, enviado por el provincial de Portugal para informar detalladamente sobre los pormenores de la empresa.

La llegada a Roma de noticias frescas desde Portugal entusiasmaba a Ignacio. Suponían el poder avanzar en los asuntos de la India y, en especial, en la inminente misión de Etiopía. Por esta razón, se sentó inmediatamente delante del escritorio y empezó a escribir una larga carta personal dirigida al negus Claudio, previendo que el portugués Melchior Carneiro podría llevarla a Lisboa para entregársela en mano al padre Núñez Barreto, el patriarca que debía ir a presentarse ante el emperador de Etiopía.

***

La campana de Santa Maria della Strada anunció la hora tercia con su alegre y delicado tintineo. El padre Polanco alzó la cabeza de los papeles que tenía entre las manos y comprendió que era llegado el temido momento. Se acercó a la ventana de su despacho y oteó el jardín, que se veía solitario. Tardó poco en aparecer Ignacio, sin fallar a su metódica puntualidad, y se encaminó cojeando por el sendero, entre los setos, hacia el ciprés oscuro donde solía rezar las horas intermedias del breviario. Su superior le pareció a Polanco un ser débil en extremo, enjuto, menudo y frágil, con sus fatigosos y renqueantes pasos, de lado a lado, deteniéndose de vez en cuando para sostenerse en el tronco de alguno de los arbolillos desnudos de hojas. Le vio llegar trabajosamente al lugar donde rezaba diariamente, santiguarse, alzar los ojos al cielo y abrir el libro de oraciones. El secretario se estremeció sintiendo una tristeza infinita.

El cielo estaba completamente azul, como el día anterior. Gracias a Dios no era un día gris de invierno. No se movía el aire y reinaba una gran quietud en el huertecillo, que a esas alturas del invierno no presentaba todavía brotes de hojas nuevas; mucho menos las flores tempranas que tanto alegraban a Ignacio en la Cuaresma, en pleno mes de marzo. Al estar todo tan despejado, la visión era muy nítida. El sol matinal se proyectaba sobre las ramas de los árboles, que creaban un bonito juego de sombras en el sendero. Los tejados del barrio más viejo de Roma, las torres de las iglesias y la solemne gravedad de los vetustos palacios se recortaban en el firmamento inundado de claridad. El ciprés, inmóvil, se obstinaba en señalar enhiesto el lugar donde Ignacio rezaba los salmos. Y el mirlo ya estaba allí, anticipándose a la primavera, vestido con su negrísimo plumaje, a juego con la indumentaria de los habitantes de la casa, volando de un árbol a otro, como desvalido, como ave sin pareja que era, lanzando desesperados trinos que resonaban en las paredes del edificio.

Polanco estaba fatigado de tanto pensar y perdía la mirada en la realidad tan familiar del jardín. Desde que fuera nombrado secretario permanente de la Compañía, en 1547, había sido testigo de muchos acontecimientos definitivos para la nueva orden. Entre todos ellos, recordaba ahora especialmente la alegría con que se recibía cualquier noticia de la misión de Francisco de Xavier en Oriente, por nimia que fuera. Sus cartas tardaban cuando menos dos años en llegar a Roma. Siempre eran esperadas. Ignacio se colmaba de felicidad al recibirlas, las leía y las releía; lloraba como un niño saboreándolas. El optimismo de Xavier, la energía que emanaba de sus escritos, parecían llenarle de vida. El cariño de los saludos y la ternura de las palabras de su discípulo más querido le enternecían. Francisco le llamaba «verdadero padre mío» y se despedía de él como «vuestro hijo». A pesar de la distancia, aunque a veces presintiera que en esta vida no volverían a encontrarse, Ignacio seguía considerando a Francisco el gran regalo de Dios para su vida, para su obra.

Pero no solo en la casa principal de la Compañía de Jesús se leían las cartas de Xavier. Se multiplicaban sus copias y se difundían con un éxito asombroso. Eran leídas con avidez por innumerables fieles, por religiosos y religiosas, clérigos, obispos, cardenales, en las cortes de España y Portugal, en París, en el Concilio de Trento, en las universidades, en Salamanca, Alcalá de Henares, Coimbra y Colonia, en los colegios, en los monasterios, en los conventos, en los púlpitos de las iglesias... Decían que Juan III, rey de Portugal, besaba estos escritos antes de leerlos y por reverencia los colocaba encima de su cabeza. El cardenal Cervini se hizo tan devoto de las cartas que lloró de gozo al saber que Xavier volvería a Europa llamado por Ignacio de Loyola. A este escribió León de Giglio en 1552 desde Florencia:

> *Las cartas de la India se consumen en manos de muchos, en numerosos cenobios, son tantos los hermanos que las ven y las piden, no sin grande edificación y consuelo espiritual.*

Bien sabía Polanco que el gran aprecio que se tenía en el mundo cristiano a los escritos de Xavier no se debía al atractivo de las descripciones de exóticos y remotos pueblos, sino por el celo apostólico, la fe que emanaban y, sobre todo, porque servían de precioso ejemplo en Europa. El jesuita padre Araoz ya en 1545 se había referido al gran misionero navarro con estas elogiosas palabras: «No menos fruto ha hecho en España y Portugal con su letra que en la India con su doctrina».

Escribía Francisco de Xavier sus cartas con un estilo sencillo, muy natural, sin ornamentación. A veces parecía que hablaba, más que escribir. Eran frases expresivas, tiernas y sinceras. Mezclaba las palabras latinas con las castellanas, vizcaínas y portuguesas, las primeras que le venían a la pluma, con la premura propia de su entusiasmo para contar cosas. A veces con cansancio y desolación, en medio de la enfermedad, con cierto enojo por algún contratiempo, pero siempre inflamado de una gran confianza en Dios.

Considerando todo esto, Polanco acarició el envoltorio que contenía el tesoro que suponían sus últimas cartas; pocas, apenas una decena, firmadas todas entre febrero y abril de 1552. Entre ellas, había una para Ignacio, fechada en Goa el 9 de abril de ese año. Solo las había ojeado el secretario; decidió no leerlas por delicadeza. Aunque sabía que ya circulaban las copias de mano en mano, por todo Portugal y España, donde, según habían comentado los dos jesuitas portugueses llegados el día anterior, veneraban ya a Francisco de Xavier como un santo.

En cambio, había leído detenidamente Polanco el memorial redactado por el provincial de la Compañía en Portugal. En él se narraba todo lo que se sabía acerca de los últimos días de Xavier. No era un documento demasiado extenso. Se trataba de una relación concisa de las informaciones dignas de crédito llegadas a Lisboa en la flota de la India. Muchas cosas que no se contenían en el escrito se las habían contado al secretario los padres Carneiro y Dias la noche antes, en una larga conversación rica en detalles sacados de los testimonios directos de quienes conocieron al misionero personalmente o se enteraron de sus hechos en los amplios territorios de la gobernación de la India.

Había muerto Francisco de Xavier hacía ahora poco más de dos años, el 3 de diciembre de 1552. Era ese el tiempo que solían tardar en llegar sus cartas. ¡Cuántos meses creyéndolo vivo! Meditaba Polanco en este hecho y le venía a la memoria el pensamiento de san Agustín, quien dijo que «la muerte es maestra de la vida». Xavier murió tal y como había sido su vida, lanzada hacia delante de manera impetuosa, sin saber dónde había de detenerse.

En los once años que estuvo en Asia, cumplió con

creces su misión. Embarcado en Lisboa en 1541, llegó un año después a Goa, donde su trabajo se desenvolvió entre los portugueses. Pero pronto emprendió la gran campaña misionera en el sur de la India, entre los paravas. En sus primeras cartas pedía reiteradamente consejo a Ignacio y a sus compañeros de Roma. Parecía sentirse algo desvalido y necesitado de apoyo al principio, hasta que se dio cuenta de que no podía estar pendiente de lo que le respondieran, por la lentitud de la correspondencia y porque en tan grande distancia solo él debía resolver qué hacer en cada momento. Hizo prodigios en Comorín. Desde allí escribió cartas conmovedoras, como aquella en la que contaba que el brazo se le caía a veces cansado de tanto bautizar.

En 1544 dejó la Pesquería y marchó a Travancor. Trabajó intensamente en la costa Malabar, Cochín y otras poblaciones. Visitó las islas de Ceilán y Manar, llegando hasta Meliapur, donde pudo venerar el sepulcro que la antigua tradición atribuía al apóstol santo Tomás. A fines de 1545 emprendía la misión de Malaca y las Molucas. Realizó allí una labor sumamente peligrosa, en la isla del Moro, donde la amenaza de la traición y el envenenamiento le anduvieron rondando. Cuando estalló la peste en las armadas española y portuguesa, derrochó abnegación, atendiendo caritativamente a los enfermos. Su ejemplo fue tan grande que se le unió como colaborador el sacerdote español Cosme de Torres, que luego ingresó en la Compañía.

A fines de 1547, cuando estaba de nuevo en Malaca y se disponía a regresar a Goa, se le presentó un joven japonés llamado Yahiro, que le habló del Japón de tal manera que a Xavier se le despertó el ansia de abrir nuevos horizontes.

Entusiasmado por lo que le contaban de las lejanas regiones del Oriente y de las cualidades excepcionales de sus habitantes, se decidió a ir allá.

Después de consolidar las misiones de la India, transcurrido un año entero, inició la difícil travesía en abril de 1549, acompañado por el padre Cosme de Torres, el hermano Juan Fernández y el japonés Yahiro, a quien ya había bautizado con el nombre cristiano de Pablo de Santa Fe. Navegaron primeramente de Goa a Malaca. En este puerto tuvieron grandes dificultades para encontrar barco, pues ningún piloto quería aventurarse en la peligrosa singladura invernal. Pero, finalmente, se embarcaron en el junco de un pirata chino, donde viajaron con incontables peligros, sufriendo tormentas y tifones, amenazadas sus vidas por gentes de aviesas intenciones. Hasta que pisaron tierras japonesas en el puerto de Kagoshima, situado en la isla de Kyoshu.

Esta misión era sumamente difícil. Aunque obtuvo el permiso del rey de Saxuma para predicar, chocó con el pueblo japonés, que era de una racionalidad superior a la de las gentes que antes habían conocido en Asia. A pesar de ello, trabajó sin arredrarse ante las contrariedades; sobre todo, la oposición de los bonzos y la gran resistencia de los magnates, que no confiaban en sus explicaciones. Después de un año, había convertido a unas ciento cincuenta personas en Kagoshima.

Se dirigió luego a Hirado, donde alcanzó en menor tiempo mayor fruto. Esto le animó a seguir hacia el corazón del país, con la intención de que el emperador le permitiera proseguir su labor por todo el Japón. Fue a Yamaguchi y de allí a Miyako, con los vestidos rotos y los pies descalzos, habiendo gastado todo el dinero que le quedaba en los neófitos y los pobres. Recorrió nuevos territorios cubiertos de nieve, enfermo y agotado. Cuando al fin llegó a Miyako, la desilusión fue grande: había estallado la guerra civil y todo estaba destruido y en desorden.

Tuvo que regresar a Hirado y de allí a Yamaguchi, donde logró bastantes conversiones. A pesar de tantos peligros y fracasos, se iba fundando la misión japonesa. En septiembre de 1551 volvió a la isla de Kyoshu llamado por el gran señor de Bungo, que decía querer convertirse al cristianismo.

Allí había recalado una nave portuguesa que le anunció que era reclamado de la India para los asuntos del gobierno de la Compañía. Se embarcó en ella en 1551 y emprendió viaje a Goa, adonde llegó en febrero de 1552. Tuvo que hacerse cargo de una situación difícil, pues las cosas en la orden de los jesuitas se habían enrevesado durante su ausencia. Cambió superiores, castigó faltas y expulsó a algunos miembros.

De nuevo se embarcó en abril de 1552 dispuesto a realizar la gran empresa china. Una vez más en Malaca, se vio obligado a hacer uso de sus facultades de nuncio apostólico, excomulgando al gobernador Álvaro de Ataide, que se empeñó en entorpecer su viaje ordenando a sus soldados que inutilizaran el barco de Xavier quitándole el timón, los mástiles y las velas. Pero después de muchas negociaciones salió al fin, aunque con escasa compañía y en una mala embarcación.

Viajó hasta la isla de Sancián, adonde llegó en septiembre. Allí tuvo que detenerse, pues nadie se atrevía a llevarle por miedo a caer prisioneros de las autoridades chinas, que encerraban en sus temibles cárceles a los extranjeros que se aventuraban a recalar en sus costas sin autorización.

En la ladera de un monte que caía sobre la playa construyó una capilla con maderas y ramaje donde celebraba misa. Diariamente intentaba contactar con alguien que quisiera ir a China. Después de muchas averiguaciones, un mercader de Cantón estuvo dispuesto a llevarlo por el precio de doscientos cruzados en su junco.

Pero cayó gravemente enfermo Xavier con una fiebre muy alta y gran debilidad. Era un invierno muy frío. La mayoría de los portugueses abandonaron la isla después de quemar sus chozas y el lugar quedó en gran soledad. Francisco empeoraba. Le practicaron sangrías y perdió el conocimiento. Solo su fiel acompañante, el chino Antonio, permanecía a su lado día y noche.

Pareció que el espíritu de Xavier vagaba entre sueños febriles, en medio de los males despertaba, alzaba los ojos al cielo y predicaba en lengua ininteligible con semblante alegre. Otras veces mezclaba palabras de los salmos con el nombre de Jesús.

Polanco había escuchado estremecido el relato de los últimos momentos de Francisco, la noche antes, de boca de los padres portugueses. Le había impresionado tanto que no pudo pegar ojo. Era como si tuviera grabadas en su mente unas imágenes que no había visto. Pero que habían brotado de la misteriosa fuente de su imaginación, merced a los informes recabados por el provincial de Lisboa.

El día 2 de diciembre, al atardecer, el fiel Antonio se dio cuenta de que Francisco de Xavier se moría. Entonces decidió velarle. Le puso una candela encendida en la mano y le vio desfallecer mientras repetía el nom-

bre de Jesús. Al amanecer del sábado día 3 de diciembre de 1552 expiró con gran serenidad.

Decidieron enterrarlo en un promontorio de la bahía, en la ladera, a media altura. Y les pareció oportuno echarle encima cal para que se consumiese la carne, quedando los huesos desnudos, por si con el tiempo se podían llevar los restos a la India. Hecho esto, cubrieron con tierra la caja y le pusieron encima unas piedras para señalar el lugar de la sepultura.

Pasados dos meses, a mediados de febrero de 1553, la nao Santa Cruz se hacía a la vela para regresar a Malaca. El fiel Antonio pensó que Francisco no debía quedarse solo en la isla y así se lo expuso al capitán del barco. Fueron a abrir la tumba y hallaron con asombro el cuerpo como recién muerto, incorrupto. Cortaron un trozo de carne incluso, junto a la rodilla, comprobando que no desprendía mal olor alguno.

Las reliquias de Xavier fueron llevadas primeramente a Malaca, donde fueron veneradas como las de un santo. Reposaron allí hasta mediados de agosto de ese año, en que partieron en un navío hacia la India. El 16 de marzo de 1554, Viernes de Pasión, el cuerpo fue recibido solemnemente en Goa por el virrey, el cabildo catedralicio, la cofradía de la Misericordia y millares de fieles que portaban velas encendidas en las manos.

En el pequeño jardín, bajo el ciprés, Ignacio se santiguaba después de concluir el rezo del breviario. Alzó los ojos al cielo, meditabundo, y fue a sentarse en un banco de piedra que estaba un poco más allá. Polanco, desde la ventana, creyó llegado el momento de ir a hablar con él.

Cuando descendió a la planta baja, encontró en el vestíbulo a la veintena de jesuitas que residían en la casa. Nadie dijo nada. Todos sabían la difícil misión que tenía encomendada. Alguno sonrió para darle ánimos, los demás hablaban con la mirada. El joven padre Ribadaneira tenía lágrimas en los ojos. El secretario le puso la mano en el hombro al pasar, cariñosamente. Se detuvo luego por un momento en la puerta, se volvió y les dijo a todos, con firmeza:

—Creemos en la resurrección, hermanos. Nuestro padre Íñigo el primero entre todos. ¡Benditos los que mueren en el Señor!

Dicho esto, se encaminó con pasos decididos por el centro del jardín.

Ignacio parecía estar aguardándole en el banco de piedra. Se apartó a un lado y le hizo sitio. Polanco se sentó a su lado. Estuvieron durante un largo rato en silencio, como contemplando de común acuerdo la belleza invernal del jardín. Parecía que las oraciones aún permanecían suspendidas en el aire limpio. El mirlo detuvo por un momento su canto estridente.

—Estaba pensando en algunas cosas —dijo al fin Íñigo.

—Lo sé —contestó el secretario—. Siempre estás pensando. Cuando no rezas...

—¿Sabes? Hoy me he sentido más viejo que nunca antes. Pero eso no me entristece. Aunque hay cosas que me enternecen.

—Tú dirás.

—Ahí está el universo interminable. De su contemplación me brota la mejor enseñanza: nunca llegaremos a dar de mano en esta tarea nuestra de servir a lo que Dios quiere de nosotros. Solo nos detendremos cuando él quiera. Nos imponemos tareas, hacemos planes, proyectamos grandes empresas, aplazamos la vida, aguardamos frutos, troceamos el camino, lo salpicamos de etapas... Y sabemos que, en esta marcha, en este avanzar, nuestras vidas, nuestras pobres vidas, disponen de un resuello muy breve... Nunca aquí veremos concluida la obra. ¡Nunca aquí alcanzaremos al sol!

NOTA DEL AUTOR Y JUSTIFICACIÓN DE LA NOVELA

Tratar de contar lo que conocemos acerca de la vida de Francisco de Javier en una novela resulta pretencioso. Fui consciente de ello desde el momento que me acerqué a la abundante documentación que existe sobre este gran hombre. A diferencia de otros personajes históricos alejados en el tiempo, y a pesar de haber transcurrido su vida hace ahora quinientos años, contamos en este caso con una amplísima colección de fuentes informativas.

En primer lugar están las cartas y escritos personales de Javier, en total ciento treinta y siete, que constituyen una crónica de viajes y una detallada exposición de los hechos del misionero en las diferentes etapas de su gran empresa en Oriente. Nos aportan, además, algo fundamental a la hora de narrar cosas acerca de él: los rasgos de su personalidad tan sugestiva. Ya desde el principio, estos documentos se convirtieron en la primera y principal fuente de conocimiento del santo en Europa. En 1545, en plena acción misionera de Javier, se imprimieron las tres primeras cartas. Antes de finalizar el siglo XVI, apareció publicada la primera colección de escritos, recopilada por Tursellino, que reunía en total una selección de cincuenta y dos cartas. San Francisco Javier no fue un teólogo sistemático, sino un hombre de acción. A su muerte no nos dejó un diario de sus viajes o cosa parecida. Pero, gracias a su tarea epistolar, nos es posible conocer sus virtudes, criterios y andanzas misioneras. Sus cartas transparentan la riqueza humana y la grandeza de espíritu de un hombre entregado por entero a la misión. De su lectura atenta se deduce que Javier estaba revestido de afabilidad, humildad, comprensión, respeto y cortesía. Su vida interior, en íntima unión con Dios, era intensa, fuera de lo normal. Se ha dicho con razón que fue un hombre de acción y a la vez un místico. Nada me ha servido más que esta colección de escritos para formarme una semblanza del personaje. Y mi primera sorpresa al leerlos fue que el santo misionero resultaba absolutamente atrayente para el hombre moderno por su dinamismo, la altura de sus ideales y el ansia exploradora que mueve sus inmensos desplazamientos. Hoy día se pueden obtener publicados estos documentos en la edición de la BAC que se presenta bajo el título *Cartas y escritos de san Francisco Javier* (Madrid, 1996), basada en la edición crítica de *Monumenta Historica Societas Iesu,* con la valiosa introducción del P. Félix Zubillaga, S.I. Se incorpora asimismo un útil y extenso índice de personas, lugares y cosas como final del libro. La edición crítica comprende ciento treinta y siete escritos de los que ciento veinticinco son cartas, cinco instrucciones y el resto otros documentos menores. De las cartas, siete son autógrafas, veintitrés fueron escritas por un escribano y noventa y cinco fueron reconstruidas a base de recoger los textos originales dispersos.

Desde que se conoció en Europa la noticia de la muerte

de san Francisco Javier, se convirtió en una figura de singular interés cuya vida suscitó la aparición de apasionadas biografías. La primera de ellas fue la que escribió el portugués Manuel Texeira, amigo de Javier. En 1572 se publicó la *Vida de san Francisco Javier* escrita por Pedro de Ribadaneira, biógrafo de Ignacio de Loyola. Le siguieron otras obras escritas por los siguientes autores: Tursellino, Luis Guzmán, Alessandro Valignano, Martin Christophe (1608), Miguel Coissard (1612), Esteban Binet (1622), Balinhem y una vida anónima publicada en Mons en 1619. La primera edición completa de sus cartas apareció en París en 1628. El P. Juan Francisco Mousnier pedía en 1655 a san Vicente Ferrer que le enviara a Madagascar las cartas de san Francisco Javier. Se refería a la obra *Francisci Xaverii epistolarum libri quator, ab Horatio Tursellino in latinum conversi ex hispano,* publicada en Roma en 1596.

Las biografías posteriores son innumerables. Más de tres mil libros, trabajos y artículos se contabilizan publicados sobre Francisco de Javier.

Si hay que destacar de entre todas una obra de investigación realmente exhaustiva sobre el santo misionero, esa siempre será, sin duda, la de George Schurhammer. Este jesuita alemán nacido en 1882 dedicó gran parte de su vida a recorrer los territorios por los que viajó Javier; recopiló sobre él toda la información que pudo; describió con asombrosa minuciosidad su vida y reunió una infinidad de documentos. Más de trescientas cincuenta obras, entre libros y artículos, componen las publicaciones completas del P. Schurhammer. El primer trabajo javeriano que se editó fue un artículo de diecisiete páginas que apareció en 1916 en la revista *Schweizerische Rundschau.* Trataba del viaje de san Francisco de Javier a través de Suiza. La editorial Herder de

Friburgo con el tiempo habría de publicar la última y definitiva vida de Javier escrita por Schurhammer. En 1955, apareció el primer volumen con el título *Franz Xaver. Sein leben und sein zeit (Francisco Javier. Su vida y su tiempo).* Hoy se encuentran felizmente traducidos al español los cuatro extensos volúmenes que comprenden la obra completa por un equipo dirigido por el P. Francisco Zurbano, y publicados en una edición patrocinada por el Gobierno de Navarra, la Compañía de Jesús y el Arzobispado de Pamplona.

Precisamente por contarse con tan dilatada información, novelar al completo la vida de Francisco de Javier, sin saltarse aspectos fundamentales que están muy bien documentados, es prácticamente imposible. Constituiría una novela extensísima y pretenciosa que excedería fatigosamente los límites de esto que hemos dado en llamar «novela histórica».

Sin embargo, no quiere decir ello que la vida de Javier no sea susceptible de ser novelada. Muy al contrario, nos hallamos ante una biografía realmente novelesca. Son las etapas de su vida, las parcelas de su particular itinerario, las que nos dan la materia de inspiración para un sinfín de posibles relatos. Ya de por sí la infancia y la adolescencia son enormemente atractivas, por desenvolverse en unos parajes sugestivos, en el corazón de Navarra, en pleno camino de peregrinos hacia Santiago, en el castillo de sus antepasados, un feudo sometido a los vaivenes de un mundo cambiante que abandona ya el sistema medieval de los ancestros para verse inmerso en la amplitud del Estado moderno con la política de los Reyes Católicos. Las vidas de su padre, su madre, sus hermanos...; los problemas de la familia, la humillación del linaje, los miedos, la zozobra... En fin, el despertar a la vida de un muchacho de espíritu noble en la peculiaridad histórica del siglo XVI constituye una riquísima fuente de inspiración.

¿Y qué decir de la siguiente etapa: la vida estudiantil en el París universitario? Es la juventud el momento vital que más define a Francisco de Javier. Se dan una serie de circunstancias que no dejan de parecer providenciales: el triunfo en el campo de los estudios, los títulos, la vida en el colegio de Santa Bárbara, la amistad con Pierre Favre, las diversiones, el particular ambiente que parece llamar al permanente *carpe diem,* la penuria en cuestión de dineros y, finalmente, la aparición en escena de Íñigo de Loyola. Todo parecía estar misteriosamente ordenado, en un caos «pensado», para que se produjera el viraje final, el salto al vacío, la conversión. Abandona su familia, su tierra, su mundo familiar y nunca más volvería a su lugar de origen. Dotado de muchas y grandes cualidades humanas, aspiraba a una gloria humana, quería sobresalir. Después, Ignacio, perseverante, tenaz, supo conquistar su corazón: «¿De qué le sirve al hombre ganar todo el mundo, si al final pierde su alma?». Años más tarde, el mismo Ignacio, refiriéndose al proceso de su conversión, diría de él que fue «el barro más duro que le tocó moldear».

Desde ese momento comienza una nueva etapa, en la que Francisco Javier es protagonista directo de la fundación de la Compañía de Jesús. Estos años son intensos, apasionantes. Pero es en ellos cuando cobra mayor relevancia la figura de Ignacio de Loyola. Por esta razón, me parece que pertenecen como tema esencial a la vida del gran santo fundador de la orden de los jesuitas, más que a la de Javier.

Los cuatro viajes del misionero constituyen de por sí una novela cada uno. Por eso, decidirse era difícil. Me pareció que el primero de ellos, el viaje a la India, era el más determinante en la personalidad de Javier. Es el inicio, la salida hacia lo desconocido, el ingreso en esa especie de locura vital que le llevará por todo el Oriente hacia un «más allá» que solo finalizará con la extenuación y la muerte. Un rasgo fuerte y muy característico de esta etapa es la confianza absoluta, ciega, total en Dios y cuyo secreto está en la voluntad, en la determinación firme de querer servir a Dios por encima de todas las criaturas —el principio y fundamento ignaciano—; esta confianza le hace relativizar y superar miedos, trabajos, peligros, riesgos e incertidumbres. A pesar de sus ricas y numerosas cualidades humanas, vive una humildad impresionante, apoyada en su honda experiencia espiritual, en un sentido fuerte de la transcendencia y de la misericordia de Dios.

Es difícil novelar acontecimientos de la vida de Javier sin las referencias a Ignacio de Loyola. Y existe, indudablemente, siempre el peligro de derivar el relato hacia la personalidad fuerte y seductora del santo fundador de la Compañía de Jesús. Huyendo de esta circunstancia, procuré siempre que Íñigo fuera solo un trasfondo, una figura muy relevante, pero obvia y poco explícita, para que no eclipsara la verdadera naturaleza de Francisco, su determinación, su unidad interior y su riqueza personal.

Quizá por esa razón, esta novela aglutina en realidad tres relatos diferentes con un único protagonista principal, Javier. Y el último «libro» pretende ser una resolución a modo de final de camino. Una recapitulación. Lo que constituye la fe en que todo, absolutamente todo, será Uno con Dios y que se denomina *Apokatastasis* o «restauración de todas las cosas», tal como lo anunció san Pedro poco después de Pentecostés. En san Pablo aparece como «recapitulación» *(anakephalaiosis).* Expresado por el sabio san Ireneo como un momento final y esplendoroso donde todo cobrará sentido. El itinerario de cada persona es el itinerario de todo el cosmos. Regresamos al punto del que habíamos partido. Al final del recorrido volvemos a encontrarnos en el Dios llenos de experiencia de amor y de conocimiento. Es como decir con una confianza feliz: «Todas las cosas, sean las que sean, acabarán bien».

Jesús Sánchez Adalid

Printed in the USA
CPSIA information can be obtained
at www.ICGtesting.com
LVHW090422220724
786035LV00001B/2